相棒

本書は、二〇〇二年十月九日〜十二月二十五日にテレビ朝日系列で放送された「相棒」全十二話の脚本をもとに、全九話に再構成して小説化したものです。小説化にあたり、変更がありますことをご了承ください。

相棒 season 1

脚本・輿水泰弘ほか／ノベライズ・碇　卯人

朝日文庫

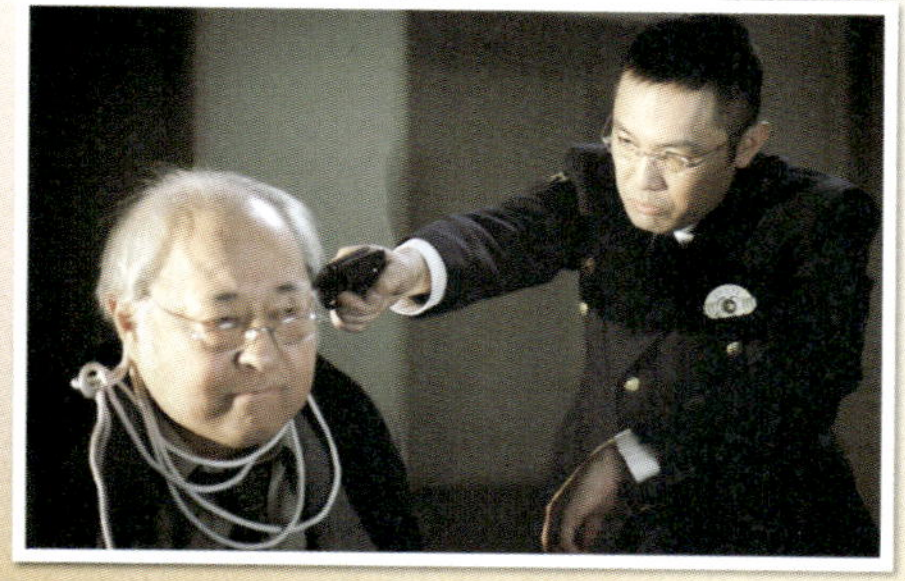

相棒 season 1 目次

装丁・口絵・章扉／IXNO image LABORATORY

相棒

season
1

第一話
「虚飾の城」

一

亀山薫がデパートにいたのは一種の逃避行動だったかもしれない。

幼い時分からデパートは薫に安らぎを与えてくれる場所だった。ファミリーレストランのチェーンが街角で二十四時間営業を開始する以前、デパートの展望レストランは休日に親子水入らずで食事のできるとっておきのスポットだった。レストランでお子様ランチを食べたあとは屋上の遊具で遊び、帰りにおもちゃコーナーに立ち寄る。たまに両親の気が向いたときには、おもちゃを買ってもらえることもあった。デパートに郷愁めいた心地よさを覚えるのは、あの当時の甘い記憶がよりどころになっているのだろう。

この日、薫が南急百貨店にいたのは、心が癒しを求めていたからだった。

昨日、薫はへまをした。田端甲子男《きねお》という男が警視総監室に立てこもる際に人質になってしまったのだ。身体にダイナマイトを巻いたテロリストに脅されたのだから不可抗力だった、と薫は思う。警視庁の玄関の前で不審な挙動を示す田端に職務質問したのが、不運にも薫だった。導火線を目の前に突きつけられ、同時にライターまで見せられたら、誰だって屈してしまうに決まっている。警視庁の建物もろとも吹っ飛ばされるよりも、とりあえずは人質となって男をなだめるべきだと考えたのは間違いではなかったはずだ。

警視総監室に入って事情を聞いてみると、田端はテロリストなどではなく、昨今の警察の腐敗ぶりを憂う「怒れる一般市民」だとわかった。田端の要求は、たるんだ警察機構に活を入れるために、警視総監と直談判するという些細な（しかしながら難易度の高い）願いだったのだ。総監宛に何通も手紙を書いたが、無視されたために実力行使に及んだのだと言う。目的に対して手段が過激すぎるし、いかなる理由があろうとも、暴力でもって己の要求を通すのは犯罪である。しかし、田端の主張には理解できる部分もあった。どうやら田端は日本警察の生みの親、川路利良《かわじとしよし》警視庁初代大警視に心酔しているようだった。警察組織は川路が目指した高潔な初心に返るべきだ、という主張には耳を傾けるべき要素もあると感じた。

事件のほうは薫の上司であり、生活安全部特命係長の杉下右京警部が介入することで、急転直下の解決をみた。右京が田端に煙草をすすめ、ライターの火がダイナマイトの導火線から遠ざかったタイミングを見計らって、ふたりで身柄を取り押さえたのだ。警視総監は不在だったので迷惑をかけたわけでもないし、爆破はおろか床に焦げあとのひとつも残したわけではない。事件は無事に解決した。それなのに薫と右京は上層部から叱責を受けたのだ。

「特殊班の邪魔をして、どういうつもりだ」

内村刑事部長のことばには耳を疑った。あの場で右京が助けにきてくれなかったら、特殊班のスナイパーがヘリから総監室の窓ガラス越しに田端を撃ち殺すつもりだったらしい。狙いがそれたら、自分も殉死していたかもしれない。

「おまえのような間抜けをせっかく特命係に異動《うつ》してやったのに、これではなんにもならん」

中園参事官のことばは言いがかりに近かった。こちらだって特命係に異動してほしいなんて頼んだ覚えはひとつもない。

警視庁の体面ばかりを気にして、臭いものには蓋をしようとする刑事部のトップの言動を見るにつけ、田端の主張がまんざら的外れとも思えなくなる薫だった。右京は大人だから、叱られても粛々と職務に就いているだろう。しかし、自分は子どもなのだ。子どもで結構。思いっきりすねて、仕事なんかサボってやる。職場に行ったところで、どのみちたいした仕事なんてないのだ。薫はそんな気分で、デパートを訪れていたのだった。

尿意を催した薫は階段の踊り場に設けられたトイレに行った。用を足していると、大慌てで駆け込んできた男がいた。顔は青ざめ、汗まで流している。紙袋を後生大事に胸に抱えて、男は一目散に奥の個室に飛び込んだ。

（下痢、それとも差し込むような腹痛？）

よほどの非常事態なのだろう。あの顔色は尋常ではない。薫は男が閉めた個室のドアを振り返りながら、そんなどうでもよい推理をめぐらせた。

踊り場の喫煙所でのんびり一服していると、男がトイレから出て、周囲を見回した。相変わらず顔色が芳しくないのが気になる。

「大丈夫ですか。間に合いました？」

心配した薫が声をかけると、男は幽霊にでも出くわしたかのように脅えて、階段を駆け下りていった。変な人だな、と男の後ろ姿を見送った薫は、あることを思い出した。いま見たところ、男は紙袋を持っていなかったのだ。

トイレに忘れたんじゃないか、という想像は当たったようだった。紙袋は個室の中の物置台に放置されたままだったのだ。薫が紙袋を拾い上げると、予想以上にずっしりとした手ごたえを感じた。中をのぞくと、革製の書類カバンが入っている。これを忘れたら仕事に差し障りが出るだろう。にわかに親切心の芽生えた薫は、紙袋を持ち主に返そうと、階下へ先ほどの男を捜しに行った。しかしながら、もはやどこにも見当たらなかった。


薫は昼過ぎに登庁した。一時的に別のフロアに移っていた特命係の小部屋も、現在は以前と同様、生活安全部の奥の一角に戻り、変な形のプレートを入口に掲げてその存在をささやかにアピールしていた。「特命係」と記されたプレートを見るたびに、薫は腑に落ちない思いにとらわれる。なぜかこのプレート、左のほうが割られたようにぎざぎざになっているのだ。他の三辺が直線なので、余計にぎざぎざが目立つ。落ち着かないデザインである。

薫は部屋に入り、自分の机に腰を落ち着けた。そして男のカバンを検《あらた》めていると、紅茶のカップを右手に、ソーサーを左手に持った右京がそばに寄ってきた。

「忘れ物ですか？」

「ええ、デパートで見つけたんですけども……」

手を休めずにカバンの中身をまさぐっていた薫が、透明ケースに入った身分証明書を探り当てた。

「この人ですよ、この人。帝陽物産の総務部秘書室長の三木さんっていうのか。偉い人だったんだ」身分証を確認した薫は、右京を振り向き、「これから届けに行っても構いませんか」

「構いませんよ」と、許可した右京の目には険があった。「しかし、その前に訊きたいことがあります」

「はい？」

瞬間的に悪い予感がした薫は思わず身構えた。

「なぜきみはデパートにいたのですか？」

痛いところを謹厳実直な上司につかれてしまった。薫は内心でため息を吐きながら、逃げ道を探す。

「いや、なぜって、特に意味はありませんけど……」

「ということは、きみは仕事をサボろうとしたか、今日が非番と勘違いしたか。そのどちらかですね。どちらですか？」

逃げ道はあえなく封鎖されてしまった。薫は笑ってごまかそうと考えたが、上司の目は厳しく、とても通じそうにない。ここは黙って嵐が過ぎるのを待つのが一番だろう。

「サボろうとしたのなら言語道断ですし、非番と勘違いしたならば間が抜けている。いいですか、頼んでここにいてもらっているわけではありませんよ。ここが嫌ならば、さっさと辞表を提出することです」

正論には違いないが、もう少し言い方があるだろう、と薫は思う。杉下右京は人材の墓場——陰でそう噂されている理由が、薫には肌で実感できた。正論、正論で責め立てられて、息を抜く暇もないのだ。この上司と長く良好な関係を続けるのは至難の業である。いっそ辞めたほうが楽と思わなくもなかったが、やすやすと相手の掌中にはまってたまるかという気持ちのほうが勝っていた。薫は負けず嫌いだったのである。

「おや、行かないんですか？」

わざとらしく当てこする右京の後頭部をこのカバンで思いっきりはたいてみたいとい

う内なる欲求を押し殺しつつ、薫は「もちろん行きます。では、行ってまいります」と大声で宣言した。

帝陽物産の本社ビルを訪れた薫は、その清潔で広々としたエントランスに気圧《けお》されていた。こういう一流企業に勤めるのは、きっと選ばれたエリートばかりに違いない。そういえば、右京も東大法学部卒だったと思い出した薫は、肩をすくめて受付へ急いだ。受付嬢に、総務部の三木英輔への取り次ぎを頼む。名前を訊かれたので、警察バッヂを掲げてみせると、受付嬢の頬がわずかに強張った。一般人のこういう反応には慣れているが、いまの薫は他人のちょっとした言動に疎外感を覚えてしまう。

薫がロビーの接客スペースで待っていると、数分後ヒールの音が響き、ショートカットのいかにも頭のよさそうな冷たい美人が現われた。

「お待たせいたしました」

「あ、ああ、どうも」

落ち着き払った声とともに、美人が頭を下げると、意表をつかれた薫はしどろもどろになって、椅子から立ち上がった。

「申し訳ありません。三木はただいま休暇中なものですから。ご用件はわたくしが承ります」

美人が差し出した名刺に目を落とした薫は、「総務部秘書室次長　岩崎麗子」という文字を瞬時に読み取った。

「あの、警察の方がどのようなご用件で？」

いぶかるような視線を向ける麗子に、薫は笑って三木のカバンを差し出した。

「実はこのカバンなんですけどね、三木さんがお忘れになったのを拾ったもんで、お届けにあがりました」

「わざわざどうも恐縮です。これをどちらで？」

「南急百貨店のトイレなんですけど……」

あのときの三木の切迫した表情を思い出して薫は噴き出しかけた。しかし、麗子が真剣なようすで耳を傾けているのに気づき、慌てて取り繕って事情を説明した。

二

亀山薫は朝から不機嫌だった。

一緒に生活している奥寺美和子と口論になってしまったからである。口論の原因は、朝刊に載った記事であった。美和子は帝都新聞の社会部に勤めている。仕事柄、薫の関わった事件をネタにして記事を書くことも多い。それにしても、わざわざ田端の立てこもり事件を取り上げることはないと思う。それも、薫の失敗をあげつらうように警視庁のセキュリティの甘さを糾弾し、心情面でも田端に肩入れするような論調だったのである。これでは薫の立場がない。

　薫は当然のごとく激怒した。気の強い美和子はどじを踏んだ恋人をにらみつけると、「こんなただれた関係はぼちぼち終わりにするべきかもね」と言い捨てて、さっさと家を出たのだ。朝早くから出社して、警察の無能さを嘆く記事の続きでも書くつもりかもしれない。食卓では美和子が用意した卵料理が冷たくなっていたが、怒りの収まらない薫は箸をつける気になれないでいた。

　そのとき薫の携帯電話が鳴った。美和子からの仲直りの申し出ならば許してやるか。態度を緩和させた薫が電話を取り上げると、ディスプレイに「杉下右京」と表示されていた。まだ登庁時間じゃないだろうと毒づいて、薫は通話ボタンを押した。

「亀山くんですか。朝のニュースは見ましたか」

　携帯電話の向こうから、右京の取り澄ました声が聞こえる。

「いや、見ていません。サボっているわけじゃないですよ。いま家を出ようと思っていましたから」

「それは結構な心がけです。ところで、三木英輔さんがお亡くなりになりました。一応、お知らせしておきます」

「三木……え、本当ですか！」

薫は急いで身支度を整えると、警視庁に駆けつけた。特命係の部屋に直行すると、右京ではなく、生活安全部の薬物対策課長である角田《かくた》六郎がわが物顔で新聞を広げている。薫の顔を認めると、美和子の書いた記事を指差した。

「おまえが連れてきた田端甲子男ってやつ、東大出らしいな」

「俺が連れてきたわけじゃないですよ」

薫の抗議を角田は平然と無視した。

「堕落した警察に異議申し立てしようと思っただってよ。ヤだね、インテリは。おまえの上司も同じだろ？　厄介だよな。それに比べて俺はよかったよ。平凡な私立の大学で」

角田がひとりでうなずいているところへ、右京が戻ってきた。

「おはようございます」

慇懃無礼とも言える所作で右京がお辞儀をすると、角田は舌打ちした。

「じゃ、俺は帰るわ。特命の課長と間違えられたら困るからよ」

角田が飄々とした足取りで去っていくのを待って、薫が右京に質問した。

「三木さんは川で溺れ死んだみたいですね。事故でしょうか？」

「いままでその現場にいました。青葉台の河川敷。泥酔状態だったらしいですよ。所轄署の刑事たちは事故と事件の両面で捜査する方針のようです」

「なんだか気が滅入るなあ。たかがトイレですれ違っただけとはいえ、昨日の今日ですからね」

不思議な因縁に思いを馳せるように目を閉じた薫に、右京がまじめな口調で問いかける。

「三木さんのようすに、なにか変わったところはありませんでしたか？」

「さあ、特には……あえて言えば、だいぶ切迫していたみたいですけどね」

「切迫？」

「ウンチですよ。危機的状況だったみたいで……あれは、つらいっしょ」

薫が笑い飛ばそうとすると、右京が意外なことばを口にした。

「その危機的状況というのが、実は何者かに追われていたからだ、ということは考えられませんか？」

「え？」

「三木さんはトイレをしに駆け込んできたのではなく、逃げ込んできた。そういう可能性はありませんか？」

疑り深い上司が、またとんでもない推理でも思いついたのだろうか。薫は笑いながら否定した。

「それはないでしょう。だって、トイレの個室に駆け込んだんですよ」

「きみは三木さんがトイレをしているところを見たんですか?」

「見るわけないでしょ!」

「とすると……三木さんの切迫していた理由がウンチとは断定できませんね」

呆れた薫は右京に詰め寄った。

「いったいなにが言いたいんですか!」

「これを見てください」

右京が上等な仕立ての背広の内ポケットから一枚の紙を取り出した。被害者の遺留品報告書である。財布、名刺入れ、携帯電話……一見しただけでは、ありきたりの遺留品しかないようだが、上司のいじわるそうな表情は、ここに重要な情報が隠されていることを示唆している。案の定、右京の口から試すような質問が発せられた。

「気になりませんか?」

「被害者の所持品……のことですか?」

探りを入れるように薫が聞き返すと、右京がうなずく。

「ええ。正確には所持品の出てきた場所です。記録によると、三木さんは定期入れを背広の内ポケットに入れていました」

模範解答を述べる教師のような口調でそう言いながら、自分の定期入れを先ほど紙切れを取り出した場所に収める。

「それが、なにか？」

「背広の内ポケットは案外深いんですよ。定期入れのサイズだと取り出すのに非常に骨が折れます」

右京が実演した。確かに内ポケットの底に落ちた定期入れを引っ張り出すためには、手を深く突っ込まなくてはならず、動作が窮屈そうだった。

続いて、紙幣を折り曲げずに収納するタイプの縦長の札入れを取り出す。

「しかし、こういう財布ならばきちんと収まりますし、取り出すのに苦労はありません」

「まあ、確かにね。だけど、どこになにを入れようと、本人の自由でしょう」

「もちろん。しかし、その報告書によると、三木さんは実に自由奔放です。このような縦長の財布を背広の脇のポケットに入れ、そればかりか、同じポケットに名刺入れと部屋の鍵も一緒に突っ込んでいます。一方、内ポケットには定期入れ、そして驚くことに、ズボンのお尻のポケットには携帯電話とハンカチを一緒に入れていました」

「なるほど。それはちょっと変ですね」

薫にも事の異常さがおぼろげながらわかってきた。右京が続ける。

「斬新です。しかし、まったく機能的ではありません。むしろ、ちぐはぐと言ってよいでしょう。この状態はなにを意味しているのでしょうねえ？」

薫の頭の中で、漠然とした仮説が生まれつつあった。

「本人ではない第三者が入れた……のでしょうか?」

右京が左手の人差し指を突き立てた。重要な指摘をするときの癖だった。

「その可能性は十分にあります。何者かが三木さんの所持品を検《あらた》めた。そして、それを再び戻した。しかし、その戻し方があまりに無造作すぎたわけです」

「そうか、だから三木さんはウンチじゃなくて……」

「何者かに追われていた可能性はないかと訊いたのです。あのカバン、単なる忘れ物ではないかもしれませんね」

上司の疑念の全貌をようやく理解した薫は、自分の観察眼がいかに甘かったかを知って、愕然とした。

三

亀山薫は唖然とした。

目の前の美女の口からそんなあからさまなせりふが吐かれようとは、予想もしていなかったからだ。さすがの杉下右京も一本取られたという面持ちで、探し物の手が止まっている。

「セックスがうまかったわ」

聞き間違いでなければ、岩崎麗子はそうのたまったはずだ。

三木の死に疑問が生じたため、特命係のふたりは帝陽物産本社ビルを訪問した。三木が会社に残した遺留品を調べようと考えたのだ。特に、トイレに置き忘れられたカバンの中身が気になった。

応対したのは秘書室の次長だった。岩崎麗子は要請に応じ、例のカバンのほかに、三木のデスクとロッカーの中の私物を段ボール箱にまとめて、ふたりの前に差し出した。麗子にはその場にとどまってもらい、遺留品の中からなにか参考になる証拠品がないかと探した。右京は参考意見が聞ければよいという軽い気持ちで、質問したのだ。「三木さんはどういう人でしたか？」と。それに対しての回答が前述の臆面もないことばであった。

戸惑う刑事たちなど眼中にないといった態度で、麗子がことばを継いだ。

「むき出しの野心とときどき見せる誠意が魅力的でした」

「お付き合いなさっていたんですか？」

ようやく我を取り戻した右京が尋ねる。

「ええ、普通のお付き合いじゃありませんけど。不倫だったんです。当時三木には奥さんがいましたから」

さばさばした口調とは裏腹に、内容はどろどろしていた。

「いました……過去形ですね」

「奥さんとは別れました。わたしが原因なんでしょうけど……」

「その口ぶりだと、あなたと三木さんは別れてしまったのですね？」

右京が確認すると、麗子は遠い目をしてそれに答えた。

「不思議なもんですね。不自由な関係のうちは燃え上がっていたのに、自由になったとたん、なんだかお互い冷めてしまって」ここで、麗子の目に力が戻った。「一年ほど前です、別れたのは。それからは仕事のよきパートナーでした。お互いそれこそ心も体も隅々まで知り合った上司と部下ですから」

「なんでそんなことを告白したんですか？」

薫は興味津々という目つきだった。

「正直に言わないとあなたに勘ぐられるでしょ？」麗子は軽くいなし、薫がむっとしたのを見て、「冗談ですよ。いずれ三木の部屋もお調べになるでしょ。そうすれば、わかってしまうことですから。お手間を省いたつもりです」

右京はおもむろに立ち上がり、会釈した。

「それは恐縮です。今度はあなたにとっての三木さんではなく、会社にとっての三木さんについてお訊きしたいのですが」

麗子も立ち上がる。挑発するようにヒールを鳴らし、右京の視線を正面から受け止めた。

「仕事のできる有能な社員でした」

「三木さんはどなたの秘書をなさっていたのですか？」

「仲宗根《なかそね》という取締役の秘書をしておりました」

「平《ひら》の取締役ですか？」

右京が問うと、なにか文句があるかと言わんばかりに麗子が返す。

「そうです」

「あなたは社長の秘書ですよね。どうして上司の三木さんが平取《ひらとり》で、部下のあなたが社長に仕えているのですか？　逆のほうが自然に思えますが」

「平沼社長が女好きだからです」麗子はそのことばで刑事たちが困惑するようすを見て取ると、「これも冗談。内部事情をさらけ出すことになりますが、調べればすぐにわかることなのでお話しします。半年前までは仲宗根が社長だったんです。でも、社長解任の緊急動議が出されまして、平の取締役に降格させられました」

「クーデターですか」右京はちょっと考えるような顔になった。「そのクーデターの首謀者が、現在あなたの仕えていらっしゃる社長さん？」

「ええ、会社は戦場ですから」

決然とした麗子のことばに、薫はこの美人秘書は食えない相手だと感じた。そして再びカバンに目を落とす。さっきまで気づかなかったが、カバンの内部に糸でかがった跡があるのを発見した。

「あれ？　これ、あとから縫ってませんか？」

右京がのぞき込んで同意した。

「そうですね。これで糸を切ってみましょう」

そう言いながら、背広の左脇のポケットに手を突っ込み、爪切りを取り出す。

「こんなもの、持ち歩いているんですか？」

薫はいつも身だしなみを気にする上司ならではの所持品に一瞬呆れたが、すぐに気を取り直して爪切りで縫い跡の糸を切った。中に隠してあったものを取り出した右京が、麗子に確認を取った。

「この手帳に見覚えは？」

「拝見してよろしいでしょうか」手帳を渡された麗子はぱらぱらとめくって、書き込みの内容と筆跡に目を落とした。「三木の手帳です」

帝都物産からの帰り道、右京は三木の部屋も捜索して帰ろう、と相棒に持ちかけた。令状もないのに大丈夫ですか、と尻込みする薫に対して、なんとかなるだろう、と右京は気軽に応じた。上司に秘策があるに違いない、と考えた薫は提案に応じ、ふたりで三木の住んでいたマンションを訪れたのである。

　結果的に秘策は必要なかった。試しに薫がドアノブを回してみると、三木の部屋の玄関ドアは簡単に開いたのである。

「どうして開いているんでしょうね？」

　薫の質問に右京は首をかしげたが、この幸運を活かさない手はない。ふたりの刑事は三木の部屋に無断侵入した。

　部屋の中は足の踏み場もないくらい、乱暴に荒らされていた。多数のＣＤがラックから床にこぼれており、書籍類も本棚から手当たり次第に抜き取られてばらまかれている。部屋の住人がこのような散らかし方をするとは思えなかった。どうやらふたりの前にもこの部屋へ無断侵入した者がいたらしい。その人物が玄関の鍵を開けて、そのまま放置して逃げたのだろう。

　何者かがさんざん捜し回ったあとの部屋を、ふたりして捜索する。めぼしいものが見つからないと薫がぼやいていると、右京が手招きした。三木の机の引き出しが半開きになっており、数葉の写真がのぞいている。三木と麗子のツーショットの写真である。カメラのデート機能により、撮影日が右下に表示されている。それによると、一年少し前に撮影された写真のようである。

「確かに手間を省いていただいたようです」

「彼女、一年ほど前に別れたって言っていたから、別れる直前の写真ですね。この時点ではふたり熱々みたいだ」

薫が指摘するとおり、写真の中のふたりは満面の笑みを浮かべていた。ふたりともスーツ姿なので、会社帰りかもしれない。夜景をバックに公園のベンチに腰かけていた。紺色のスーツを着た三木は麗子の腰に手を回し、麗子はローヒールのパンプスを履いた足を前に投げ出している。仲のよさが自然と伝わってくる写真だった。

「こんなものがありますよ。やっぱりエリートだったんだな」

薫が見つけたのは東京大学の卒業アルバムだった。何気なくめくって、同級生の名簿を眺めていた薫は思わず声を上げた。

「三木は田端甲子男と同級生だったんだ」

「そうですか」と、右京。

「東大って変な人間ばかりですね」

深く考えずに発言してしまった薫は、上司の表情が強張るのを見て、慌てて口をふさいだ。

四

三木のカバンの中から手帳を発見したことは、大収穫だと思われた。死亡した秘書室長を追いかけ、部屋にまで侵入していた何者かはこの手帳を捜していたのではないか、という推測が成り立つ。手帳に残された記述を詳細に調べることで、何者かの正体もわかるかもしれない。

そう信じた薫は、丁寧に手帳を調べたが、それほど重要と思われる記述は見当たらなかった。日々のスケジュールが淡々と記されているだけなのである。ひとつだけ気になるのはメモのページが乱暴に一枚破り取られていた点だが、なくなっている以上、内容を推定するのは不可能だった。

薫が頭を抱えていると、「失礼します」という声がした。坊っちゃん刈りに黒縁眼鏡のぽっちゃりとした男が、お辞儀をして入ってきた。鑑識課の米沢守だった。

デスクで紅茶を楽しんでいた右京が駆け寄り、米沢を迎えた。

「三木さんの遺体の検案書をじっくり検討してみました」

「で、どうでした？」

右京の目が輝く。

「吸引した川の水が気道内に入り、酸素の供給を妨げることによって惹起された窒息死。これは完璧な溺死ですね」

米沢が所見を一気にまくし立てた。右京の目から輝きがたちまち失われる。

「死因に疑いの余地はありませんか？」

「これを疑ってしまうと、それは単なる言いがかりとしか思えません」

米沢が引き上げるのと入れ替わりで清掃員がやってきて、ごみ箱の中身を回収していった。

三木の死因に疑わしい点がなかったと知り、落胆したようすの右京が今度は自分で手帳を調べたが、やはり目ぼしい発見はなかった。

「人一倍、注意力と観察力に優れた右京さんをもってしても、なにも発見できませんか?」

まるで上司をからかうように薫がはやす。

「静かにしてもらえませんか。気が散ります」

「失礼しました」教師に叱られた腕白小僧のようなもので、ことばで反省しただけの薫は、性懲りもなくすぐに口を出す。「なにも見つからないと思いますよ。案外、その手帳はカモフラージュだったかも、なんちゃって」

薫の軽口に右京が鋭く反応した。きりっと厳しい目つきで部下をにらみつけたのである。本気で怒らせてしまった、と薫が後悔していると、上司の口から思いがけないことばが飛び出した。

「ごみはどうしました?」

「え、さっき掃除の人が来て、回収していきま……」

薫のことばは、右京に途中で遮られた。

「すぐに捕まえてください！」

「は、はい」

なにがなんだか意味もわからず、清掃員を追って薫は部屋を飛び出した。フロアには見当たらないので廊下に出たが、そこにもいない。地下でごみの仕分けを行なっているのかもしれないと考えて、エレベーターで下る。予想どおり、そこで清掃員を見つけてほっとしていると、遅れて右京がやってきた。

「ちょっと失礼します。緊急事態なもので」

右京が収集されたごみを片っ端から開けていく。呆れて見つめる清掃員と薫の前で、ごみの山と格闘していた右京は、やがて目当てのものを見つけ出したようだった。

「この紙袋に見覚えがありますね？」

「ええ、例のカバンが入っていた紙袋です」

右京はにやりと笑うと、紙袋の底の部分を手で引き裂いた。強度を増すために二重になった底面が破れ、中からＣＤの入ったプラスティックケースが転がり出てきた。

「もしかして、これ？」

「カモフラージュです。偶然とはいえ、きみにしては上出来でした」

部屋に戻った右京はさっそくパソコンで、ＣＤ‐ＲＯＭのデータを読み出した。ディスプレイに日付と人名、金額などがまとめられた一覧表が現われた。そのうちの一行を薫が読みあげた。

「二月十二日、榊原先生、発電所建設の件、謝礼、二千万……これって、この金が榊原先生へ渡ったという意味でしょうか」

「学校の先生ではないと思いますよ」

真面目な顔で応じられたので冗談なのかどうか判断がつかなかった薫は、上司の発言を受け流した。

「榊原巌夫、与党の大物政治家だ。ほかにも接待費や渡航費の名目で、榊原にたびたび多額の金額が渡っている。こりゃあ、エライことですよ」


その夜、とある料亭で帝陽物産社長の平沼惣一郎が衆議院議員の榊原に対して土下座をしていた。畳に頭をすりつけて陳謝する。

「申し訳ありません。目下、全力で捜しているところですので」

榊原の顔が赤く染まっているのは、酒のせいばかりではなかった。怒気を含んだ声で、平沼を叱責した。

「笑ってすまされることではないだろう。どう責任をとるつもりだ！」

榊原が投げつけた杯が畳で跳ね、飛び散った日本酒が平沼の顔を濡らした。

料亭の外に停めた車の横では秘書の岩崎麗子が心配顔で社長の帰りを待っていた。そこへ見知らぬ男が暗がりの中からぬっと顔をのぞかせたので、麗子は思わず身を引いた。

男が酒臭い声で話しかける。

「赤い外車か、豪勢なもんだ。社長の車？　それともあんたの車？」

麗子は気丈に問い返した。

「あなたは誰です？　警察に連絡しますよ」

「同じ会社の社員を警察に突き出すんですか。私は資料室の篠塚。こう見えても三木とは同期で、仲がよかったんだ」

「資料室の篠塚さん……それでいったいなんの用です」

篠塚は料亭のほうへ暗い目を向け、

「社長はこの中でしょ。ちょっと話をしたいことがあるんで、取り次いでもらえませんか」

「社長へのお話なら、わたくしが承ります」

「さすがに社長さんともなると下々の者では直接お目にかかることもできないのか」ここまで押し殺したような声でしゃべっていた篠塚が突然声を荒げた。「三木の死について話がある。そう伝えろ！」

豹変した資料室の社員に対して身の危険を感じた秘書は、ただうなずくだけだった。

同じ頃、右京はハンバーガーショップで人を待っていた。しばらくすると待ち人が現われ、右京の隣のカウンター席に腰をおろした。右京よりも十歳ほど年長のその男は、一見するとくたびれたサラリーマンのようだったが、その目に宿る意志の力は、見る人が見れば堅気の商売ではないことを容易に読み取れるほど強靭なものだった。――小野田公顕《こうけん》。警察庁長官官房室長その人である。

ハンバーガーの注文を済ませた小野田に、右京がさりげなく茶封筒を手渡す。封筒の中には、帝陽物産から榊原巌夫へ渡った賄賂の全貌がプリントアウトされた紙が入っていた。

小野田はそれを一瞥すると、

「こんなものどこで手に入れた？」

右京はハンバーガーのバンズを外して、ケチャップをしぼり出しながら、

「入手経路が必要ですか？」

「いや、別にいい」

小野田は紙切れを封筒に戻して、右京に対抗するかのごとく、ケチャップに加えてマスタードを自分のハンバーガーにたっぷりとかけた。

「これが手に入ったら、地検の特捜部は狂喜乱舞だな」

右京が目を伏せてハンバーガーをひと口かじる。

「それを記録したＣＤ‐ＲＯＭも入っています」

小野田はＣＤの存在を確認すると、ハンバーガーにかぶりついた。よく嚙んで咀嚼したあと、おもむろに訊く。

「どうして俺に？」

「実はひとつお願いがあります」

相変わらず視線を合わせずに右京が言うと、小野田も正面を向いたままつぶやいた。

「交換条件ってやつか」

「たいして難しいことじゃありません」

「もったいぶるなよ。相変わらず悪い癖だぞ」

「そうやってせかすのが、あなたの悪い癖です」

「変わらんな、おまえは」

「あなたは変わった。ずいぶん偉くおなりになった」

ハンバーガーが喉につまりそうになった右京がコーラを流し込むと、小野田は軽く鼻を鳴らした。

「俺はおまえと違って器用に生きている。それで、交換条件はなんだ？　それとも十年ぶりの再会を祝して一杯やるか？」

「お願いというのは……」

最後まで小野田の顔をまともに見ることなく、右京が交換条件を提示した。

五

翌朝、右京からCD－ROMはしかるべき部署に渡したと聞かされた薫は、机を激しく叩いて抗議した。

「どうしてですか？」

激昂する部下に対して、右京は穏やかな声で答える。

「あの資料は汚職の事実を証明するものです」

「そうですよ。帝陽物産社長平沼惣一郎と通産族の大物代議士榊原巌夫の贈収賄の証拠ですよ！　だから、なんでそんな重要な証拠資料を！」

薫の声が大きいので、生活安全部の刑事たちが面白半分に特命係の部屋をのぞき込んでいる。

「あの資料があれば誰でも汚職を解明できます。そんなものにぼくは興味がない」右京が珍しく感情を表に出して主張した。「ぼくは三木さんが川で溺れ死んだ一件を調べているんです」

薫の怒りは収まらない。

「三木さんを追いかけていた人物ははっきりしたでしょう。平沼ですよ！」

「所轄署は単なる事故で処理したようですよ」

「なら仮にこれが殺しだとしても、その犯人は平沼でしょう！」

「証拠がありません」

「証拠はないですけど、状況が物語っているでしょう」

この石頭のわからず屋、と付け加えたくなるのを薫はすんでのところでとどめた。サスペンダーでスラックスを吊り下げた上司が、憎々しく見えてしかたがない。その憎々しい上司が口を開いた。

「ところできみは、いったいなにを怒っているんですか？」

「はあ？　俺たちが苦労して発見した決定的証拠をなんでみすみすよそへ回すんですか。手柄をくれてやるんですか！」

「いけませんか？」

なに食わぬ顔で右京が言うと、薫は怒りの矛先を見失ってしまった。

「俺とあなたじゃ人生観が違うから、なに言っても無駄でしょうけどね。俺はね、手柄を立てたいんですよ。立てて、立てて、立てまくって、また捜査一課に戻りたいんですよ！　いけませんか？」

右京が少し悲しそうな顔で、「いいえ、構いませんよ」と答えたとき、部屋の電話が鳴った。水入りには見計らったようなタイミングだった。

右京と薫は東京拘置所にいた。

先ほどの電話は東京地検からのもので、勾留中の田端甲子男がふたりに会いたがっている、という内容だったのだ。

「ちゃんと検事さんの取り調べに応じろよ」

薫が面会室のガラス越しに田端に忠告すると、未決囚は思いっきりふてくされた。

「だっておめえ、あいつのツラ、気に食わないからよ」

「だからといって俺たちを呼び出すな。こっちだって忙しいんだから」

「堅いこと言うなって。キャバクラだって指名できるんだからよ」

「キャバクラと警察、一緒にすんな!」

「まあ、ともかくよ。訊きたいことがあれば訊けよ。おめえらにはなんでも話すからよ」

どうやらふたりは田端に気に入られたようだった。スナイパーが強行策に出ようとしたのを阻止してくれた恩義を感じているらしい。

「それじゃあ、ダイナマイトの入手先は?」

「ダイナマイトですかあ……」

田端が薫の取り調べに応じようとしたところへ、右京が割って入った。

「その前にひとつよろしいですか?」

「なんだい?」

「あなたは東京大学のご卒業ですよね。あなたの同級生に三木英輔という人がいらっしゃったと思うんですが、覚えていらっしゃいませんか?」

田端は意味ありげに目くばせして、

「知ってるよ。川で溺れ死んじまったんだってな。ありゃあ、事故じゃないぞ」

「根拠は?」

「あいつは昔、水泳部員だったんだ。そんな奴がそう簡単に溺れ死ぬはずがねえ。泥酔状態だったって言うじゃねえか。体の自由が利かなくなるまで無理やり飲まされて、突き落とされたんじゃねえのかな」

「しかし、水に慣れていて、かえって油断した可能性もあるんじゃないのか?」

薫が反論すると、田端は口をへの字にして、むくれた。

「ふん。それになあ、きっとありゃあ、女が関わっているぞ」

「どうして、そんなことわかるんだよ?」

「ヤマ勘だ」

「なんだ、信じそうになったじゃないかよ」

「勘をばかにしたもんじゃないぞ。俺は受験のとき勘が冴えたから東大に受かったんだからよ」

これだから東大出は扱いづらい、と薫は天を仰いだ。

ふたりが警視庁に戻ると、玄関先にサラリーマン姿の男が思いつめたような表情をして突っ立っていた。

薫は不審な人物を放っておけない性格だった。考えてみれば、そのために田端の立てこもりにも巻き込まれたわけだが、考える前に口が動いていた。

「なにか、警察に御用ですか?」

男は助かったというように頬を緩め、生気のない声で衝撃的な内容を語った。

「三木英輔さんの溺死事件のことですが……青葉台の川に突き落としたのは私なんです」

「えっ!」

男は帝陽物産の資料室に勤務する篠塚敬一と名乗った。特命係のふたりは篠塚を取調室に導き、事情を聞くことにした。

「三木さんとはどういう関係だったのですか?」

「同期です。昔はウマが合って、よく飲みに行ったりもしていました」

「そのウマの合う同期を川に突き落としたのか？」

　薫が核心をつく質問をすると、篠塚は小さく首を横に振った。

「突き落としたと言っても、まったくの弾みだったんですよ」

「そのときの状況をお話しいただけますか？」

　右京が丁寧にうながすと、篠塚がとつとつと話しはじめた。供述によると、こんな経緯だったようだ。

　あの日、篠塚は久しぶりに三木から電話をもらった。それで旧交をあたためようと、居酒屋で一緒に飲んだ。アルコールが入って気が大きくなった篠塚は、三木に口論を吹きかけた。片や出世街道に乗っかった秘書室長、片や窓際の資料室という現在の境遇の差が不満となって噴出したのだ。口論はエスカレートし、いつの間にかつかみ合いの喧嘩となった。相手が殴りかかってくるので篠塚が払いのけると、三木はそのまま川に墜落した。

「まさか死んでしまうとは思いませんでした」

　篠塚がそう締めくくったとき、取調室のドアが開いた。捜査一課の伊丹憲一と三浦信輔がずかずかと入ってくる。

「特命係の亀山がこんなところでなにやってんだよ」

　伊丹が同期のライバルをにらむと、薫も負けずとにらみ返す。

「見りゃわかるだろうが。事情聴取だよ！」

「どういう権限で事情聴取なんかなさってるんですか？」

三浦は落ち着いた声で右京に詰め寄った。

「権限と言うならば、警察官としてでしょうかね」

「特命係にそんな権限はありませんよ！」

伊丹が吠えたので、薫は椅子を倒すような勢いで立ち上がった。

「なんだと」

一触即発の空気を破ったのは、机の前に座ったままの篠塚だった。

「あの……どうしたんでしょうか？」

本来の職務を思い出した伊丹が、篠塚に向き合った。

「あんた、青葉台の河川敷で死んだ会社員を川に突き落としたんだって」

「ええ、その話なら、いまこちらの刑事さんに……」

「悪いね。それ、無効なの」

「さ、おふたり出て行ってもらいましょうか」

伊丹が嫌味ったらしく薫をねめつけ、三浦がふたりを室外に追い出した。

六

篠塚の事情聴取を捜査一課の刑事に奪われた特命係のふたりは、帝陽物産の本社を訪れた。篠塚が勤務する資料室という部署がどんなところなのか、実地検分を行なうのが狙いであった。

岩崎麗子がふたりを案内したその資料室は、驚くほど殺風景な部屋だった。窓際にポツンとひとつデスクが置かれており、残りのスペースには壁に沿って何十もの段ボール箱が積み上げられている。それだけなのである。

「これが資料室？」

騙されているんじゃないか、という調子で薫が訊くと、麗子は硬い表情のままうなずいた。

「別名は〈牢獄〉、リストラ勧告を受け入れない社員たちを閉じ込めておくための部屋です」

「仕事も与えずに、ですか？」

「はい。一日、ただ無意味に時間をつぶすだけの部屋です。耐え切れなくなって、辞めてくれるのを待つんです」

「まるで拷問だな」

そう言い捨てる薫の脳裏には自分の境遇が二重写しになって浮かんでいた。特命係も警視庁の中では、この資料室と同じような位置づけなのではないだろうか。内村部長たち上層部が陰で、亀山はまだ辞めないのか、と悔しがっているという噂を耳にしたことがあった。自分は絶対に屈しはしない、と薫はこの部屋を見て、改めて意を強くした。

　薫の夢想を右京が破った。

「篠塚氏は毎日ここで過ごしてらしたわけですか？」

「会社もこんなことはしたくありません。でも、会社が生き残るためにはこうするしかないんです」ことばに反して麗子の瞳に反省の色はない。「ところで、篠塚はどうなるんでしょう？」

「と、おっしゃいますと？」

「どういった罪になるんでしょうか？」

「供述どおりならば、過失致死。五十万円以下の罰金です。殺人罪ではありませんからね」

　淡々と右京が答える。

「人ひとり殺して、たったの五十万……」

「どんな罪だろうが、あなたには関係ないでしょう」薫が突っかかった。「どんな事情であれ、これで会社は彼を懲戒免職にできる、晴れてクビにできる。そうでしょ！」

「関係あります。なぜなら篠塚は、わたしにとって昔の恋人を殺した男です。罪が重いのか軽いのか、気になります」

秘書のひと言は薫にとっては不意打ちのようなものだったが、怒りの炎はまだ鎮まってはいなかった。

「あなたたちがそうやって守ろうとしている会社ですけどね、もう時間の問題かもしれませんよ」

麗子の顔色が変わる。

「どういうことでしょう？」

「人をまるでごみみたいに扱って平気な顔してるけど、明日は我が身かもしれないですよ。少し想像力を働かせれば、それぐらいわかるでしょ」

「亀山くん」右京が割って入った。「無駄口はそれくらいにしてください」


東京地検特捜部が動きをみせた。

三木の元から流出したＣＤ‐ＲＯＭのデータを証拠として、帝陽物産社長の平沼惣一郎の逮捕を決めたのだ。代議士の榊原巌夫のほうには不逮捕特権があるので、まずは平沼を捕まえて、贈収賄事件の証拠固めをしようと考えたのだった。

だが、平沼は地検の動きに感づいていた。薫が不用意に漏らしたひと言から、麗子が会社の危機を察知した。そして、それを社長に伝えたのだ。

平沼は榊原に一報を入れた。電話を切ったあと、広々とした社長室をゆっくりと見渡した。天然オーク材で作られたキャビネットには、トロフィーやフォトスタンドが並んでいる。取引先の取締役たちとのゴルフコンペでもらった記念品や、海外視察に出向いたときの記念写真だった。榊原と握手している写真も交じっていた。

平沼はその写真が収まったフォトスタンドを取り上げると、じゅうたん敷きの床に叩きつけた。耳障りな音を立ててガラスが割れ、奇しくも握手するふたりの結ばれた手の部分に亀裂が入った。

ゆっくりと窓のほうへ足を運ぶ。社長室は本社ビルの最上階にあったので、遠くまで眺望が広がっている。ここに立ち、下界を見下ろしているとき、平沼はまるで世界を手中にしているような優越感に浸れたものだ。

そんな天下もたった半年の運命に過ぎなかった。平沼は思いを断ち切るように壁へ近づくと、そこに掛けてあった狩猟用のライフル銃に手を伸ばした。

薫が特命係の部屋に息を切らせて駆け込んできた。

「平沼が自殺したようですね」

「そのようですねえ」

右京が自分のペースを崩さずに同意した。なにやら紙切れを見つめている。

「俺が軽はずみであんなこと言っちゃったから、気づかれたんでしょうか？」

薫の声がいつになく悄然としている。

「気に病まないことです。どのみちCD-ROMを見つけられなかった時点で、腹をくくっていたと思いますよ。このあとの贈収賄事件の解決は東京地検に任せておきましょう。ところで亀山くん、きみは居酒屋でキャビアを食べたことがありますか？」

唐突な質問に薫が戸惑っていると、右京が「篠塚さんに確かめたいことがあるので、ついてきてください」と言い、何事かを耳打ちした。


留置場から連れてこられた篠塚が取調室の質素な椅子に座るのを確認すると、右京がおもむろに質問を開始した。

「あなたは三木さんを川に突き飛ばした日、キャビアを注文なさいましたか？」

「キャビア？」

「そうです。キャビアです。三木さんの遺体の胃には未消化のキャビアがありました。つまり、三木さんは亡くなる直前にキャビアを食べている」

篠塚が目を伏せるのを見て、右京が質問を続けた。

「あなたは確か三木さんと居酒屋で飲んだとおっしゃった。居酒屋のメニューにキャビアがありますかね？」

「あ、そうだ。居酒屋のあとでバーに行ったのを思い出しました。そこで頼みました」

「ふーん、バーねえ」と、薫。「なんて店?」

「飛び込みの店だったんで、名前はちょっと……」

「いい加減なことを言うな。あんた、嘘ついてんだろう。三木さんを川に突き落としたというのも嘘だろう!」

「本当ですよ。私が川に……」

右京のメタルフレームの眼鏡がキラッと光った。

「三木さんが川に落ちたとき、どうしてあなたは助けなかったんですか?」

「え? 三木は泳ぎが上手だったから……」

「居酒屋に続いて、バーにも行ったのなら、相当量のお酒を召し上がったのでしょうねえ。事実あのとき三木さんは泥酔状態でした。たとえ泳ぎが得意だったとしても、泥酔状態で川に落ちればどんな結果になるか、あなたはわからなかったんですか?」

「私もかなり酔っていましたから」

「心のどこかで、三木さんがこのまま死んでしまってもしかたがない、あなたはそう思いませんでしたか?」

「は?」

「となれば、未必の故意。殺人罪に準じる罪になります。いや、あるいは心のどこかで、このまま三木さんが死んでくれたらいい、あなたはそう思ったかもしれない。つまり、殺人罪、懲役十五年の罪です」

　右京が迫ると、信じられないという顔をして篠塚が叫ぶ。

「懲役だって！」

「そう」薫が篠塚に笑いかけた。「あんたがどうしても三木さんを川に突き落としたと言い張るのなら、必ず刑務所に送ってやるよ」

「そんなばかな！」

「罰金五十万じゃすまさないからな。覚悟しておいてね」

「むちゃくちゃだよ、そんなの」篠塚の顔つきが変わった。必死の形相になっている。

「しかしあなたには動機がある」右京の声が凄みを増している。冷酷に罪を追及する検事のようである。「同期入社の三木さんがどんどん出世していくのが、あなたは妬ましかった。その妬みが殺意に変わった」

「俺は殺してなんかいない。偶発的な事故だったんだ」

「そんなのこじつけだよ！」

「まあいいでしょう。証拠はこれからゆっくり固めます。じゃ、亀山くん、行きましょうか」

「待ってくれ！」

　右京が薫と目配せをして立ち上がりかけると、篠塚が引きとめた。額に脂汗が浮いている。

「懲役なんて冗談じゃない……俺じゃないよ。俺はなにもやってない。取り引きしただけなんだ」

「取り引き？　誰となにを？」

薫が訊くと、篠塚は短く「社長と」と答えた。

「社長というのは平沼惣一郎ですか？　だったらもう義理立てする必要はありませんよ」

「え？」

「亡くなりました。贈賄の罪に問われるのを恐れて、覚悟の自殺です」

篠塚の身体から、張りつめていたものが一気に抜け落ちた。虚脱したようすで、裏工作の全容を語った。

「三木を間違って川に落としたって名乗り出る代わりに、資料室から出してもらう……そういう取り引きだった。あの〈牢獄〉から出してもらって、ちゃんとした部署につけてもらう。復活できるチャンスだと思ったんだ」

「取り引きを持ちかけたのは社長ですか？　それともあなた？」

「こっちから持ちかけたんだ、あの赤い外車に乗った生意気な秘書を通じて。あの夜、街で偶然三木を見かけて声をかけた。あいつ、まるで幽霊みたいに疲れきった顔をしていた。居酒屋に誘って一緒に飲んだら、そこで手帳になにやら書き出した」

「手帳に？」

「平沼社長から榊原に裏金が渡っていると言って、具体的な日付と金額をいくつか書いて教えてくれたんだ。三木はその資料をすでに手に入れていて、平沼を失脚させるつもりだった」

「仲宗根氏が社長に返り咲けば、三木さんも冷や飯を食わなくてすむということですね」

「ああ。ところが予定が狂ったらしい。三木の計画が平沼サイドにばれたんだ。追われていて家にも帰れない、と嘆いていたよ。かわいそうに大切な資料を失くしたみたいで、逃げるしかなかったそうだ。あいつが憔悴しきっていたのは、そういう理由があったからだ」

「なるほど」

「そんな三木が翌朝死体になっていた。やったのは社長に違いない。だから取り引きを持ちかけた」

　篠塚の話を頭の中で吟味していた右京が、細かい部分にこだわった。

「三木さんは手帳に数字を書いたんですね？　そのあと彼はどうしました？」

「破って、丸めて、灰皿に捨てた。なにかの役に立つかもしれないと思って拾っておいたけど、社長が死んじゃったんじゃ意味がないな」

「その手帳のメモ、まだお持ちですか？」

「ああ、財布の中に。私の財布、どっかに保管されてるんでしょ？」

「そのメモをお借りできますか？」

右京が恭しく申し出た。


「ぴったりですね」

篠塚が財布に保管していたメモは、三木の手帳の破り取られたページだった。破り目が完全に一致したのだ。

「篠塚の取り引きに応じたということは、平沼が三木さんを殺したか、あるいは誰かに殺らせたか。いずれにしても黒幕は平沼だったんですよ」

薫がそう断言すると、右京もうなずいた。

「しかし、本人が死んでしまっては確認のしようがないですね」

「あの生意気な女秘書がなにか知っているんじゃないですかね？」

薫は思い出すのも苦々しいという顔をした。

「根拠は？」

「いや、ヤマ勘です」

「おやおや、きみも田端氏に影響されたのですか。その勘を信じて、ちょっとつついてみましょうか」

面白いいたずらを思いついたように右京の目が光った。

七

「平沼社長はお気の毒でした」

杉下右京は神妙な態度で岩崎麗子に一礼した。そのうえで、「確認したいことがあって参りました」と申し出た。麗子の表情は硬かった。

「どのようなことでしょう？」

右京は三木英輔の手帳を麗子の目の前に掲げた。

「これをカバンに隠したのはどなたでしょうか？」

麗子が怒った顔のまま押し黙っているので、薫が口を出す。

「包み隠さずに正直に答えてください」

それでも麗子は動揺せずに手帳を見つめたままだった。

「この手帳は亡くなる直前まで三木さんご自身が持ってらっしゃったことが、新たにわかりました。居酒屋で三木さんが破いた一ページを、篠塚さんが拾って持っていたからです」

右京の説明を薫が補足する。

「手帳の一ページが破かれたのは夜。俺がここにカバンを届けたのはその日の昼間。ってことは、カバンを届けた時点では、手帳なんて入っていなかったはずだ」

「まさか三木さんが死ぬ直前にここへ来て、カバンに手帳を入れたとは思えません。つまり、三木さん以外の誰かが当時ここにあったカバンに手帳を隠した。そう考えざるを得ないんですよ」ここで右京は正面から麗子を凝視した。「どなたがそんなことをしたのか、ご存じありませんか？」

「わたくしです」

麗子は悪びれたようすも見せずに認めた。

「そうではないかと思いました」

右京が納得すると、薫がずばりと切り込む。

「平沼に命じられてそうしたんですね？」

「そうです」

麗子が目を逸らさずに答える。

「カバンを隅々まで、それこそ裏地の縫製を解いてまで調べつくした事実をカモフラージュするためですね？」

「届けてくださったのが警察の方でしたから、またいつなんどきもう一度カバンを確認したいと言ってくるかわかりません。そうなったら、いったいなにを捜しているのかと追及を受けてしまいますから……」

相変わらず強気の美人秘書のことばを、右京が引き取った。

「縫い直すときに三木さんの私物を入れておけば、それは当然三木さん自身が入れたものだ、と思いますからね」

「ええ、捜し物は手帳だった、というふうにごまかせます」

「おかげで意味のない手帳にずいぶん振り回されましたよ」

右京が敵の手腕に感心して苦笑すると、麗子が「ごめんなさい」と謝った。

「ところで、今回の三木さんの一件について、あなたはどの程度ご存じだったんですか？」

麗子は額にしわを寄せて、

「汚職の証拠資料が会社から持ち出されたことを社長から聞きました。持ち出したのが三木だということも。社長が会社の人間に三木を捜させているのも知っていました」

供述が止まったので、薫が訊く。

「平沼が三木さんを殺したことは？」

麗子が黙秘しているのに苛立った薫がたたみかける。

「追いかけられていた三木さんが死んだんですよ。当然、不審に思いますよね？　ましてや平沼はこの手帳を持ってきて、カバンに偽装工作をしろとあなたに命じたわけでしょう。おかしいと思うでしょう、普通」

秘書が憤然と顎をあげる。

「まるでわたしが取り調べられてるみたい。たとえ、不審に思っても、そんなこと社長には訊けませんから。そうじゃありませんか？」

「だけど、少しでも不審に思ったんだったら、俺らに話してくれたらいいじゃないですか！」

「わたくしは会社の人間です。それも社長に仕えていた人間です」

麗子が一語一語を目の前の刑事に叩きつけると、刑事のほうは挑発して秘書の仮面を切り崩そうとする。

「昔の恋人を殺したかもしれない男に仕えていたわけだ」

「ええ、それがわたしの仕事ですから。なんの証拠もないのに、職務に背くことなどできません。わたくしのしたことはなにか罪に問われるんでしょうか？」

「命じられて手帳をカバンに隠した。不審に思ったが黙っていた。どちらも特に罪には問われませんね」

ここは相手のほうが一枚上手だ、と右京は冷静に状況を分析した。

特命係のふたりは、右京の行きつけの小料理屋〈花の里〉にいた。右京の別れた妻、宮部たまきが女将をやっているしっとりしたたたずまいの店である。

「亀山さん、なんだか浮かない顔してますね」

たまきが探るような目をして、温かいおしぼりを渡す。

「いえね、もうちょっとのところで主犯の殺人、あるいは殺人教唆の立証ができそうなのに、口の堅いエリート女が邪魔して……」

ぼやいている薫の耳に平沼という単語が飛び込んできた。店の奥に置かれたテレビで平沼の自殺が報道されていたのだ。

「あの事件なんですよ」おしぼりで顔を拭きながら、薫が女将に注意をうながした。

「自殺した平沼が黒幕なのはわかっているんですけど、決め手がない。こうなったら平沼の息のかかった社員をしらみつぶしに当たるか。たまきさん、まずは熱燗をふたつ。あとは今日のお薦め料理を。あれ、右京さん、どうしたんですか？」

右京はおしぼりを手にしたままの姿勢で、目をつぶっている。女将は笑いながら去っていく。

「ちょっと引っかかっています」

「なにがですか？」

「平沼はどうして三木さんを殺したのでしょうね？」

「そりゃあ、口封じでしょう」

「口を封じるにしても、証拠資料が手元に戻らないうちに殺してしまうのは少々乱暴な気がします」

「ああ、そらまあね……」

返事に困った薫はテレビに目をやる。画面は切り替わり、榊原巌夫が記者に囲まれていた。収賄事件への関与について追及を受けているが、金のことは秘書に任せている、と必死にごまかしている。

たまきがお通しを持って戻ってきた。テレビを振り返って、

「あの人たちはなんでもかんでも秘書のせいにするのよね。秘書が勝手にやりました、というのが決まり文句なのよね」

「それです!」突然、右京が叫んだ。「亀山くん、まだお酒を飲んでいませんね? 行きましょう!」

理由も行き先も告げずに右京が飛び出していった。薫はたまきにお詫びをしてから、時折変人になってしまう上司のあとを追った。

八

「急いでください」

右京はそう言って、赤色灯を車のルーフに載せ、サイレンを鳴らした。薫が思い切りアクセルを踏み込む。車がぐんと加速した。ふたりを乗せた覆面パトカーは首都高を羽田へ向けて突っ走っていた。

「どんな車かわかります?」

しっかりと前方を見すえて、先を行く車を追い越すのに注意を払いつつ、薫が訊いた。

「確か赤の外車だと篠塚さんが言っていました。もっとスピードをあげてください。間に合いませんよ」

「いいんですか?」

「構いません」

薫は持てる限りのドライビング・テクニックを駆使して車をぶっ飛ばした。夜間なので大型トラックが目立つ。追い越し車線に一台のトラックが居座ったままである。薫は舌打ちしながら車線変更し、走行車線からトラックを追い越した。

ふたりは岩崎麗子を追っていた。帝陽物産の本社に駆けつけたとき、麗子は退社したあとだった。自宅に電話をしてもつながらず、デスクに残されたダイアリーから、今夜の羽田発最終便で関西空港へ飛び、深夜にパリへ旅立つ予定であることがわかったのだ。残業で居残っていた社員に訊いたところ、十日程休暇をとって骨休めの旅行に出かけると語っていたらしい。

高飛びされる前に捕まえねばならない。時間はあまりなかった。それで少々無茶をしていたのだった。

「亀山くん、あれです！　間違いなく、あの車です！」

羽田空港が見えてきたところで、突然右京が叫んだ。

左車線に赤いアウディの姿があった。薫はその車の右に覆面パトカーをつけた。そのまま高速を降り、路肩の広くなったところへ誘導した。車を降りると、憮然とした表情の麗子が歩み寄ってきた。いつものきちんとしたスーツ姿ではなく、白いワンピースをまとっている。

「ちょっとお話を」と、右京が切り出す。

「ここに来る前に篠塚氏に会ってきました。彼は、取り引きに際して一度も社長本人とはお会いになってないそうです。間に立って取り次がれたのはあなただったのですよね？」

「そうですよ。わたしが社長のことばをそのまま伝えました。社長はいちいち一般社員にはお会いにはなりません」

執務中よりも濃いめのメイクを施した麗子は、ふだんよりもさらに勝気そうに見えた。

「そう、それが一種の盲点だったわけですよ」強くにらまれても右京は動じない。「『それが社長の意向です』『社長はこうおっしゃっています』『社長はそれをお望みです』そう付け加えれば、社長のことばとして通用してしまう」

薫がさらに付け加える。

「社長はいちいち一般社員にはお会いにならない、ってことは秘書を通してのやりとりが普通に行なわれている。秘書のことばは社長のことば、誰も疑いを持たない」

「今回の一件はすべてあなたが勝手にやった……違いますか？」

右京が告発しても麗子は黙ったままだった。三人の間にしばし沈黙が下りる。羽田空港から夜間飛行便が一機飛び立ち、エンジン音が秋風とともに届いた。

飛行機が上空に去るのを待って、再び右京が語りはじめた。

「みんなあなたに踊らされていた。もちろんぼくもそのひとりです。三木さんの遺体の所持品があまりに不自然に戻されていたのは、警察に今回の事件の背景を悟らせるため。そして、手間を省くと言って自ら不倫の事実を告白したのも、三木さんの部屋を調べさせるため。そうすることによって、警察の目はどんどん平沼社長に向かう。あなたはどんどん安全地帯に逃れることができる」

「とても面白い想像だと思います」ついに麗子が口を開いた。「邪推に等しいですけど」

麗子の目には力がこもっている。右京はその視線からふと顔を逸らした。

「よろしい。ならば、ぼくの邪推としましょう。やはり平沼社長が三木さんを殺した犯人ということにします。しかし、あなたがはっきりと平沼社長が犯人だと知っていたとなると、話は別です。犯人の身代わりで出頭した篠塚氏は隠匿収賄罪、犯人を隠し、利益を得ようとした罪」右京が麗子に向き直った。「そしてあなたは、それに加担した、つまり犯人隠匿罪に問われます」

「旅行は中止ですね」薫が嬉しそうに宣告する。「署まで同行してもらいますよ。もちろん任意ですけどね」

麗子の目にみなぎっていた力が抜けた。代わって戸惑いの感情がにじんでいる。

「平沼社長が犯人だとすると、あなたは警察に捕まります。しかし平沼社長が犯人でないならば、もちろんあなたに犯人隠匿罪など適用されません」右京は左の人差し指を立てた。「だがそこで、ひとつ問題が生じる。だったらなぜ、あなたは平沼社長が取り引きに応じたと篠塚氏に伝えたのでしょう？　いったいあなたはなにを意図していたのでしょうねえ？」

「頭のいいあなただ。すぐに明快な返事が出てくるでしょ？」

追い討ちをかけて、薫が揶揄した。麗子はなるべく感情を表に出すまいと、無表情を繕った。

「あなたはお洒落ですねえ」

あまりにその場にそぐわないことばが右京から飛び出し、麗子は思わず「はい？」と訊き返した。

「服のセンスが抜群です」

「それはどうもありがとう」

右京は目を麗子の足元に落とし、

「ハイヒールがお好きなんですね。いつも踵の高い靴を履いてらっしゃる」

「それがなにか？」

右京が背広のポケットから一枚の写真を取り出した。三木の部屋から押収したものだった。

「しかし、このときは低い靴をお履きになっていますね。あなたが三木さんと別れる直前の写真です。ここに写っているあなたはいつものスーツ姿。しかし靴の踵が妙に低い。どうしてですか？」

麗子は思いっきり呆れたという顔になり、

「だから男はやんなっちゃう。髪を切れば失恋したのか、口紅を変えたら男が変わったんだろう。いちいち女の変化に下世話な理由をつけたがる。なんなのよ！」

右京はまるでへりくだったように、

「ぼくも非常に下世話な想像をしてしまいました。このとき、あなたは妊娠なさっていたのではないですか？」

ここまで気丈な態度を崩さなかった美人が、一瞬ぐらついたように見えた。右京のことばがダメージを与えたのだ、と薫は悟った。

「だとすると三木さんの子どもでしょうねえ。しかし現在、あなたはお子さんをお持ちではない。ひょっとすると今回の一件を解く鍵は、その辺りにあるのではないか、と。このうえもなく下世話な想像です。ぼくの悪い癖で」

「もう観念したらどうですか？」

薫のことばが誘い水となり、麗子の目からこらえていた涙がこぼれた。

「平沼が殺したのか、岩崎さん、あなたが殺したのか、どういう結末にするのか、ご自分で決めなさい！」右京が声を荒げた。「この事件を仕組んだあなたには、幕引きをする義務がある！」

「三木が悪いのよ」

魂の抜けた声で、ぽつんと麗子が言った。

「あなたが三木さんを殺したんですね？」

「だって、彼が最初に殺したんだもの……自分の子を……その罪は償うべきだわ」麗子は涙をぬぐって、「そう、そのとき妊娠してたの。もちろん真っ先に三木に報告したわ。だけど、彼、堕ろせって言った……耳を疑ったわ！　まさかそんなせりふが彼の口から出るとは思わなかった……堕ろしたわ。つまらない男の子どもなんか欲しくなかったから。殺意なんて簡単に生まれるものね」

「つまり、三木さんへの復讐だったわけですね」と、薫。

「それは違う。制裁よ。殺意は簡単に生まれても、殺人は簡単にはできない。せっかく殺しても、捕まっちゃったら困るもの。そんなふうに日々を過ごしていたとき、あのクーデターが起こった。それを利用したの。三木に平沼の汚職の証拠資料を渡してやれば、喜ぶに違いなかった」

「その一方で、平沼社長には三木さんが証拠資料を持ち出したと知らせたわけですね」

と、右京。

「そう、三木を追いつめてやるため。追いつめられた三木はあの夜、遅くにわたしのところへ来たわ。追いつめたのは平沼だと信じきっていて、助けを求めに来たの。わたしは平沼を説得してみると騙して三木を安心させ、バーに誘った。すでに居酒屋で飲んでいた彼はすぐに酔っ払ったわ。隙を見て川に突き落とすのは、あっけないほど簡単だった」麗子はひとつため息を吐いた。「泥酔状態の彼の所持品を一度取り出してわざわざ入れ替えたのに、手帳でミスしたのは迂闊だった……」

「助けを求めに来た人間を、あんた、殺したのか！」

薫が罵声を浴びせたが、麗子は哀れむような目で見返した。そして激しい口調で言い返す。

「全然わかってない。殺すために、助けを求めに来させたのよ！　お腹の中をかき混ぜられた屈辱と痛みが、男のあんたにわかるの？　わかるわけないでしょ！」

突然、般若が立ち現われたように薫の目には映った。思わずたじろぐと、右京が静かに言った。

「わかりません。男のぼくにはその屈辱と痛みは永遠にわからない。ですから、あなたが殺意を持ったことまでは咎めません。しかし、それを実行に移したことは許せない。それだけは、たとえどんな理由があろうと許せません！」

「あなたに初めて会ったとき、嫌な予感がしたわ」麗子は頭を大きく振ると、精いっぱい強がった。「送っていただけるのかしら？　それとも自分で運転して行きましょうか？」

九

マンションに帰った亀山薫は、同棲相手の奥寺美和子におずおずと声をかけた。

「なあ、美和子、おまえ妊娠なんかしていないよな？」

シャワーから出てくつろいでいた美和子は呆気にとられた表情で、薫のところへ飛んできた。そして、優しくたしなめた。

「あのね、薫ちゃん、すべての物事には、原因があって結果があるの。原因がないのに、結果があるわけないでしょ？」

「だよね、妊娠するはずないよね。最近、してないんだから、俺たち」

「正解！」

「どうもこの頃いらいらしていてさ。この前も怒ってごめん。田端甲子男の記事」薫が譲歩した。「ついては、仲直りのために、久々に、その……」

しどろもどろの薫を見て、美和子が笑った。

「久しぶりに、ただれてみよっか！」


杉下右京は東京拘置所で、田端甲子男と面会していた。今回の事件の結末を報告しにやってきたのだ。

「ほらな、俺の言ったとおり、女がいただろ」田端が胸を張った。「ま、ともかく、ご報告ご苦労さん」

晴れ晴れとした気持ちで引き下がろうとする田端を、右京が呼び止めた。

「もうひとつ、別件があります」

「なんだよ？」

不審がる未決囚の目の前で、右京が背広の内ポケットからおもむろに封筒を取り出した。

「あなたへの返事をお持ちしました」

「警視総監の野郎、ようやく書きやがったか」

「いえ、警視総監の返事ではありません。それよりも、もう少し偉い人」

「え？」

右京が封筒を裏返しにし、差出人の自筆署名を見せた。

「警察庁長官、渡邊……え、なんで、こんな大物から返事がくるんだよ」

「ぼくもちょっと取り引きしたもので」

にやりとすると、封筒から便箋を取り出し、その手紙を読み上げはじめた。

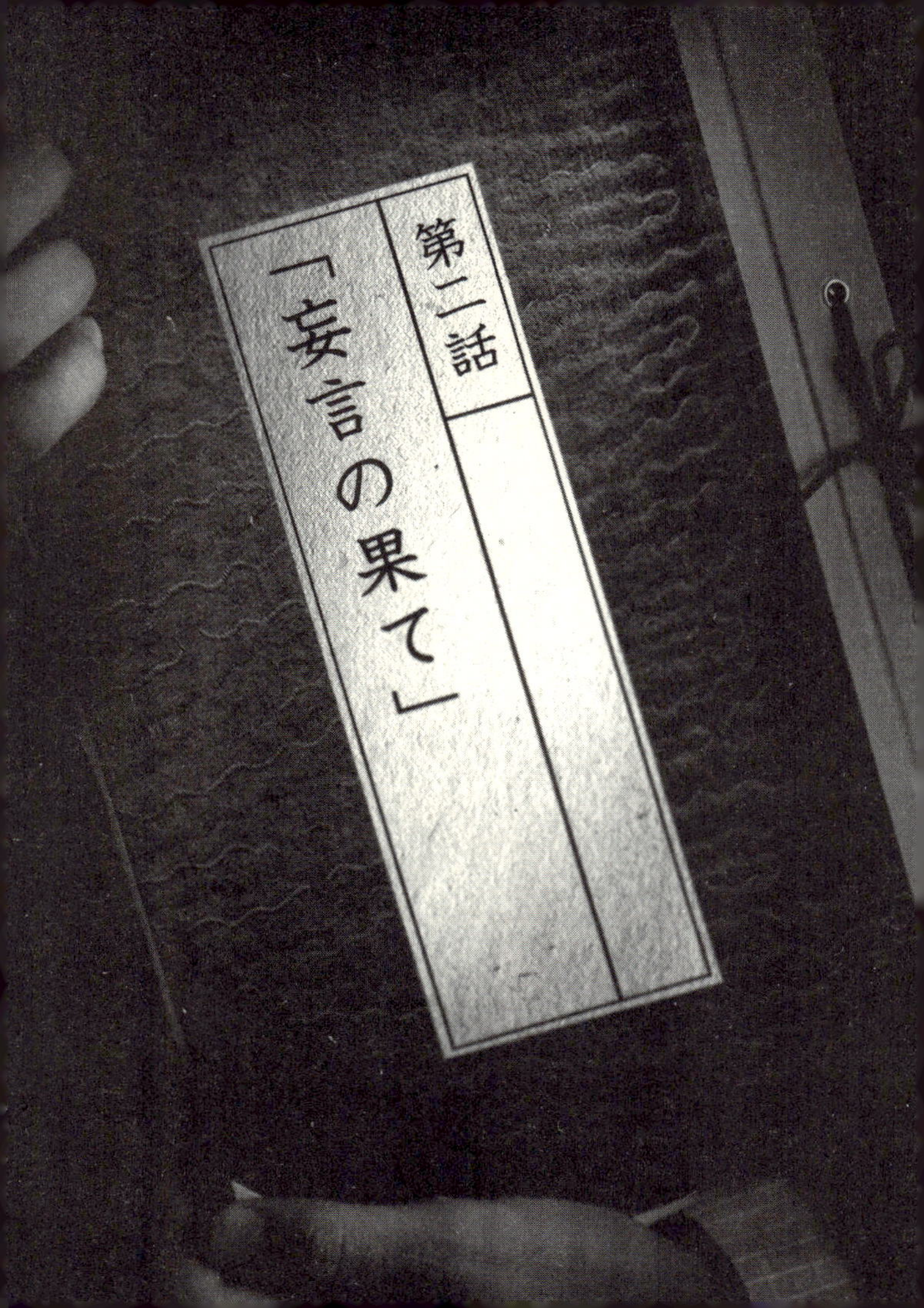
第二話
「妄言の果て」

一

亀山薫は珍しく高層ビルのフレンチレストランなどという似つかわしくない場所にいた。

このところ奥寺美和子とすれ違いばかりで、同棲生活を送っているのにまともに顔も合わせていなかった。そこで思い切って公休を取って、たまにはランチと洒落込もうと考えたのだ。

ところが、その美和子が来ない。帝都新聞社会部の記者なのだから、忙しいのは承知している。しかし、スケジュール帳を見ながら、この日ならなんとかなりそう、と言ったのは彼女のほうなのだ。

（まったく、なにやってんだよ）

心の中で小さく毒づいたのが、ひょっとしたら声に出ていたかもしれない。お冷を注ぎ足しにきたウェイトレスが、びっくりしたような顔でこちらを見ていた。ばつが悪くなった薫はメニューを取り上げ、注文を検討するふりをしながら、窓の外に目をやった。

そのときである。とあるビルの屋上で不自然にたたずむ若い女性の姿を目撃したのは。女性は屋上の縁に立ち、道路を行き交う車や通行人を見下ろしているように見える。屋上に手すりはついておらず、彼女のほかには誰もいない。

「嘘だろ、おい！」

今度ははっきりと声に出すと、薫は一目散にレストランから駆け出した。すぐに電話で応援を要請し、薫は全速力で女性がいたビルへ飛び込んだ。小規模な会社が入ったオフィスビルのようで、エレベーターは一基しかない。そのエレベーターはいま三階と四階の間を上昇中だった。

薫は迷わずに階段へ向かった。一段抜かしで駆け上がり、呼吸を乱しながら屋上にたどりついた。ドアは簡単に開いた。おそるおそる縁に目をやる。女性の姿がない。遅かったか。舌打ちしながら端のほうへ移動し、顔を乗り出して地面を見渡した。

平日ののどかなストリートが視界に飛び込んできた。目を凝らしても、人が落ちた気配などどこにもない。誰ひとり騒いでいる者はいなかった。

（思いとどまってくれたのかな……）

確信を持てず、振り返ったところに応援の制服警官が駆けつけてきた。そのうちのひとりが、ふと立ち止まる。

「こちらに女性がいます」

薫がそばに寄ると、女がうなだれて座っていた。果たして先ほど見かけた女性である。

「まったく驚かせないでくださいよ……」

しかし薫は驚かされた。ものの見事に驚かされたと言ってもよいだろう。女性は神林淳子と名乗った。そして、とんでもないことを口走ったのである。

「わたし、人を殺しました」

薫は杉下右京に連絡した。特命係の上司は暇を持て余していたらしく、すぐに来てくれた。ふたりが合流したのは、例のビルの地下駐車場だった。

「わけがわかりませんよ。この人が、車の中で人を刺し殺したって言うんですけどね、見当たらないんですよ」薫がぼやく。「死体も、血痕も」

駐車スペースには真新しい国産のセダンが一台停まっていた。買ったばかりの新車なので、ひと目見ただけで血の汚れなどはないことが見て取れる。

「確かに殺しましたか？」

右京が問うと、淳子はしっかりした口調で、「はい」とうなずいた。

「しかし、肝心の死体がありませんね」

「本当に殺したんです！　殺して、車に死体を残したまま、屋上に上って……」

「困りましたね」

刑事と容疑者の立場が逆転したようなちぐはぐな会話を交わしていると、サイレンを鳴らして警察車両が入ってきた。降りてきたのは捜査一課の刑事、伊丹憲一と三浦信輔だった。

「こら、特命係の亀山、こんなところでなにやってんだ」

薫と右京を憎々しく思っている伊丹が、喧嘩を売るように近づいてきた。

「うるせえな、特命係は余計だって、言ってんだろが」

「殺人事件と聞いたが、死体はどこだ？」

三浦の質問に、薫がすっとぼけてみせる。

「知らない。というか、俺も知りたいけど、どこだかわかんない。ただいま捜索中」

部下のわかりづらい説明を補足するように、右京が言った。

「どうやら死体はないようですよ」

伊丹と三浦が顔を見合わせていると、淳子がそんなはずはないと訴えた。

「だって殺したんです」

薫が淳子の車のドアを開け、確認するようにぐるっと見回した。

「何度も言いますが、血痕のひとつもありませんよ」

「血はほとんどシャツににじんだ程度だったから……」

薫は淳子に虚言癖があるのではないか、と考えていた。結局、自殺も人の関心を集めるための狂言だったのだろう。

しかし、右京はまだあきらめていないようだった。メタルフレームの眼鏡の奥から、淳子をじっと見ている。

「ナイフを刺したままにしておいたとすれば、出血がなくても不思議はありません」

「痙攣して、それからすっと息しなくなって……」

思い出し思い出し語る淳子の発言を薫が遮った。

「確実に死んでいるかどうかを確かめたわけじゃないんでしょ？　ひょっとしたら死んでなかったんじゃないですか？」

「え？」

「運よく急所を外れていたんですよ。近所の医者を当たってみたほうがいいかもしれないな」薫はここで伊丹のほうを向き、「おまえに任せるよ、その地道な聞き込みはよ」

伊丹の頭に血が昇る。

「黙って聞いてりゃ調子に乗りやがって。勝手なまね、すんじゃねえよ！」

「どうして殺したんですか？」

薫と伊丹ののしり合いを無視して、紳士的な物腰で右京が淳子に訊いた。

二

亀山薫はまたしても驚かされていた。

淳子の夫は、修明館大学の教授で国際政治学者の神林寿一朗だった。しかも、ただの大学教授ではなく、国家公安委員を務めていたのだ。警察庁を管理する国家公安委員といえば、一介の刑事にとっては雲の上の存在である。

いまそのお方が雲の上から警視庁の刑事部長室に降臨され、亀山薫に会いたいと仰せであった。薫は重い足取りで刑事部長室に向かいながら、せめて事前に教えてくれていたら、もう少しは小奇麗な恰好をしてきたのに、と己の服装を嘆いた。汗の染みたTシャツの上から羽織ったフライトジャケット、下はだぼだぼのワークパンツ。もし今後、警察官たるもの身なりをきちんとすべしというお達しが下るようなことがあれば、きっと自分のせいに違いない。

鹿爪らしい顔をして刑事部長室に入り、深々と礼をすると、小柄で痩せた初老の男が椅子から立ち上がった。神林寿一朗だろう。この小さな男が警察組織に絶大な影響力を及ぼす場面を、薫は想像できなかった。同席している刑事部長の内村と参事官の中園がかしこまったようすなので、間違いなくこの小男が国家公安委員だとわかる。

「こりゃ、どうも。このたびは家内がお世話になったそうで、ありがとうございます」

体格に似合わない朗々とした声を聞き、薫の神林に対する評価が少し持ち直した。自分もなるべくはきはきした声で答えねばと思う。

「いえ、どうも」

「おまけに家内の妄言のせいで、貴重なお時間を取らせてしまって申し訳ない」

「奥様は少しおかげんが悪いそうだ」

中園が国家公安委員の実力者を気遣って発言した。いまにももみ手をしはじめそうである。神林の声のトーンが下がった。

「実は少々気を病んでいまして、医者にかかっております。それにしても、人を殺しただなんて、まったくとんでもないことを言い出すもんだ」

「人殺しは……妄言ですか」

はきはきした受け答えは早くも忘れ去られている。

「家内の妄想の産物です。お恥ずかしい次第です」

「もういい、おまえは下がれ」

中園が先ほどとは対照的に特命係の刑事をいっさい気遣わない発言をした。

「あ、でも、もう少し……」

「下がれと言ってるんだ」内村の口調はさらに容赦がない。「用事は済んだ」

「お目にかかって、ひと言お礼を申し上げたかったんです。お呼び立てしてすみませんでした」

神林にこう言われると、これ以上刑事部長室にとどまる理由はなにもなかった。

警視庁の地下駐車場には、昨日押収した淳子のセダンが停められていた。いま、その車のそばに特命係の右京と鑑識課の米沢守がいた。

「ほう、この車の持ち主は芸者さんだったんですか」

紺色の制服を身につけ、黒縁眼鏡をかけたぽっちゃり顔の鑑識員が、車の中に上半身を入れたまま問い返す。

「向島《むこうじま》だそうです」

折り目のついたスラックスをサスペンダーで吊り、スーツのボタンをきちんと留めた特命係の警部が、車の外から答えた。

「特に反応はありませんね」

米沢は押収した車の中に血痕が残っていないか、ルミノール反応を調べているところだった。運転席に助手席、後部座席はもちろん、床や天井まで丹念に試薬を吹きかけているが、血液の反応は出ないのだった。

「そうですか。一応、念のためと思いまして」

「しかし、こんなふうに勝手に調べて、叱られませんかね?」

「叱られるでしょうね、見つかれば」

平然と右京が答えると、米沢が納得したように目を輝かせた。

「なるほど。見つからなければ、叱られませんね」

「そういうことです」

「いずれにしろ、ここに死体のあった痕跡はありませんね。おっしゃるとおり、ナイフを引き抜かねば血が出ない可能性もありますが」

「死体そのものが存在しない可能性もあるわけですか。奥さんは確かに殺したと言っているんですが……」

右京が考え込んでいると、背後から聞きなれた声がした。内村に追い出された薫だった。

「妄想らしいですよ、すべて奥さんの」

「妄想ですか」と、右京。「どなたが言ってました?」

「ご主人が。いままで刑事部長室で神林教授と会ってたんです。ひと言お礼が言いたい、とかで」

「せっかくですから、もう一度お会いしましょう」

薫の返事も待たずに、右京が行動を起こした。上司の風変わりな言動には慣れている薫は、黙ってあとを追う。

刑事部長室では、神林寿一朗が内村と中園に暇《いとま》を告げているところだった。背筋をぴんと伸ばして部屋に足を踏み入れた右京は、戸惑う刑事部長と参事官を無視して、国家公安委員の元へ歩み寄った。薫も上司にならい、神林に一礼する。

「神林教授にひとつお訊きしたいことがあります」

内村が不快感を露わにした。

「なんだ、おまえたち、呼んだ覚えはないぞ。帰りたまえ。どうぞ、教授、参りましょう」

「お時間は取らせません」

動じることなく右京が言うと、中園がそれを遮った。

「貴様、立場をわきまえろ！」

「まあ、いいじゃないですか」神林は右京に関心を示し、興奮した中園の怒りを鎮めた。

「どんなご質問ですか？」

「奥様が気を病まれた原因はなんですか？」

右京の質問があまりにストレートだったので、平静をよそおっていた薫も内心でひやひやした。

「それも捜査の一環というわけですね」小柄な大学教授が右京の目を真っすぐ見た。

「当然、秘密は厳守していただけると理解してよろしいですね？」

「言うまでもありません。個人的な興味でお訊きしているのではなく、今回の一件の根源となった事情を知りたいだけです」

「事件でもないのに、そんなプライベートなことまでお話しいただく必要はありません」

押しとどめようとした内村を制して、神林が口を開く。

「原因は、女ですよ。世間で言うところの愛人です。どうやら私の愛人の存在がばれてしまったようで、それ以来、家内の調子が思わしくない。心療内科に通いはじめました。不安神経症というやつらしくて、精神安定剤を服用しております」

予想外の打ち明け話に、めったに動揺しない右京も目を伏せた。

「なるほど。失礼いたしました」

「よろしいですかな、これで？」

「ありがとうございました」

特命係のふたりが深くお辞儀するのを一瞥すると、神林は内村に向かって、

「それでは家内は引き取らせていただきますよ。それから車は早急に自宅まで届けていただけますか。家内に運転させるわけにもいきませんので」

その要求は、お願いではなく命令に近い響きを含んでいた。

三

特命係の部屋で油を売っていた薬物対策課長の角田《かくた》六郎が、愚痴っぽい口調で薫に問いかける。

「国家公安委員ねえ。連中、いくらもらってると思う？」

「知りませんよ、そんなこと」

「二千六百六十万。特別職の国家公務員だからな。なにしろ俺たちの親玉、警察庁を管理してんだよ」

「具体的に、なにやってんですか？」

「知らん」

　薫の乗り出した上半身ががくっと崩れる。

「で、その奥さんってのは後妻か？」右京が否定しないので正解を確信した角田は、

「やっぱりなあ、そうやって偉い人というのは、何人も何人も若い奥さんをもらえるんだよ。俺も偉くなりてえな。朝、目覚めたら、偉くなってねえかなあ」

　角田が冗談を口にしながら退室したのを確認した右京が、部下に苦言を呈した。

「あまり吹聴しないでくださいね。きみは腰が重いわりに、口が軽いですから」

　痛いところを突かれた薫は、フットワークが軽いところをアピールするかのように、ひょいと立ち上がった。

「本当に妄想なんですかね。奥さんが殺したっていう男のこと、調べてみましょうか。猪口《いのぐち》達也っていうらしいですけど、実在の人物なんでしょうか」

「それは捜査一課に任せましょう」と、右京。「それぐらいの裏づけは取るでしょう。

万が一にも、死体が出てきたりしてはことですからねえ」

「右京さんは奥さんの話、妄想だと思っているんですか？」

　薫の質問をはぐらかすように、右京が問い返す。

「きみはどう思いますか。夫の浮気くらいで、気を病むものでしょうか？　しかも、花柳界にいた女性が」

「それは偏見じゃないんですか。美和子なんかが聞いたら、嚙みつかれますよ。嫉妬の深さは人それぞれだ、って」

　薫がしごく真っ当な答えを返す。右京は唇を湿らすように紅茶に口をつけた。そして、自分の頭を整理するように、ゆっくりと話しはじめた。

「たとえば、こんな話はどうでしょう。ここに、見初められて結婚して花柳界を去った女性がいます。ところが突然、昔付き合っていた男が現われた。しかもその男はあまり身持ちのよくない男です。男の目的は金の無心。夫に過去の不行状を知られたくない妻は、何度かこっそり金を渡しますが、そうすればするほど男はつけあがる。要求はさらにエスカレートします。きりがない」

　瞳を閉じて語っていた右京が、薄目を開けた。

「ぼくとしてはこちらのほうがよっぽど、気を病んで医者にかかる理由としては納得がいくんですよ」

「いまの話こそ妄想じゃないんですか？」

薫がからかうと、右京は苦笑するだけだった。


伊丹憲一は緊急事態だった。

刑事部長室に呼ばれて、内村と中園から長々と指示を受けていたのだ。相手は国家公安委員の奥さんだから、無理に詮索してはいけないことくらいちゃんと心得ている。引き際だって理解している。それなのにくどくど同じことを繰り返しやがって。おかげで膀胱が破裂しそうだった。

ようやくトイレに駆け込んで、ほっとした瞬間、次の非常事態が発生した。何者かが伊丹を後ろから羽交い絞めにしたのだ。

「聞き込みの結果教えてくれる？」

「てめえ、亀山か。放せ、こら、放せ」

「話したら、放してやる。猪口達也って人物は本当にいたのか？」

いつも取り澄ました伊丹の顔が歪む。

「あー、漏れる。漏れちゃうだろうが！」

「じゃあ、話せ」

「いたよ、いた！」

我慢の限界に達していた伊丹が手短に答えた。薫が手を離すと、伊丹は小便器へとダッシュした。ようやく生理的欲求をかなえられた伊丹に、薫が話しかける。

「で、生きてたのか？」

「知るかよ。猪口って男は確かにいたが、行方不明だよ！」


左半分がちぎれたような変なデザインのプレートがかかった特命係の部屋に戻った薫は、伊丹から聞き出した話を右京に報告した。

「なんでも猪口達也は女の家を泊まり歩いているような男だったそうです。住所不定、恒常的に行方不明みたいなもんです。おまけに博打の借金で、その筋の連中に追い回されていたらしい。いまごろは海の底じゃないか、っていう噂もあるそうです」

「つまり、行方不明であっても直ちに今回の一件とは結びつけられない、ということですね」

「捜査一課はこの辺でお茶を濁すらしいですが、どうにもすっきりしません。結局、なにが起こったんでしょう？」

「それを調べましょう」

そう言う右京の目には、闘志が宿っていた。

四

右京と薫はとある病院を訪れた。神林淳子が入院したと聞いて見舞いに行ったのだが、本当の目的は別にあった。快適そうな個室のベッドに腰かけた淳子に対して、右京が本来の目的を果たそうと質問する。

「あの車はまだ新車ですか？　ずいぶんきれいでしたが」

「誕生日に主人に買ってもらったばかりですから、ほとんど新車でした」

淳子が屈託なく答える。

「へえ、誕生日プレゼントですか！」

薫は感心しただけだったが、右京は淳子の微妙な言い回しにこだわった。

「あなたはいま、ほとんど新車でした、とおっしゃいましたよね？　聞きようによっては、もうあの車はないように聞こえますが？」

「ええ、処分しちゃいました」弁明するような口調で淳子が言う。「主人が忌まわしい車は廃車にしてやるって……なにかまずかったですか」

刑事が目を見合わせるのに不安になったのか、淳子が奇妙な質問を投げかけた。

「刑事さん、わたしは人を殺したのでしょうか……それとも殺してないのでしょうか？」

「それを調べているところですよ」

「わたしは……殺したんじゃないかと思います。主人も病院の先生もそれは夢だって言うけど……夢なんかじゃない」

それこそ夢でも回想しているようなおっとりとした口調で淳子が罪を告白していると、ノックの音がして、神林寿一朗が姿を現わした。

「これはこれはおそろいで。どういうご用件ですかな?」

「奥様の許可をいただいて、もう一度あの車を拝見させてもらおうと思いまして」

「警察官が仕事熱心なのは大変結構ですな」大学教授が明らかに皮肉とわかる声で言った。「しかしあいにくですが、もう車はありません」

「どこかに処分されたのですか?」

「スクラップ工場です。なんなら場所をお教えしてもいいが、いまごろはもう鉄の塊になっているでしょう」

神林が挑戦するような目で右京をにらんだ。

「おそれいります」薫が右手で敬礼をし、おどける。「それでは教えていただけますか」

「起こってもいない事件を調べる暇があったら、ほかにもっとやることがあるでしょう?」

神林は憮然としながら、スクラップ工場の場所をふたりに告げた。

目の前で一台の乗用車が押しつぶされ、圧縮され、あっという間に立方体の鉄くずに変わっていく。教えられたスクラップ工場で目の当たりにする廃車処分の光景は、想像していた以上に暴力的で騒々しかった。

「これじゃあ、お手上げですね。まさに握りつぶされちゃった、って感じですよ」

薫が正直な感想を述べると、右京が不吉なせりふを吐いた。

「もしかしたら死体も一緒につぶれているかもしれませんよ」

「だったら、調べます？　このスクラップの山を丹念に調べれば、死体の痕跡が発見できるかもしれない……」

薫のことばに力がない理由は明らかだった。工場の一角に設けられた広大な倉庫の中には、数え上げるのも嫌になるくらいたくさんの立方体の鉄の塊が積んであったのだ。

「物理的にも難しいかもしれませんが、立場的にも難しいようですよ」

上司の言わんとすることがわからず、視線を上げた薫はすぐにその意味を知った。スクラップマシンの騒音で気づかなかったが、いつの間にか工場の敷地内にパトカーが入ってきていた。

「自分たちがなにをやってるのか、わかっているのか？　つまらぬ詮索はすぐにやめろ」

刑事部長室に呼びつけられ、中園から叱責されても、右京はへこたれていなかった。

「神林教授から早速抗議があったんですね」

「そんなことはどうでもいい。これ以上、勝手なまねは許さん！」

薫も右京を見習って、内村に逆らってみた。

「だけど、殺人事件は間違いなくあったんですよ」

「証拠はどこにある？」

「……」一瞬ことばにつまった薫が言い返す。「スクラップの山を調べれば……きっと出ます！」

「証拠もないのに、スクラップを押収できるか？」

「そんな鶏が先か卵が先かみたいなことを言われても……いまなら間に合います。ですから……」

薫の精いっぱいの抗議は、中園にたやすく退けられた。

「スクラップの山を押収して、ひとつひとつ丹念に調べるのに、どれだけの人員と予算を割かねばならないか、わかっているのか？　調べればわかるという根拠を示せ」

「亀山くん、部長と参事官のおっしゃることももっともです」

右京が譲歩したので、内村が大きくうなずいた。

「わかったのならいい。すぐにやめろ」

「いいえ、そうはいきません。スクラップが調べられないのなら、別の証拠を探すまでです。白か黒か、はっきりしないと気が済みませんので」

きっぱりと言い切った上司の横顔を見て、薫も勇気を出した。

「右に同じです」

「そうか」内村が不敵な笑みを浮かべた。「しかし、懲戒処分は覚悟しておけよ。最悪の場合は懲戒解雇だ！」

「ご随意にどうぞ」

沈着に対応する右京とは違って、薫は早くも後悔していた。刑事部長室を出て迷いなく去っていく上司に、すがるような目で訊く。

「別の証拠ってなんですか？」

「さあ」

「さあって、なにか当てがあるから部長の前で大見得を切ったんでしょ？」

右京が部下に険しい目を向ける。

「ぼくは見得を切った覚えはありませんよ。それから、クビになるのが嫌なら、きみはここで降りてくれても結構です」

「いや」反射的に否定の返事を口にしていた。「最後までお付き合いします！」

「じゃあ、証拠を探しに行きましょうか」

「はい」

元気よく答えながらも、右京がどこへ行くつもりか、薫は見当がつかなかった。

五

「お待たせしました。これがその車種の八月以降の販売記録です。ごゆっくりどうぞ」

廃車にされた淳子の車と同じセダンを取り扱っているディーラーの担当者が、ファイルを持ってきた。右京は期待に満ちた目でその一覧表を受け取ったが、薫はいまもまだ上司の考えが読めなかった。

「亀山くん、この中から女性の名前を探してください」

「神林淳子ですか？」

「いえ、神林教授の愛人です」

「え？」

「奥さんへの対抗心から、同じプレゼントをねだる愛人がいる。そんな話を聞いたことがあります」

「神林教授の愛人もそうだった、と言うんですか？」

なんとなく解せぬ思いの薫だったが、角田が羨ましがった報酬を実際にもらっているのなら、新車を二台買うくらいは難しくはないだろう。

「どうすれば車内に痕跡を残さずに死体を消せるかを考えたんです。同車種の車が身近にあればいい」

右京が声を潜めて薫に打ち明けた。薫は右京の考えを読み取った。

「死体の乗っている奥さんの車と同じ車種の愛人の車で現場に乗りつけ、その車は現場に置いて、奥さんの車で現場を去った。そういうことですか？」

右京は満足げにうなずく。

「車内のアクセサリーなどを付け替えれば、その場は十分にごまかせます」

「だけど、ナンバープレートまでは替えられませんよね。付け替えたら必ずその痕跡が残ります」

「ナンバープレートに手を加えた痕跡はありませんでした。しかし、そのナンバーから、間違いなくあれが奥さんの車であったか、我々は確認していない。もっとも、あの状況でそれを疑えというのは無理な話です。奥さんが気づかなかったものを我々が気づくはずもありません」ひそひそ話に思わず熱がこもった。「つまり、ナンバープレートを付け替えたりしなかったことが、かえって功を奏したわけですよ。工作しすぎなかったために、うまく盲点になったんだと思います」

薫がすぐに反論を思いついた。

「逆らうようですが、死体だけ乗せ替えて運び去ればいいんじゃないですか。これなら、なにも同じ車種じゃなくてもいい。新車である必要もない」

しかし、右京はその反論にも答えを用意していた。

「車内に事件の痕跡があったらどうしますか？　血痕がないとしても、被害者の髪の毛や指紋は残っているでしょう。殺人事件をまったくなかったことにするには、どうしても車ごと取り替えてしまう必要があります」

「わかりました。探しましょう」

薫も納得し、購入者リストに目を落とし、女性の名前がないか調べていく。

「ありました。これどうでしょう。松井真由美」

販売リストに記載されていた住所を訪ねてみると、ちょうどひとりの女性がスクラップにされたのと同車種のセダンに乗り込むところだった。

「松井真由美さん？」

女性が怪訝な顔で近づいてくるふたり連れを見た。薫が警察バッヂを掲げてみせる。

「ごめんなさいね。俺ら、怪しいもんじゃないんで」

「警察？　なんのご用でしょう？」

右京が単刀直入に本題に入った。

「この車は神林教授に買ってもらったんじゃありませんか?」

真由美は脅えた目をして、小さくうなずいた。


夜から雨になった。

右京はスクラップ工場へ神林を呼び出した。大粒の雨がトタン屋根を叩く。たったいま、右京は自分の推理を神林にぶつけたばかりだった。

倉庫の中には真由美の承諾を得て借りてきた車が運び込まれている。それを横目でうかがいながら、取り乱したようすも見せずに、神林は言い放った。

「これが証拠だとおっしゃるんですか?」

「ええ、からくりはいまお話ししたとおりです」

「確かにこの車を使えば、あなたの言ったとおりのことが可能でしょうな。しかしそれは、可能か不可能かと言われれば可能なだけで、私がそうしたという証拠にはならない」

「そうでしょうかねえ」

右京のせりふを合図にして、スクラップの陰から薫が出てきた。後ろに淳子を従えている。

「なんのまねだ」

神林の声がわずかに震えているのに気づき、薫はにやりと笑った。

「あの日、奥さんは猪口達也を殺したあと、真っ先にあなたに連絡したそうじゃないですか。でも、あなたは現場にいなかった。駆けつけなかったんですか？」

「駆けつけたさ。たとえ妄想だとしても、放ってはおけないからな。しかし、家内はいなかった。車だけが放置されていたんだ。もちろん車の中には死体などありゃしなかったよ。心配になった私は家内を捜し回っていたんだ」

右京が冷たく質問する。

「どこをどう捜し回っていらっしゃったんですか？」

「ほうぼう捜したよ」

「普通ならば警察へ通報して、保護願いを出しませんか？　ところが、あなたは警察へ通報していません。調べましたが、そういう記録はない」

淳子が疑り深い目を夫に向けたまま、

「冷静に考えたら変だなと思ったの。だって、殺した感触がまだ残っているんだから」

小柄な大学教授が苦虫を嚙みつぶしたような表情になる。右京の告発が佳境に入った。

「あなたは警察へ通報できなかった。いや、その暇がなかった。偽装工作をしていたからではありませんか？」

「杉下さん、人間なんて理屈どおりに動くとは限りませんよ。時としては不合理な行動をとる」ここで神林がため息を吐き、呼吸を整えた。「あのとき、私は動揺していた。そうお答えするよりありませんね」

「なるほど、そういう見方もできますね」

「いくら状況の不備をあげつらったところで、なんの証拠にもならないんじゃないですか？」

国家公安委員は開き直り、特命係の警部に詰め寄る。右京は目を逸らさずに言い返した。

「ですから、この車をお借りしてきました」

「この車がいったいなんの証拠になるって言うんです。確かに私が愛人に買ってやった車です。家内と同じものを買ってやった。ただ、それだけのことです」

淳子は瞳に哀しみの色を浮かべ、そっと目を伏せた。雨音が一段と強まったようだった。

「あの日、ぼくは車の中の血液反応を調べました」と、右京。

「車から血液反応が出たとでも言うんですか？」

「いいえ」

「出るわけがない！」

「出るわけがありません」神林のせりふを右京がおうむ返しにする。「出るとしたら、スクラップになってこの山に紛れている奥さんの車からでしょうから」

「想像でものをおっしゃらないでいただきたい」

右京は気にせずことばを続けた。

「こちらの車から検出されるのは血液ではなく、検査に使用した試薬でしょう。さんざん車の中に試薬をふりまきました。特に助手席のシートは念入りに」そう言いながら助手席側のドアを開ける。「検査用の試薬がたっぷり染み込んでいるはずです」

神林の顔から余裕が消えてなくなった。次に右京がなにを言い出すのかわからないので、心の準備ができないようだった。遠くから雷鳴が聞こえてきた。

「血液に反応する試薬があるように、試薬に反応する試薬もあるんですよ」

右京が背広のポケットから茶色の小瓶を取り出すのを見たとき、神林は敗北を知った。

「この試薬を垂らせば赤く反応するそうです。もしこの車からその反応が出たら、どういうことになるでしょう。あの日ぼくが調べた車は、奥さんの車ではなく、いまここにある愛人の車だったんです。ぼくがいまここで貴重な試薬を垂らすほうがよいか、あなたが自ら罪を認めるか……」右京の最後のひと言は雷鳴を打ち消すほどの声量があった。

「どっちなんですか！」

「家内は殺していないよ」

あきらめきった表情で神林がつぶやくと、薫が怒りを爆発させた。

「まだ、そんな言い逃れをするんですか！」

「違うよ」国家公安委員が顔を上げる。「家内は未遂だ。私が駆けつけたとき、男はまだ息があった。病院に運び込んでも助かるかどうかわからなかった。このままでは家内は殺人未遂、へたしたら殺人になる。あの状況そのものを消し去るしか方法はなかった。だから……私がとどめをさしたんだ」

ひときわ大きな雷鳴が、淳子のすすり泣きをかき消した。

六

おなじみの小部屋に戻り、薫は例の茶色の小瓶を前にしていた。

「検査試薬に反応する薬なんて、あったんですね」

しきりに薫が感心していると、右京がすました顔で答える。

「さあ、探せばあるんじゃないですかねえ」

「え、でも、これ？」

「キャップを開けてくれますか」

薫が素直に従うと、右京はいたずらっぽく目くばせした。そして、薫の手から小瓶を奪い取り、中身を紅茶に垂らす。

「ええ、それ？　いいんですか？」

うろたえる薫に小瓶を戻し、紅茶に鼻を近づける。

「いい香りですねえ」

薫も小瓶を嗅いでみる。ブランデーの芳醇な香りが鼻腔を優しく刺激した。


刑事部長室では内村が電話を受けていた。

「それは命令ということでしょうか？」

電話口の向こうから、落ち着いた声で答えが返ってくる。

――命令？　ぼくはそんな偉そうなことはしませんよ。お願いしているだけです。

「おことばを返すようですが、彼らの言動には目に余るものがあります」

――目をつぶりましょうよ。彼らの手柄はあなたの手柄。もっと利用すればいいじゃありませんか。ま、とにかくクビだけはよしてね。

一方的に切られてしまった電話を見つめながら、内村は歯ぎしりをした。

警視庁のある桜田門からほど近い日比谷公園で、右京は小野田と会っていた。警察庁の長官官房室長という重職にありながら、小野田には相手をかしこまらせるような威厳がない。うれしそうに鳩にえさをやっている姿だけだと、休み時間に憂さを晴らしているサラリーマンのようにも見える。

そのサラリーマン風の大物が口を開いた。

「おまえにひとつ貸しを作ったぞ」

右京はコンクリート製の椅子に腰を下ろして、懸命にえさをついばむ鳩を見ていた。

「さあ、なんのことでしょうか？」

「ま、そんなことはいいか」

「あ、借りと言えばひとつ」右京が小野田をちらっと見やる。「あなたからヒントをいただきました」

「ん？」

「愛人に奥様と同じプレゼントをねだられたという話、大変参考になりました。お礼を言う筋合いのものでもありませんが、一応お礼を」

「そうなの？　ま、役に立ったなら結構。あの頃は若かったな……俺もおまえも」

小野田が遠いところを見つめながら、ぽつんと言う。

「もう一度、組まないか？」

「お断りします」

右京は立ち上がり、毅然とした態度で去っていった。

第三話
「亀山薫の憂鬱な日々」

一

亀山薫はうんざりしていた。

もう四日もの間、女性用のパンティを紙袋いっぱいに詰めて、持ち主を捜している。すべて増田達也という下着泥棒が盗み出したものだった。増田の供述が正しいかどうか、盗品と被害者を一点ずつ照合しているところである。

この手の盗難届は出されないことが多い。したがって、一軒一軒訪ね歩いて裏づけなければならない。こちらがわざわざ出向いているのに、被害者から感謝されることはまずない。ほとんどの場合、相手の女性は恥ずかしそうに顔を赤らめて黙り込んでしまう。こちらだって恥ずかしいというのに。胡散臭そうにじろじろ見つめられたり、証拠物を奪い取って部屋に閉じこもってしまわれたりはまだいいほうで、場合によってはこちらが下着泥棒と間違えられて通報されそうになったりもする。いいかげん勘弁してほしいと思う。

唯一の救いは、同じ仕事を上司の杉下右京もやっているということだ。あの特命係の堅物の警部が、派手な柄物のパンティを広げて「これはあなたのもので間違いありませんか？」と訪ね歩いている光景は十分に滑稽である。そんな愉快な場面を頭に思い描きながら、薫は黙々とノルマをこなしていた。

それにしても犯人の記憶力は超人的なものがある。数百件に及ぶ犯行について、いつどこの誰から盗んだものか、少しも迷わず自供したのだ。裏づけ捜査が進むにつれ、その記憶がいかに正しかったのかがよくわかる。いまのところ増田の記憶違いはひとつもなかった。この能力を活かす道はほかにもいろいろあるだろうに。

ようやく薫の担当分も最後の一枚となった。やけに色鮮やかなパンティが残った。増田が盗んだと供述した住所には、「渡涼子」という表札が出ていた。チャイムを押して出てきた女性に、もう何百回も繰り返したせりふを口にして、確認を取る。これですんなり仕事が終われると考えていた薫は、大いに失望を味わうことになった。渡涼子は、自分のものではない、と頑なに拒否したのだ。何度確認しても同じだった。最後の最後にきて、増田の記憶力にもほころびが出たのだろうか。


「忙しい?」

いつも「暇か?」と言うのが口癖なのに、今日は正反対のことばを吐いて、生活安全部薬物対策課長の角田《かくた》六郎が入ってきた。上着を脱いで肩にかけているので、毛糸のベストがよく目立つ。

「順調ですかな? 下着泥棒の裏づけ捜査」

「おかげさまで、ぼくの分はすべて片づけました」

証拠物の下着と盗難先のリストを突き合わせながら、まじめくさった口調で右京が答えた。

「申し訳ないねえ。警部殿にまでこんなことやらしちゃって」

「いえ、構いませんよ。頼まれればなんでもやるのが特命係ですから」

「あら？　いまのは嫌味かな？」

この仕事、元はといえば角田の知り合いの所轄署が処理すべきものなのだが、別の事件に追われており、応援を頼まれたのだ。角田はいつも暇を持て余しているふたりの刑事に、体《てい》よく面倒な仕事を押しつけたのだった。

そこへ薫が戻ってきた。

「裏づけ、終わりました」

「おお、ご苦労さん、ご苦労さん！」

角田は大げさにねぎらいのことばをかけ、そそくさと特命係の部屋から出て行った。

「どうだったんですか？」

右京が部下に首尾を訊く。

「全部確認しました。一点だけですね、持ち主が不明だったのは」

「被害者はお留守だったんですか？」

「いやいや、単純に犯人の思い違いだったみたいですよ」薫は照合用のリストを右京に見せた。「最後の家の女性が盗られた覚えがないって」

右京は意外そうな表情で、そのリストを見つめた。

「おかしいですねえ、犯人がたったひとつだけ間違うというのは」

「ま、人間ですからそんなこともあるんじゃないですか。ともかく、これでおしまい。めでたしめでたし！」

すっかり気の抜けたようすの薫に、右京が意外な提案をした。

「この犯人に会いに行ってみましょうか」

二

翌日、ふたりは下着泥棒が留置されている滝沢署を訪れた。

ちょうど朝礼の時間に当たっており、年配の副署長らしき人物が号令をかけている。

「織田國男署長にひとーつ、注目！」

署員全員が一斉に敬礼し、右手を側頭部に掲げた。「直れ！」の合図で、気をつけの姿勢となる。副署長が続ける。

「周知のとおり、織田署長は来月には本庁に戻られます。よって、署員一同、これまで以上に身辺を正し、我が署の健全さを示せるよう、ご協力をお願いします……」

副署長の隣にはまだ三十歳そこそこの涼やかな目の警察官が背筋を伸ばして立っていた。会議室の入口からのぞいていた薫が感心する。

「へえ、あの若さで……エリートですね」

「そのようですねえ」

「いい気なもんですね。人に下着の山を押しつけといて」

若い署長の訓話がはじまったところで、特命係のふたりは留置施設へ向かい、下着泥棒と面会した。増田達也は気の弱そうな男だった。すっかりしょげ返って鉄格子の向こうで膝を抱えている。

冴えない風貌とは裏腹に、増田の記憶力は想像以上のものだった。試しにいくつかの盗品の下着を目の前につきつけたところ、いつどこで盗んだものか、立ちどころに答える。どのような状況で盗んだかも克明に覚えているらしく、ベランダの形がどうだ、壁の色がどうだったなど、付随情報もどんどん出てくる。嬉々としてそれを語るとき、貧相な増田の顔が別人のように輝いて見えるから不思議だった。

「では、次、お願いします」

右京が合図すると、薫がフライトジャケットのポケットから色鮮やかな下着を取り出した。被害者が自分のものではないと言い張った色鮮やかなパンティだ。

「ああ、これは最後に盗んだものですね」

「どちらですか？」

「滝沢四丁目のメゾン滝沢の一〇五号室。渡涼子という表札がかかっていたはずです」

「確かに以前もそう供述してたみたいだけどねえ」

「合ってますよね？」

増田は自信満々だった。薫の「残念でした」という答えなど予想もしていなかったみたいである。さかんに首をかしげている。

「だって、ぼくはこれで捕まったんですよ。間違えるわけないけど」

「これだけ、どっかで万引きでもしたんじゃねえのか？」

薫がからかうと、増田が猛烈な勢いで抗議した。

「あなた、下着泥棒のプライドがわかっていませんね！」

「わかんねーよ、そんなもん」

「ぼくが盗むのは、女性が身につけた下着だけです！」

「威張んなよ！」

薫がたしなめても、増田はいっこうにひるまない。

「ぼくたち下着泥棒は、どこでどんな下着を盗ったか、絶対に忘れないんですって！」

「なんでそんなことが言い切れるんだよ？」

薫の質問に答えたのは、意外にも右京だった。

「あとで下着を楽しむときに思い出すんですね？」

「あなたは、わかってますね！」

同好の士を見つけたような目を増田が右京に向ける。薫が呆気にとられていると、変態の心をつかんだ上司が増田に確認した。

「これを盗んだ場所が、確かにメゾン滝沢の一〇五号室だと証明できますか？」

「あのアパートの前に二十四時間営業の本屋があります」

「そういえば、ありました」と、薫。

「あの夜はそこに車が停まってました。で、後ろの席に眼鏡の男が乗ってたんです。はじめはその人、眠ってたんです。だから大丈夫だと思いました。なのに、下着を盗って戻ったら、その男が目を開けていたんです。たぶん見られたと思います」

「じゃあ、その男性を捜し出せば、この下着の裏づけが取れるかもしれませんね」と、右京。

「は？　捜すんですか？」

薫の顔からは、冗談でしょうという文字が読み取れそうだった。

まったくこの上司は変わり者だ、と薫は嘆息した。なんとしても最後の一枚の裏づけを取るつもりらしい。ふたりはメゾン滝沢の前の書店に来ていた。

「もちろん、その夜なら、よーく覚えているわよ」

つっけんどんな調子で書店の女店長が言った。

「あなたがお店にいらっしゃったんですね？」

「そう、わたしひとり。もうホント怖かった」

右京が当惑顔になる。

「怖かったんですか？」

「当たり前でしょ、強盗に遭うなんて思わないもん」

その返事には、黙ってなりゆきを見ていた薫も驚く。

「強盗？　あの夜、ここで強盗が？」

今度は女店長のほうが驚く番だった。

「それを訊きに来たんじゃないの？　わたし、文句があるんだから、警察に」

「では、その文句をお聞きしましょう」

右京が申し出た。

「強盗がお金持って逃げたから、すぐに一一〇番したのよ」

「警察はすぐに来ましたか？」

「思ったよりは早かったわね。ただ、パトカーじゃなくって普通の車で来たから、びっくりしちゃった。こっちは強盗に遭って脅えているというのに、サイレンは鳴らさないし、赤ランプは点いてないし。どうなってんの、最近の警察は？」

しゃべっているうちに店長の怒りはエスカレートしていく。クレームにはきちんと対応し、理解を求めねばならない。

「犯人が付近を逃げている場合は、警戒させないためにその手のことはいっさいしていないんですよ」

「あっ、そうなの。ふーん」

必ずしも納得していなさそうな店長は、言いたいことだけ言うと、去っていった。

薫は苦笑しながら、

「あの夜、この前に停まってた車ってのは、覆面パトカーだったんですかね」

「そういうことになりますね」

「変じゃないですか。面パトに男が寝てたなんて」

「普通では考えられませんねえ」

「きっと、あの下着泥棒がいいかげんなことを言ったんでしょう。なにが下着泥棒のプライドだよ！　変に自意識が高いんだから……」

「どうでしょうか。滝沢署に戻って確かめてみましょう」

滝沢署で、書店強盗事件に携わった捜査員に話を聞きたいと申し出ると、三人の警察官が呼ばれた。それぞれ、刑事課の上田巡査部長と笠松巡査、それに地域課の佐古巡査部長と名乗った。

　副署長の柳が特命係のふたりを三人に引き合わせた。

「本庁の特命係のおふたりです。下着泥棒の裏づけ捜査を手伝っていただいています」

「さっそくですが」右京が口火を切る。「あなた方が下着泥棒を逮捕されたそうですね」

　上田が笑顔になる。

「なんちゅうか、思いがけずでして。笠松と一緒に強盗の現場に行く途中だったんです」

　笠松が話を引き継いだ。

「不審な人物がいたので、もしかしたら強盗かと思いまして……職質をかけたら、下着泥棒でした」

「じゃあ、強盗の入った本屋に最初に駆けつけた警官というのは？」

「私です」

　刑事課の刑事の後ろに控えめに立っていた眼鏡の人物が、声を上げた。佐古巡査部長である。

「あの夜は車でパトロールをしていたときにちょうど現場の近くにいたものですから」

「覆面パトカーでそのまま駆けつけたわけですね？」

「ええ」

「実はその車を下着泥棒が見ていたようなんですが」なにげない口調で右京が反応を確かめる。「後部座席で眼鏡をかけた男性が寝ていた、と言っているんですよ」

佐古の眼球がいきなり下を向いたのを右京は見逃さなかった。動揺しているようだ。やはり増田の証言は正しかったのか、と思っていると、背後から咎めるような声が聞こえた。

「それは変ですよね」

声の主は署長の織田であった。特命係の刑事に射るような視線を浴びせている。織田よりもふた回りほど年長に見える副署長が、口をはさんだ。

「その下着泥棒の見間違いじゃないんですか？」

右京はきな臭いものを感じながら、佐古に質問した。

「佐古さん、あなたも同じご意見ですか？」

地域課の警官は落ち着きを取り戻していた。感情を表に出さずに、「はい」と答えた。

「そうですか」右京は振り返って柳のほうを向き、「お手数ですが、その夜の警邏《けいら》日誌をお借りできますか？　これも裏づけ捜査の一環でして」

年配の副署長が渋い顔をしていると、若き署長が許可を出した。

「わかりました。どうぞお持ちください」
特命係のふたりに挑戦するような目つきがとても印象的だった。

三

右京と薫は警邏日誌をもとに、あの夜の滝沢署の捜査員の動きをホワイトボードに書き出した。

1：34 書店強盗通報
1：45 佐古巡査部長到着
2：05 上田巡査部長・笠松巡査合流
2：40 上田・笠松強盗犯捜索中断、佐古パトロール再開
3：10 佐古泥酔者（赤井）身柄引き受け
3：40 佐古泥酔者を救急病院へ運び届ける
5：15 帰署・引き継ぎ

「これでよいでしょうか？」
薫が書き出し終わると、警邏日誌の記述とホワイトボードを見比べながら、右京が指

摘した。

「上田巡査部長と笠松巡査は書店に着く前に、下着泥棒の増田さんを捕まえましたよね。逮捕報告書によると、時刻は深夜一時五十五分です」

「なるほど」

　薫は1：45と2：05の間の狭いスペースに無理やり、次の一行を書き込んだ。

　1：55　下着ドロ（増田）逮捕

「増田さんが書店の前で車を見たとすると……」

「まあ、佐古さんが乗ってきた面パトでしょうね」

「その車に眼鏡をかけた男性が寝ていた……幻の男ですね。書いてください」

「なにをですか？」

「幻の男」

「書くんですか？」

　薫は余白に「増田幻の男目撃」と書いて、1：45と1：55の間に矢印で挿入した。

「上田さん、笠松さんのふたりの刑事は、佐古さんと一緒に強盗犯を捜しましたが見つからず、署に戻っています。佐古さんのほうはパトロールを再開しています。そして三時十分、泥酔していた赤井勇作という人が交番で保護され、佐古さんが引き取っています」

「佐古さんはよく働きますね。熱心な警官だ」

「誰かにも見習ってほしいものです」

上司からのあてつけに薫がむくれていると、角田が部屋に入ってきた。

「ご苦労さん」サーバーから勝手にコーヒーを注ぐと、「裏づけ捜査終わったんだってな。いま滝沢署から連絡があったよ」

「まだ終わってませんよ。あと一枚残っています」

右京が真面目な顔で、持ち主不明のパンティを掲げた。

「あ、それは、向こうでやるって」

角田が笑うと、薫は大げさに喜んだ。

「よかったあ。これでいよいよパンティから解放される。もうしばらく、色とりどりのパンツは見たくない」

「でさあ、悪いんだけど」角田が密談でも持ちかけるように顔を近づけた。「この証拠の品、滝沢署に返してきて。ねっ？」

「それも俺らがやるんですか？」

薫の抗議を右京が止めた。

「ちょうどいい。行きましょう」

証拠物の下着を滝沢署に届け、薫がせいせいした思いで帰ろうとすると、右京が玄関とは逆方向へ足を向けた。向かった先は地域課だった。そこで佐古を呼び出す。電話中だったので、応接コーナーに案内された。

「お待たせしました。なんでしょうか？」

電話の終わった佐古が応接コーナーに姿を見せた。戸惑っているのがひと目でわかる。

警邏日誌を開いた右京が、丁寧な口調で話しかける。

「下着泥棒が逮捕された日ですが、佐古さんはお忙しかったようですねえ。本屋さんに一番に駆けつけて強盗捜査を手伝い、そして、酔って保護された赤井さんを引き取った。赤井さんを病院へ運んだのも佐古さんですね？」

「ええ、そうですが、それが？」

「救急車は呼ばなかったんですか？」

「赤井さんのようすがおかしくなったのが、覆面パトカーに乗せたあとだったので」

「なるほど、それで直接病院へ」

「もうこれでよろしいですか。仕事があるので」

「ああ。どうも、ありがとうございました」

おどおどしながら佐古が申し出ると、右京は快く応じた。自分の席に戻ろうとする佐古を右京が呼び止めた。

「すみません。最後にひとつだけ」左指の人差し指を立てて、右京が訊く。「酔った赤井さんを交番から引き取ったのは、強盗事件のあとだと警邏日誌にはありますが、それは間違いありませんか?」

佐古は短く「はい」と答えると、一礼して去っていった。

「いまのはなんの質問だったんですか?」

右京は部下の問いかけには答えず、歩を進める。今度こそ帰ると思っていた薫はここでも裏切られた。

「次は署長室です。警邏日誌を返さないと」

ふたりが署長室に通じる廊下を歩いていると、目指す部屋から主婦らしいやつれた感じの女性が出てきた。礼儀正しくお辞儀をした女性を見送るように、織田署長が姿を現わした。

「赤井さん、お力落としのないように」

署長の神妙な声はそのように聞こえた。

「日誌を返すのはあと回しにしましょう」

右京は薫の耳元でささやくと、回れ右して女性が通り過ぎるのを待った。そして、やりすごしてからあとを追う。滝沢署を出たところで、「赤井勇作さんの奥様ですか?」と呼びかけた。

　突然声をかけられ、女性は驚いたようだったが、相手が身なりのきちんとした男性だったので安心したのだろう。「少しお時間をいただけませんか?」という申し出にも快く応じた。

　滝沢署の近くを散策しながら会話を交わしているうちに、あの夜保護された赤井勇作は急性アルコール中毒で亡くなったことが明らかになった。

「それはお気の毒でした」

　右京がお悔やみのことばを口にすると、未亡人はさばさばした口ぶりで語った。

「酔いつぶれて病院に運び込まれるなんて、あの人らしいというか……すみません、ご迷惑をおかけして」

「いや、俺らは別になにもしていませんので」と薫が答える。

「もう少し早く連れて来てくれたらって、先生にも言われたんですけど、結局、病院へ着く前に死んじゃって……わざわざ運んでくださったこと、本当に感謝しています」

　このことばに右京が敏感に反応した。

「病院に着く前に亡くなられたんですか?」

「はい、運ばれていたパトカーの中で」

「じゃあ、佐古さんの車の中だ」薫も奇妙だと感じた。「それは病院に着くどれくらい前のことですか?」

「病院に着く間際だったと、警察の方からお聞きしました」

なぜいまさらそんなことを訊かれるのだろうと、未亡人が不安な顔になる。

「そうでしたね、そう、そうでした」

薫が作り笑いでごまかしていると、右京がますます未亡人を混乱させるようなことを言った。

「失礼ですが、ご主人の写真、お借りできますか?」

四

写真を手に入れたふたりは滝沢署に舞い戻り、今度は留置施設に顔を出した。待ち望んだ救世主を出迎えるように期待で顔を輝かせ、増田達也が立ち上がる。

「どうでした、その後? ぼくが万引きなんかではなく、下着泥棒だって証明できそうですか?」

右京は勢い込む増田を手で制し、「ちょっと見ていただきたいものがあるんですが」と、赤井の写真を掲げてみせた。赤井と妻が仲むつまじく微笑む姿が写っている。増田は一瞬で写真の人物を認識した。

「この人です、この人。ぼくが言ってた人！」

「あなたが見た、車にいた男というのは、この人で間違いないですね？」

「間違いないです。よかった！　これでぼくがあの下着を盗ったこと、証明されたわけですよね！」

興奮する増田を横目で見ながら、幻の男は本当にいたんだ、と薫は驚いていた。

そのあとメゾン滝沢に寄った右京と薫は、再度、渡涼子に事情を聞き、本当はあの夜下着を盗まれていたことを知った。前回、盗まれた派手な下着を持ってきたのが、「とても刑事には見えない怪しい風体の男」だったので、とっさに否定したと認めたのだ。未亡人にも安心感を与える身なりの整った男と、とても刑事には見えない怪しい風体の男は、いま特命係の小部屋でホワイトボードを見つめていた。薫が書いた文字がそのまま残っている。

「そもそもこれが間違っていたんです」

右京が重たい口を開く。

「でも、これ警邏日誌のとおりなんですけどね」

「だけど、このままでは幻の男の説明がつかない。だから、こうしてみましょう」

右京は赤いマーカーを手に取り、ある行を囲んだ。その囲み部分から矢印を伸ばして、場所を移動した。整理すると、次のような時系列で事件が起こったことになる。

?　佐古泥酔者（赤井）身柄引き受け
1：34　書店強盗通報
1：45　佐古巡査部長到着
?　増田幻の男（赤井）目撃
1：55　下着ドロ（増田）逮捕
2：05　上田巡査部長・笠松巡査合流
2：40　上田・笠松強盗犯捜索中断、佐古パトロール再開
3：10
3：40　佐古泥酔者を救急病院へ運び届ける
5：15　帰署・引き継ぎ

修正された時間割を見ながら、薫が声に出して確認した。
「赤井さんが保護されたのは一時半より前、そして病院に運ばれたのは三時四十分
……」
「そうなんです」右京が自分の考えを述べた。

「おそらくあの夜、佐古さんは交番で保護された赤井さんを引き取り、滝沢署に戻る途中だった。しかしそのとき、書店強盗を知らせる警察無線が鳴ったのでしょう。ちょうど近くを走行していた佐古さんは、そのまま事件現場へ向かった。そのときメゾン滝沢のベランダから下着を盗んだ増田さんがたまたま、佐古さんの車の中の赤井さんを目撃したのだと思います。佐古さんは強盗事件の応援捜査に追われ、赤井さんを車に乗せたまま……死亡させてしまった」

右京の説明の途中で薫も真相に思い至っていたが、改めて上司の口から「死亡させてしまった」という救いのないせりふを聞き、愕然とする。

「警察官が保護した人間を警察車両の中で死なせてしまうなんて……」

「……大問題ですね」右京はぼそっと言うと、さらに冷徹に罪を暴いていく。「この事実を隠すために、滝沢署は警邏日誌を偽り、赤井さん保護の時間を遅らせた。病院に行く途中で死んだことにするために。組織ぐるみの隠蔽ですね」

右京の推測は正しいと思った。しかしながら、薫はどうすればよいのかわからなかった。

「右京さん、どうする気ですか？」

「どうするとは？」

右京の目には力がこもっている。獲物を追いつめる肉食獣のような鋭い目だ。薫は上司が怖くなってきた。

「こんなことあぶり出して、どうするんですか?」

「明日、滝沢署に行きます」

右京の答えには迷いがない。どうしてここまで強くなれるのか、薫には理解できなかった。

「怖くないんですか?」

上司の次の答えには、ほんのわずか動揺が感じられた。

「怖いですよ。こんなことが積み重なって、警察が信じてもらえなくなるのが……怖いです」

杉下右京の意見は百パーセント正しい。それはわかっていても、薫は恐ろしくてしかたなかった。自分の手で仲間の不正を暴かなければならないことが。あの人のよさそうな佐古巡査部長に引導を渡さねばならないことが。

「薫ちゃん、さっきから考え込んでどうしたの?」

夕食のしたくをしていた奥寺美和子が声をかけてきた。

「うん、俺、警察クビになるかも」

「悪いことしてクビになるの?」

「バカ言うな、やんなきゃならないことをちゃんとやるだけだよ」

「だったらいいじゃん。薫ちゃんのひとりぐらい、わたしが食べさせてあげるわよ」

恋人のそんな他愛ない励ましが、薫に小さな勇気を与えた。


右京は〈花の里〉のカウンターで長い間考え込んでいた。今日はあまり酒が進まない。明日のことを考えると、さすがに手が止まるのだった。

「お茶漬けにしましょうか？　今日はもう召し上がらないみたいだから」

女将の宮部たまきから声がかかる。

「明日大事なことがあるんでしょう？」

「わかりますか？」

「何年一緒にいたと思っているの」

右京は苦笑いする。

「わさびは多めがいいのよね」

元妻のさりげない気遣いが、いまの右京にはとてもありがたかった。


翌朝、右京と薫は警邏日誌を持って、滝沢署を訪れた。署長室には織田署長と柳副署長が顔をそろえていた。

「警邏日誌をお返しにあがりました」

「役に立ちましたか」と、柳。

「ええ、とても。しかし、ひとつ間違いがありました」

「間違い？」

織田の声のトーンが上がる。

「ええ、これが間違いです」

右京はボールペンを内ポケットから取り出した。

「ああ、ちょっと！」

柳が見咎めるのも無視して、赤井勇作が保護された時間を訂正する。前夜ホワイトボードでやったとおりに、強盗事件の前へと移動させたのだ。署長室の空気が突然張りつめる。

「直しておきました」

芝居がかったしぐさで日誌を柳に渡す。副署長はそれをしかたなく受け取った。

「なぜ、そんなことが言えるんですか？」

若い署長の目には怒りと脅えが同居していた。

憎まれ役をすべて右京に押しつけてはいけないと薫は奮起した。自分も覚悟を決めてここへ来たのだ。自分も警察官なのだ。

「裏づけ捜査の結果です。赤井さんの写真を下着泥棒の増田に見せて確認したんですよ。伝えるべきではないんでしょうか？　赤井さんのご遺族に」

「ははっ」織田は笑い飛ばそうとしたが、頬が強張っていた。「なにを伝えろと言うんです？」

右京の落ち着いた声が響く。

「亡くなったのは、病院へ運ぶのが遅れたからだ、という事実を」

「そんなこと！　だいたいそんな下着泥棒の言ったことなんか真に受けて……」

柳が精いっぱい反論したが、右京はまるで動じない。

「なぜ、そこまで隠すんですか！」

「国家の安全を守るためですよ。そのためにも警察の権威を下げてはならないんです」

織田が大上段に出た。しかし、それは保身のための言い訳にしか、薫には聞こえなかった。

「だからと言って、不祥事をもみ消すんですか！」

織田は一旦うつむき、ことばを探した。再び右京に向けた目は、手負いの獣のような自暴自棄な輝きを帯びていた。

「あなたはキャリアだとおうかがいしました」

「ええ」

「なら、わかりますよね？」

「わかりますよ」署長がほのめかそうとしていることは十分に承知したうえで、右京がことばを返す。「いまの警察が権威を守ろうとするあまり、信頼を失っていることが」

「このままなら、誰も傷つかないんですよ。ミスをした佐古巡査部長も、お亡くなりになった赤井さんも」

「そして、あなたも」

右京の一撃で織田はひるんだが、往生際悪く言い募る。

「でも、これが公になればみんな傷つきます。弁解ではなく、このまま処理するのが、みんなのためなんです。これが真実なんです」

「いや、真実は、あなた方が人を殺したということです」

織田のことばを逆手に取り、右京がとどめを刺す。署長が崩れ落ちるのを見て、副署長の柳が情に訴えた。

「待ってください。署長はあとひと月で本庁に戻られるんです。もう内示も出ています。だから……」

「言うべきことは言いました。失礼します」

右京は情にほだされる男ではなかった。踵を返して部屋を出て行く上司のあとを、薫は慌てて追いかけた。

刑事部長室では、内村と中園が密談していた。

「本当ですか？　滝沢署はそれをいままで隠していたわけですか」

「私もたったいま聞いたばかりだ。しかも、暴き出したのは特命係らしい」

「特命……まったくいろんなことをやってくれる」

「だが、チャンスかもしれない。私は今回のことを警察庁に報告しようと思う。これで向こうも特命係を放っておかないだろう」

内村の妙案に、中園が追従笑いを浮かべた。

五

「暇か？」

薬物対策課長の角田が、気楽な調子で特命係の部屋に入ってきて、勝手にコーヒーを注いだ。

「なんか重苦しいムードだねえ。下着泥棒の一件、もう手が離れたんだろ？」

「ええ、終わったんですけどね……」

薫はむしゃくしゃした気持ちを持て余していた。

「ご機嫌斜めな感じだね。そんなときには、仕事で忘れるのが一番。実は頼みがあるんだけど」

「もうゼッタイ、下着泥棒の裏づけ捜査は嫌です」

「大丈夫、大丈夫。今度は薬物対策課からの正式な協力依頼だから」

角田が上目遣いで薫を見上げた。

「右京さん、どうします？」

「やりましょう。命じられたらなんでもやるのが特命係ですからね」

右京と薫は、新宿のとある地下駐車場で息をひそめていた。二十メートル程先の車の周りに数人の男がたむろしている。交わされている会話は日本語ではない。

「大陸系の売人どもだ。最近、この界隈を荒らし回っている」角田が声を殺して説明した。「今日ここで麻薬取り引きが行なわれるというタレ込みがあった」

「昼日中にですか？」と、薫。

「かえってそのほうが人目につかないんだよ、新宿って街は」

しばらくすると一台の車が入ってきて、男たちの近くに停まった。中からサングラスをかけた凄みのある男が降り立った。待っていた男たちとの格の違いがひと目でわかる。

「あいつがこの取り引きの元締め、陳風偉《チェンホンウェイ》。じゃあ、ぼちぼちやるからよ、よろしく頼むよ」

陳の手下が紙袋から白い粉の入ったビニール袋を取り出したのを確認した角田が、トランシーバーで「行くぞ！」と命令した。付近に停まっていた数台のワゴン車の中からわらわらと男たちが飛び出した。これまで内偵を続けてきた、薬物対策課の刑事たちだった。右京と薫も遅れをとらないようにあとに続いた。

捜査員たちが売人の一味を取り囲んだそのとき、地下駐車場にサイレンがけたたましくこだました。タイヤをきしらせて、数台の覆面パトカーが乱入してきたのである。警察車両の中から出てきた男の顔を見て、薫は舌打ちした。犬猿の仲の伊丹憲一だった。その同僚の三浦信輔の顔もある。

「警視庁捜査一課だ！」

伊丹が名乗り、一課の刑事たちが売人たちに襲いかかる。獲物を横取りされてはならぬ、と薬物対策課の面々も悪人を取り押さえにかかる。

地下駐車場の中はにわかに乱闘騒ぎになった。薫がひとりの売人をコンクリートの床に組み敷いたとき、ふたりの中国人が逃げていくのが見えた。注意をうながそうとすると、角田の部下の大木が伊丹に詰め寄っていた。

「なんで一課がこんなところにいるんだよ」

同じく薬物対策課の小松が吐き捨てる。

「段取りがめちゃくちゃじゃねえか！」

一課の刑事に取り押さえられた陳を憎々しげに見つめながら、ふたりの上司である角田が事情を説明する。

「麻薬取り引きの現行犯なんだ。俺たちゃ、半年前から内偵してたんだぞ」

伊丹が不敵な笑みを浮かべた。

「お気の毒さま、この陳は殺人容疑のかかった重要参考人なんです。身柄はこっちで預かりますよ。これも上層部《うえ》の判断ですから」

「くっそー、殺し優先かよ」角田が地団太踏んで悔しがる。「大木に小松、逃げた売人を追え！　逃がすんじゃない！」

薬物対策課の刑事たちが去っていき、特命係のふたりが残された。

「なんだ、特命係の亀山じゃねえか、なにやってんだおまえ？」

伊丹が憎まれ口を叩く。

「売人捜査を手伝ってるに決まってんだろ！」

「だったら、おまえもとっとと追え。おい、引き上げるぞ」

後半は一課の仲間への号令だった。捕まえた陳以下の売人を覆面パトカーに乗せて、伊丹たちは去っていった。薫は歯嚙みした。

「どうします、右京さん？　売人を追いかけますか？」

「いまから追っても間に合わないでしょう。それより、せっかくですから寄席に行ってみませんか。末廣亭が近くです」

「いいんですか？　仕事サボっても」

出囃子が鳴る中、末廣亭の座席に落ち着いた薫は、右京に質問した。平日の昼の部なので人の入りはまばらである。右京が意味ありげに目くばせをして、答える。

「働きずくめで、きみも疲れがたまっているでしょう。息抜きも大切です」

上司が指摘するとおり、薫は疲れていた。肉体的な疲れもさることながら、むしろ精神的なストレスのほうが大きかった。下着泥棒の裏づけ捜査のはずが、所轄署の組織ぐるみの犯罪隠しを暴くことになったり、薬物対策課の助っ人に来たのに、一課に（しかも伊丹に）手柄を奪われたり。やりきれないことが続いて、うんざりしていたのである。

「おや、運がいいですね。昼席のトリ、橘亭青楽《たちばなていしょうらく》の出番です」

薫が不得要領な顔をしていると、右京が補足した。

「脱サラして落語家になって、最近ようやく真打に昇進した苦労人です」

まだまだこの上司は謎だ、と薫は思った。下着泥棒の心理を汲み取ったかと思えば、落語にも知識があるらしい。薫は古典芸能などとんとお手上げだった。青楽だか楽勝だか知らないが、この時間を仮眠に当てようと考えて目をつぶった。拍手が鳴り、落語家が高座に上がったようだった。

──おっと、そこで目をつぶってるお客さん。そりゃ勘弁してくださいよ。わたしゃこれでもトリですよ。もっともまだ二日目ですけど。

自分のことを指摘されたと思った薫が、びっくりして目を開けた。前のほうの観客が頭をかいている。どうやら早とちりだったようだ。薫は再び眠ろうとした。

──目をつぶっていたら字も読めない。しかし目を開けていても字が読めないなんて人も、昔はずいぶんいたそうでございまして……。

薫は結局眠ることができなかった。初めて生で聞く落語が面白く、ついつい引き込まれてしまったのだ。

青楽は懐から手ぬぐいを取り出し、「ご隠居、手紙が届いたんですが、読んでもらえませんか」と声を張った。右京が薫の耳元に顔を近づけ、解説した。

「今日の演目は手紙無筆といいます。トリにもってくるのは珍しいですが、たったふたりの人物のやりとりを会話の駆け引きだけでみせるこのネタは、実はかなりの腕が必要です」

なるほど高座の上では青楽が、無筆の八五郎とその兄貴分の隠居を巧みに演じ分けながら、客の笑いを取っていた。軽妙なやりとりが楽しく、薫もいつしか愉快な気分になっていた。

と、後部座席からざわざわと人の声が聞こえてきた。振り返ると、アジア系の外国人がふたりでなにか小声で話している。

「途中で入ってくるなんて、迷惑な奴らですね？」

　薫は同意を求めたが、右京は食い入るように高座を見つめていた。扇子を広げた青楽が熱演を続けている。なにかが気になった薫は再び後ろに目をやり、ふたりの外国人が地下駐車場から逃げ出した売人だと気づいた。

「右京さん、あのふたり！」

「わかってます」今度は上司から返事があった。「高座の最中ですから、無粋なまねはやめましょう」

　それからというもの、薫は落語を楽しむ心のゆとりがなくなった。売人を捕まえたくてうずうずしていたのである。やがて、客席から拍手が鳴った。青楽の落語が終わったのだ。

「じゃあ、気取られないように行きましょう」

　右京が先に立ち一般客をよそおって、中国語で話し込んでいる売人に近づいた。そして背後からがっしりと取り押さえた。

六

「もしかして右京さん、逃げた売人たちがここに来るとわかって、待っていたんですか?」

「急に警察に追われた犯人が身を隠す場所の定番はわかりますか?」

「繁華街なら映画館とか……」

「しかし、昔と違って、いまの映画館には防犯カメラがあります。寄席にはそれがありませんし、途中で出入りしても怪しまれませんせん」

「なるほど」

薫が感心した。右京はサボって落語に来たのではなく、ヤマを張っていたのだ。隅に置けない上司である。

「もちろん、犯人がみんな末廣亭に逃げるわけではありませんよ」

右京が言わずもがなの注釈を入れた。

駆けつけた薬物対策課の刑事に売人を受け渡す。ついでに先ほどの伊丹たちの乱入について訊くと、昨夜この近くで、加賀山友二という関東貴船組系の暴力団に属する麻薬売人が何者かにより殺された事件だったという回答が返ってきた。陳風偉のグループは縄張りをめぐって関東貴船組と抗争を繰り広げており、そのため伊丹が血眼になって追っていたらしい。

「ついでですから、現場をのぞいていきましょう」

なんにでも首を突っ込みたがる上司が提案した。すでに重要参考人は伊丹によって引っ張られたあとではあるが、あれこれ考えるよりも動いているほうが性に合う部下はすぐに応じた。

加賀山の殺害現場は花園神社のそばの歩道橋だった。鑑識課の捜査員が忙しそうに働いている。

身分証をかざして、黄色の現場保存テープをくぐったふたりは、顔なじみの鑑識員を見つけた。右京と気の合う米沢守である。米沢は歩道橋の一部に暗幕をかけ、その中でブラックライトを当てていた。

「ルミノール検査ですか？」

右京が尋ねると、米沢が顔をほころばせた。

「はい。ルミノールは二万倍に薄めた血液にも反応しますから、たとえ現場が雨で洗われても有効です。まさに、ここのように」

「死因はなんだったんですか？」

「転落死ですね。遺体には全身打撲の痕がありました」

「でも、ここ歩道橋の上ですよね？」薫が不思議そうに問いかける。「どこから転落するんです？」

右京が花園神社を指差しながら語る。

「この歩道橋、以前はあの神社までつながっていたんです。それが断たれてしまい、歩道橋の利用者は大幅に減りました。犯人はおそらくここで被害者と争い、突き飛ばした。階段を転がり落ちた被害者は全身を強く打って死亡した。犯人は発見を遅らせるために、人気の少ないここまで運び上げた。おそらくそういうことでしょうね」

「そういうことかもしれません」

米沢が嬉しそうに同意した。

「犯人は新宿の街に詳しい人物ですね」

右京が簡単に要約する。

「やっぱり陳なんですかね?」

「それはどうでしょう。死体は発見されたばかり。まだ近くに捜査員がたくさんいるときに、わざわざ麻薬の取り引きをしますかね?」

「なるほど……伊丹の野郎の鼻を明かしてやるチャンスかもしれないな」

薫がぜんやる気になっていると、米沢が右京に訊いた。

「ところで、なぜ今日はこちらにいらっしゃったんですか?」

「なに、末廣亭にちょっと用事がありまして」

「いいですね、寄席ですか。忙しくてなかなか行けませんが、私も好きなんです。末廣亭といえば、ちょっと面白いことが……」

米沢が含みを持たせた話し方をする。

「どうしたんですか?」

「加賀山の遺留品に末廣亭のプログラムがあったんですよ」

米沢に極秘裏に見せてもらった遺留品の中に、確かに末廣亭のプログラムがあった。

「下席《したせき》ってなんです?」

表紙の聞きなれないことばに薫が反応した。

「下席《しもせき》です。寄席は毎月一日から十日までを上席《かみせき》、十一日から二十日までを中席《なかせき》、二十一日から三十日までを下席と分け、その間は原則的に同じ出演者です」

右京の説明を聞いた薫が自分の持っているプログラムを取り出した。

「本当ですね、同じだ。だったら加賀山も橘亭青楽の落語を聞いたかもしれませんね」

「可能性はあります。だとすると、加賀山は昨日の初日に行ったとしか考えられません。なにしろ、今日には死体で見つかっていますからね」

仕事を終えた特命係のふたりは、〈花の里〉に立ち寄っていた。奥寺美和子も合流している。他には客がおらず、女将の宮部たまきも三人と同席していた。

薫が橘亭青楽の落語を楽しんだ話をすると、女性ふたりが羨ましがる。

「右京さんが落語好きとは知りませんでした」

「いいなあ、薫ちゃんだけ、楽しんで」

男勢が「知らないことがあったほうが楽しいでしょう」「これも仕事なの」と答えているると、美和子が記憶をまさぐりながら言った。

「橘亭青楽って、たしか荻野美奈子と結婚した落語家よね？」

「荻野美奈子って、あのアイドルだった？」

「うん、確かそう」

「有名な人なんですか？」

「右京さん、さすがにアイドルには詳しくないですか。それほど有名だったわけではないけれど、何曲かヒットも飛ばして、そこそこファンもいた……あれ、彼女確か……」

回想していた薫のことばが突然、途切れた。

「どうしました？」

右京が不思議がると、美和子がそれに答えた。

「麻薬所持の疑いが噂になって、芸能界を退いたんです。当時わたしは芸能部の記者だったから覚えてますけど、決定的な証拠は出ませんでした。彼女のいた芸能プロダクションは力を持っていたから、もみ消したんでしょう。その代わり……」

「荻野美奈子さんを引退させた……なんだか、きな臭い話になってきました。明日にでも青楽師匠に直接会ってみましょう」

右京が言うと、薫が大げさに喜んだ。

「明日も末廣亭ですか、やった！」

七

薫の浮かれ気分は長続きしなかった。翌日、末廣亭へ行こうとした際、警視庁の駐車場で思いがけない人物に出会ったのだ。私服姿の佐古秀樹であった。待ち伏せしていたらしい。前に見たときよりも顔色が悪かった。

「佐古さん、どうした……」

薫のことばは途中で遮られた。

「これがあんたらの正義かよ？」

佐古のことばには怒りがこもっていた。薫はだしぬけに冷や水を浴びせられたような気がして、立ち止まった。背後から右京の声が聞こえてくる。

「あなたが今日づけの依願退職扱いで、警察官を辞職したことは警察報でさっき読みました。残念です」

「なんですって！」

薫はそれを読んでいなかった。読み逃した迂闊さと、それを教えてくれなかった上司の冷たさ、そしてなによりも理不尽な気持ちが薫を責め立てる。佐古が依願退職などするはずがない！

佐古がつかつかと歩み寄った。

「確かに、赤井さんを死なせたのは俺だよ。でも、あの夜は急に強盗の知らせが入って、現場では刑事課の命令で、ひと晩中犯人を捜し回って……とても、酔っ払いを気にする余裕なんかなかったんだよ」

佐古の心の中にしまってあった火薬に火がついた。

「なのに、それを暴いて得意になってるあんたらはなんなんだ！」

思いもよらぬ感情の爆発に直面し、薫はことばを失った。しかし、右京は打たれ強かった。しっかりと相手の目を見て話しかける。

「佐古さん、あなたはそれを隠蔽しましたよね？」

「隠すつもりなんかなかった。上に命令されたんだ！　俺たち組織の人間に他の選択肢があるのか？　なのに、俺だけ処分されて……」

佐古の感情はもはや抑えが利かなくなっており、いつしか涙声になっている。

「……これじゃまるで、トカゲの尻尾じゃないか」

「そうかもしれません」右京のことばは冷たい。「しかし、尻尾を切ったトカゲも痛みを感じなければ嘘なんです」

「あんたらになにができる？」

「そうではなく、あなたにはなにができますか？　退職させられたあなたに命令できる人はもう誰もいないはずです。いまのあなたなら、自分がなにをすべきか、自由に選択できるんですよ」

「勝手なこと、言うんじゃねえ」

佐古は小さくつぶやくと、回れ右して走り去った。

「どうしました。行きますよ」

右京の声が無情に響く。薫はまだ身動きできないでいた。

「時に正義というのは残酷なものなんです。ですから、覚悟が必要なんです。これから行く末廣亭でも、どんな残酷な現実が出てくるかわかりません。覚悟がないなら、降りていただいても結構です」

右京が警察車両のほうへ身体を向けた。薫は黙ったままそれに従った。

薫は結局、末廣亭に行く気になれなかった。右京と一緒に新宿まで来たものの、佐古のことばが心に重くのしかかっていたのだ。橘亭青楽に会いに行くという上司を見送って、薫はひとりで花園神社に来ていた。お参りをして、身を清めたいというのが本音だった。

参拝が済んで境内を歩いていると、嫌な光景が目に飛び込んできた。見るからにやくざっぽい性質《たち》の悪そうな男が、女性に因縁をつけているようなのだ。女性のほうには見覚えがあった。昨夜話題に出た、元アイドルの荻野美奈子なのである。多少老けて肉づきもよくなったが、見間違えるはずはない。美奈子は男にからまれているようだった。

薫の警察官としての本能が目覚めた。うじうじと悩んでいる場合ではない。

「なにやってんだ！」

薫が駆け寄って警察バッヂを掲げると、男は一目散に逃げ出した。薫は少し追いかけたが、すぐにあきらめて美奈子の元へ戻る。

「どうしました？」

「なんでもありません。突然、あの男にからまれて……」

「あの、失礼ですけど、荻野美奈子さんですよね？」

「ええ、いまは結婚して倉本美奈子ですけど」

元アイドルだけあって、笑うととてもチャーミングな顔になる。

「これから末廣亭に行かれるんですか？」

「どうしてそれを？」

「えへ、美奈子さんのファンだったんで、いろいろ知ってるんですよ」薫が照れてみせた。「俺もちょうど末廣亭に行くところだったんです。ご一緒しましょう」

末廣亭の楽屋では、右京が橘亭青楽と膝を突き合わせていた。青楽は昨日客席にいた右京のことを覚えていた。

「高座からはお客さんの顔がよく見えるんですよ。でも、刑事さんとは思いませんでした。お連れの方はとてもラフな恰好をなさっていたし。ところでどんなご用件ですか？」

右京は軽く微笑み、内ポケットから一枚の写真を取り出した。加賀山友二の写真だった。

「この人物を覚えていらっしゃいませんか？　一昨日この近くで殺された男なんですが」

青楽は目を細めて写真を眺め、かぶりを振った。

「いや、記憶にありませんが。なぜ、私に？」

「遺留品に下席のプログラムがあったんですよ。初日にここを訪れたみたいです」

青楽がなおも首をかしげていると、弟子が声をかけた。

「師匠、そろそろ時間です」

青楽が立ち上がったので、右京が暇乞《いとまご》いをしようとした。すると青楽は、「歯磨きに行ってくるだけなんで、まだいてくださいよ。験《げん》かつぎなんですよ、歯磨き。ぜひ、今日も落語聞いて行ってください」と引き止めた。

右京がひとり楽屋で待っていると、青楽と入れ違いに、薫が入ってきた。後ろに美人を連れている。薫がそっと右京に耳打ちした。

「青楽さんの奥さんの、倉本美奈子さんです。花園神社で素行の悪そうな男にからまれていました」

「こちらが、落語ファンの警部さんですか？」

元アイドルが満面の笑顔で薫に確認した。

右京は「杉下と言います」と簡単に名乗ると、「奥さんにうかがいたいことがあります」と切り出した。

「はい、なんでしょう？」

「あなたにはある噂があって芸能界から引退なさったと聞いています。もしかして、先ほど亀山くんが見たのは売人ではないですか？」

あまりにストレートに質問されて、美奈子は虚をつかれた。とっさに嘘を取り繕うこともできなかった。

「このことは主人には黙っていてください」

「もちろんです。失礼ですが、ずっと麻薬を続けていらっしゃったんですか？」

「とんでもない。最近、加賀山という男が昔のわたしの噂を嗅ぎつけてやってきて、その男が死んだと思ったら……」

「この男ですね？」

右京が加賀山の写真を見せると、美奈子はこくんとうなずいた。

「信じてください。わたしが殺したんじゃありません！」

「しっ、静かに！」

右京が押し殺した声で注意した直後、奥から青楽が戻ってきた。

「おや、美奈子、来てたのかい？」

「う、うん。変な男にからまれていたのを、こちらの刑事さんに助けてもらって。亀山さん」

美奈子が紹介したので、薫は青楽に会釈した。青楽も頭を下げる。

「それはどうも。美奈子、着替えを手伝ってくれるかい」

いまは落語家の妻である美奈子が、かいがいしく着替えを手伝った。着物の帯を整え、羽織の腕を通し、手ぬぐいと扇子を渡す。

「その手ぬぐいは昨日と同じものですか？」

右京が風変わりな質問をした。

「そうですよ。私が入門したときにもらったものです」と、青楽。

「苦楽を分かち合ってきた仲間なんですって。だからいつでも肌身離さず持ち歩いています」と、美奈子。

ふたりはぴったり呼吸が合っており、おしどり夫婦の好見本だ、と薫は思った。

出囃子が鳴りはじめ、青楽の表情に気合がみなぎった。右京と薫は慌てて楽屋から辞去した。そのまま帰ろうとする部下を右京が引き止める。

「師匠の落語、せっかくだから聞いていきましょう」

客席に回ると、すでに落語がはじまっていた。ふたりの刑事は最後列からそれを眺める。

――封筒見ただけで中身がわかるかい。ええ、こりゃ字ばっかりだ。絵がひとつもねえ……。

演目は前日と同じ手紙無筆だった。例の手ぬぐいを手紙に見立てての、熱演が続く。二日連続にもかかわらず、薫は青楽の落語を堪能した。

八

回転寿司のカウンターに腰をおろし、小野田が言った。

「特命係を切れって話がうちのほうで出ていてね。フォローしきれないんだけど」

鮪の赤身をぺろりとたいらげると、皿を回転台に戻そうとする。隣に座った右京は、その皿を台から取り上げ、小野田の前に置いた。

「皿を戻さないでください。それからぼくはフォローをお願いした覚えはありませんが」

小野田は口をへの字に曲げて、鯛の皿に手を伸ばした。

「ところで、面白い事実をつかんだようだな」

右京は小鰭《こはだ》のにぎりを口に運びながら、

「面白いかどうかは……しかし、真実には違いないですね」

小野田は右京のほうへは目をやらず、ただ回転台の次の獲物だけを見つめて、

「その真実、どうする気かな？」

「マスコミに売ったりはしませんよ」

「それは脅しかな？」

「考えすぎです」

次の獲物はイクラに決まったようだった。

「へたに正義をふりかざしても、トカゲの尻尾が増えるだけだよ。俺ならすぐに切ると思ってるのか？」

右京は鉄火巻の皿を手元に引き寄せた。

「あのとき私を切ったようにですか？」

「覚えてたんだ」

「忘れませんよ」

ふたりの視線が交じり合うことは一度もなかった。

翌日、右京と薫は再び末廣亭の楽屋に出向いた。時間を見計らって前日と同じ時刻に来たので、青楽は歯磨き中だった。ふたりは勝手に上がり込み、少し細工をした。そこへ、青楽が戻ってくる。

「おや、またお見えでしたか？　今日はなんのご用で？」

「おわかりになりませんか？」

「噺家という商売は勘がよくないとやっていけません。そうですか、加賀山殺しの犯人がわかったんですね」青楽が目を伏せる。「言っときますが、美奈子じゃないですよ」

「わかっています」右京がうなずいた。「犯人はあなたですね？」

「どうして、そんなことが？」

「あなたはいま、奥さんが犯人ではないとおっしゃった。つまり、奥さんが加賀山にゆすられていたことをご存じだった。奥さんから金を取れないことに憤った加賀山は、青楽さん、あなたを脅したんじゃないですか？」

青楽は右京の告発を完全に黙秘した。

「ぼくには加賀山という男が寄席を楽しむような趣味を持っているとは思えないんです。その男が師匠の初トリの日に末廣亭に姿を現わしている。これは脅しだったんじゃないですか？　師匠は否定されましたが、きっと高座から加賀山の顔が見えたに違いないと考えています。加賀山はあの日、金を無心に来たのでしょう」

「笑えないネタですね」

「いいえ、現実です。出番がはねたあと、師匠は殺人現場となった歩道橋で加賀山とお会いになった。そして、彼を突き落とした」

青楽は悲しそうな顔になった。

「どんな証拠があるって言うんです？」

「我々は師匠の二日目の高座を拝見しています。演目は手紙無筆。全編に手紙が出てくる噺です。師匠はその手紙を表現するのに、最初は手ぬぐいを使っていた。ところが、途中から扇子で手紙を表わすようになった。見ていてなにか不自然だな、と思いました」

薫はようやくあのとき、上司が食い入るように高座を見つめていた理由を知った。右京の告発が続いている。

「そして昨日、三日目にも師匠の高座を拝見したのです。演目は同じ手紙無筆なのに、昨日は終始手ぬぐいを使われていた。なぜなんでしょう？」

「そりゃあ、その日の気分ですよ」

「そうですか。だったら、師匠の大切な手ぬぐい、ちょっとお借りしても構いませんね」

　右京は畳の上に置いてあった手ぬぐいにさっと手を伸ばし、「亀山くん」と合図した。薫が楽屋の蛍光灯を消す。右京は背中に隠していたブラックライトを点灯させると、それを手ぬぐいにかざした。手ぬぐいの表面にぼおっと染みが浮かび上がってきた。

「これはなんです?」

「ルミノール反応です。微量の血液にも反応して光ります。少々洗ったくらいでは、この反応を消すことはできません。実はさっき、無断で試薬を吹きかけていたんです。この血液は加賀山のものだと推測しますが、どうですか?」

　右京が真剣な表情で迫ると、落語家は糸の切れた操り人形みたいに、がくっとくずおれた。

「これがオチですか。加賀山があんなに簡単に死ぬとは思っていませんでした。誤って殺してしまったとわかったとき、なるべく人目を避けようと考えて、遺体を歩道橋の上まで運びました。そのときに懐から手ぬぐいが落ちて、血に染まってしまったんです」

「そんな手ぬぐい、どうしてとっておいたんですか。洗って使おうなんて考えずに、新しいものを使えばよかったのに」

　薫が指摘すると、青楽はうなだれたまま首を左右に振った。

「こいつは、この手ぬぐいは、私とともに闘ってきた相棒だったんですよ。ところが、私はその大切な相棒を、血で汚してしまった」

　青楽が罪を認めて悔いたとき、なにも知らない美奈子が入ってきた。

「あなた、もうすぐ出番よ。早く準備しなきゃ」

「いや、私はいまから警察に……」

　師匠のことばを右京が止めた。

「ほら、お客さんが待っています。当分、師匠の高座が聞けなくなるかと思うと残念ですが、悔いのないように演じてきてください」

　唇を嚙みしめながら立ち上がる落語家と、心配そうにそれを見つめる妻に目をやりながら、正義は本当に残酷だと、薫は天を恨んだ。


　翌朝、気分が晴れぬまま、警察報に目を通していた薫が突然声を上げた。

「右京さん、これ！」

　差し出したのは、人事発令の掲載面だった。織田國男の写真が出ている。

「あの署長が本庁に戻るどころか、地方の小さな署に異動になっています」

「もう読みました。キャリアとしては異例の左遷ですね」

　薫の興奮は収まらない。

「それにあの副署長も、同じ署の中で総務課長に降格ですよ！」

「要するに、彼らもトカゲの尻尾だったということですよ」

右京は紅茶の香りを楽しんでから、ティーカップに口をつけた。

「お取り込み中か？」角田が顔をのぞかせた。「おたくらにお客さんが来てるよ」

ふたりが一階に下りると、佐古が待っていた。憑き物が落ちたような清々しい顔をしている。

「先日は暴言を吐いてすみませんでした」ふたりの刑事に向かって頭を下げ、「署長と副署長が処分されたと聞きました。あなた方が？」

「まさか」と、右京が笑う。

「今回のこと、赤井さんのご遺族にすべて話そうと思います。これから奥さんに会いに行くつもりです」

「彼女を苦しめることになるかもしれませんよ」

「わかってます。それでも頭を下げようと思います」

「許してくれないかもしれませんよ」

「でも、決めましたから」佐古の目には決意が宿っていた。「誰に命令されたのではなく、自分で決めましたから」

一礼して立ち去る元巡査部長の背中が、薫には大きく見えた。見送りながら薫が隣の相棒に訊く。

「結局俺たち、トカゲの尻尾を切っただけだったんですかね」

「そうかもしれません。特命係はますます居づらくなるでしょうねえ。我々も警視庁の中ではトカゲの尻尾ですから」

「そうですね。でも、切られたらまたすぐに生えてくればいいんですよね！」

薫が力強く言うと、右京は嬉しそうににっこり笑った。

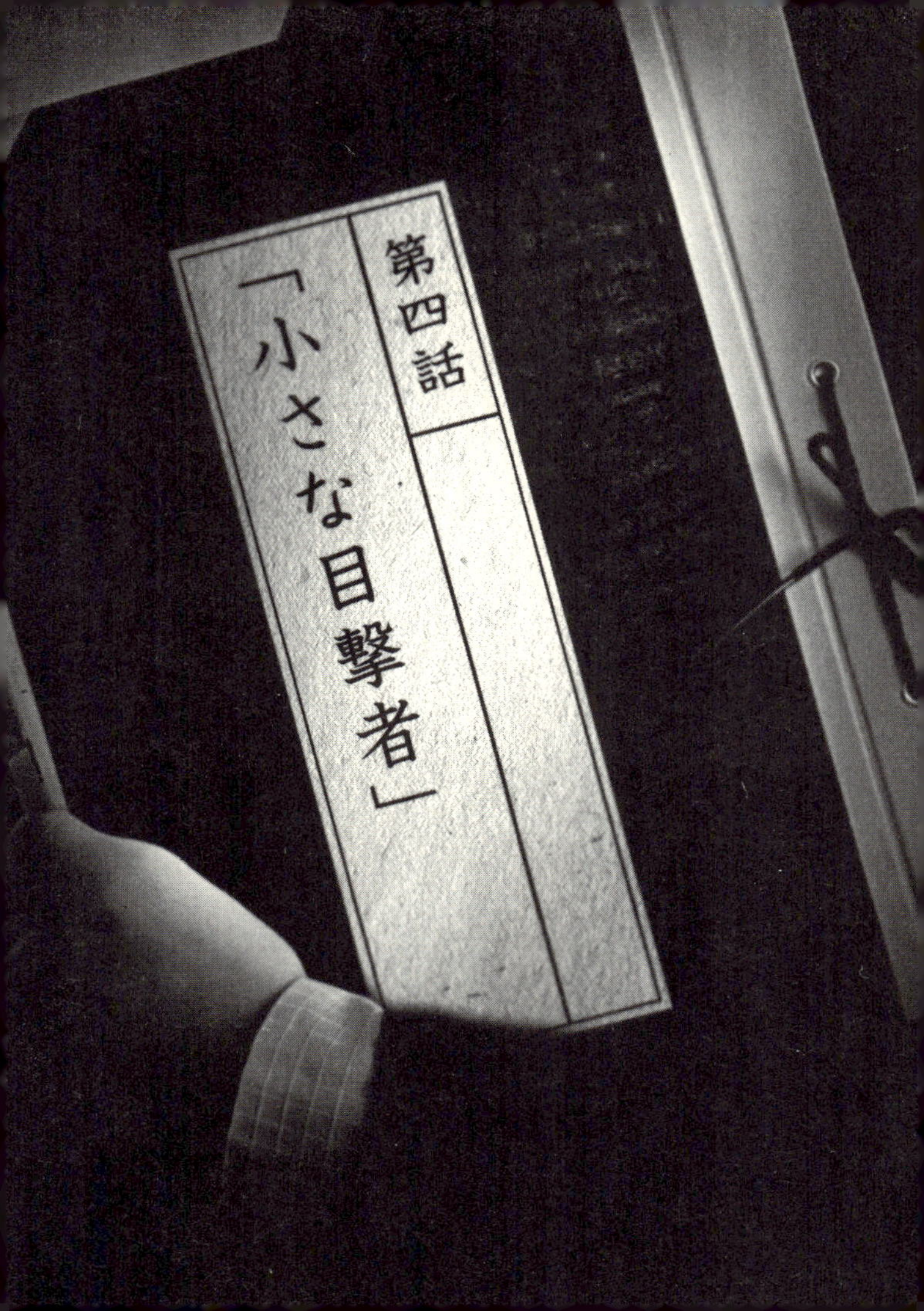
第四話
「小さな目撃者」

一

杉下右京は死体発見現場にいた。

傍らには相棒の亀山薫の姿もある。組織上は警視庁の生活安全部に属する特命係のふたりが、刑事部捜査一課の刑事を出し抜いて現場にいるのには理由があった。警察庁の幹部クラスである小野田から、右京に連絡があったのだ。

──孫を幼稚園に連れて行く途中でたまたま死体を発見した。急がないと間に合わないから、あとは頼んだよ。

身勝手な頼みだ。それに死体を「たまたま」発見するとはどういうことだ。現場は世田谷の住宅地に残された空き地の、雑木林の中だった。通園途中におしっこが我慢できなくなった孫の緊急用トイレとして、ここを臨時に使用したのではないだろうか。「急がないと間に合わないから」というのも方便で、実際は「かかわりあいになると面倒なので」というのが本音だろう。一一〇番通報すると同時に、わざわざ特命係にも連絡してきたことからも魂胆が知れる。第一発見者については詮索しないよう、右京に圧力をかけているのだ。

死体は心臓を矢で射ち抜かれている。その矢はボウガンのものだった。右京が死体を検分していると、パトカーのサイレンが聞こえてきた。ようやく捜査一課のお出ましのようだ。

「おいこら、特命係の亀山、なんでおまえがここにいるんだよ」

一課の伊丹憲一が不倶戴天の敵の姿を見つけて吠えた。

「あれ、呼んだ?」

薫はあえて陽気に応じた。

「ふざけんな。どうやって、ここまで来た?」

「車でだよ。だって、桜田門からここまで歩いて来られる距離じゃないだろう」

伊丹は忌々しげに舌打ちし、「そんなことを訊いてんじゃないんだよ。どっから連絡を受けたんだ?」

「天の声、ってところかな」

「おい」伊丹は所轄の刑事を呼び寄せた。「このふたりをつまみ出せ!」

「そう言われましても」

所轄の刑事が戸惑っていると、右京が死体の脇から立ち上がった。

「それには及びませんよ。亀山くん、そろそろお暇しましょう」

「はい、わかりました」薫は右京に返事したあと、伊丹に向かって、「そうそう、どうしても解決できなかったら、言ってこい。犯人、捕まえてやるからよ。じゃあな」

去っていく薫の背中に、伊丹が頭の中で蹴りを入れていると、恐縮したようすの所轄署の刑事が訊いた。

「あの方々は何者なんですか?」

「うるさい！　そんなことよりも第一発見者は?」

「それが匿名の通報だったもので……」

「とくめい、だとっ！」

所轄の刑事は、伊丹がなぜこんなに興奮しているのか理解に苦しんだ。


遺体の身許はすぐに判明した。平良《たいら》荘八、近くの栄第二小学校の教師であった。

伊丹と三浦信輔のふたりの刑事は、さっそく栄第二小学校へ足を運んだ。職員室に教師を集めて、殺人事件の発生を伝える。

「被害者は平良先生で間違いないんですね?」

おどおどした口調で尋ねたのは頭の禿げ上がった赤ら顔の教頭だった。きっと生徒たちからは、ゆでダコとあだ名されているだろう。

「疑いの余地はありません」

伊丹が険しい目で職員たちを見回した。職場でのトラブルが事件に関係しているかもしれない。犯人はこの中にいる可能性もある。三浦が同僚の意を汲んだ。

「犯行時間は昨夜、午後九時から深夜一時までの間です。こんな状況ですから、皆さんにもひととおりお話をお訊きしなくてはなりません。ご協力お願いいたします」

「それはもう。あ、校長に連絡します。出張なもんですから。すぐに戻っていただかないと」

ゆでダコが慌てて職員室を飛び出していったのと入れ違いに、ひとりの女性教師が入室してきた。男子児童をひとり連れている。

「あの、刑事さん、よろしいでしょうか?」

「どうしました?」

「実は、この子が話があると……」

伊丹が児童の前に進むと、その男の子はしっかりと刑事の目を見つめて話しはじめた。

「ぼく、見たよ。昨日の夜、平良先生、あそこの空き地で……」

二

特命係の小部屋では、事件の検証が行なわれていた。鑑識課の米沢守がボウガンを構えて、狙いを定めている。矢の向いた先には、壁を背にする恰好で薫が立たされていた。

「もっとリラックスしてください」

「いや、そう言われても……」

米沢の要求は、薫には理不尽なものに聞こえた。いくらなんでも実際に撃つことはないだろうが、暴発という事態は考えうる。だから……矢をつがえてこちらを狙うのはやめてほしい。

「そのまま頭にりんごを載せていただくと、ウィリアム・テルなんですけどね」

坊ちゃん刈りで小太りの米沢がさも愉快そうに笑う。薫は、右京がなぜ米沢と仲がよいのかわかった気がした。ふたりとも冗談のセンスが同質なのだ。

それはともかく、米沢の鑑識員としての仕事ぶりは正確かつ迅速であり、右京もその腕を買っているようだった。米沢が自分の本来の仕事に戻った。

「犯人はこの距離、ガイシャからおよそ五メートル離れた地点から矢を放ったと思われます」

「犯人の身長はおよそ百八十センチですか。背が高いですね」

米沢が作成した報告書を見ながら右京がコメントすると、米沢が嬉しそうに補足説明を加える。

「ええ、突き刺さっていた矢の角度から計算してみました。もちろん誤差はありますが。ちなみにガイシャと犯人の位置関係はですね、使用されていたボウガンから発射された矢の初速を求め、突き刺さっていた矢の深さから計算して割り出してみました。むろん、こちらも誤差ありです。場合によっては、てんで当てにならないかもしれません」

「なんじゃそりゃ」

　薫は思いきり脱力した。右京はそんな部下を無視して、疑問を口にした。

「犯人はなぜ凶器にボウガンを使ったのでしょう？」

「それはわかりません」米沢がまじめな顔で即答した。「なぜならば、計算できませんから」

「ごもっとも。亀山くん、きみはどう思いますか？」

「いや、どうしてでしょう？」

　右京がボウガンを手にし、その感触を楽しむように、水平方向に構えた。

「人殺しの方法はたくさんあります。しかし、犯人はあえてボウガンを使った。殺し方としては珍しい部類です。そこにはなにか特別な意味があるように思えます」

　薫が意味を考えようとしたとき、「暇か？」と調子のよい掛け声とともに、ひとりの男が入ってきた。スーツの上着を肩にかけ、まるで毛糸のベストを見せびらかしているようである。なにかと特命係の部屋にやってきては、油を売っていく薬物対策課長の角《かく》田《た》六郎だった。同じ生活安全部のよしみで特命係に仕事を世話してくれることもあるが、今日はただ暇つぶしに立ち寄っただけのようだった。

　右京がボウガンを構えているのを見て、

「なに遊んでんだよ、おまえら？」

仲間に入れてくれないのをすねているような口ぶりである。

「遊んでなんかいませんよ。事件の検証中」

「ははあ、わかったぞ。俺の推理によると、その事件は昨日の世田谷での殺しだな」

「推理しなくともわかるでしょ。これを見りゃ」

右京からボウガンを奪い取って、薫が言う。

「ハハ、でもね、まもなく事件は解決するぞ」

「それも課長の推理ですか」と、右京。

「いやいや、有力な目撃者が出たみたいだ。いま、少年課の立ち会いで事情聴取をやってるよ。目撃者は十歳の小僧、殺された教師が勤めていた学校の生徒らしい」

「十歳の少年が目撃者か……ヤな感じだな」

ボウガンの矢を指差しながら、薫がつぶやいた。誰も笑ってくれなかった。

右京と薫は殺された平良が勤めていた栄第二小学校を訪れた。目撃者の少年から話を聞くのが目的だった。目当ての少年は図書室にいた。ひとりで読書をしていたのだ。

「手塚守くんかな？」

「あなたたちは刑事さんかな？」

目線を合わすために、前かがみの姿勢になって訊いた薫は、大人びた答えを耳にしてまごついた。

「よくわかりましたね」

大人に対するのと同じ口調で、右京が少年を褒めた。手塚守はにこりともせず本に目を戻すと、感情のこもっていない平坦な声で言った。

「こんな日にぼくを訪ねてくる見ず知らずの大人は、警察の人に決まってるだろ。なんか用事？」

とっつきづらいガキだ、という感想を抱きつつ、薫が質問する。

「きみ、一昨日の夜、平良先生を見たんだってね？」

「そのことなら全部話したよ。わざわざ警察まで行って」

「ああ、そうらしいね」

薫は返事をしながら、少年の読んでいる本のタイトルを盗み見た。カミュの『異邦人』。薫が高校生のときに読んで意味がわからず、途中で投げ出した本だった。十歳のガキのくせに生意気な。

「無礼な奴！」

薫の心の声が聞こえたかのようなせりふが少年から飛び出し、びくっとする。

「え？」

「伊丹って刑事さ。たぶん彼は出世しないね」

心の中で今度は少年に喝采を送りながらも、薫は手塚守の扱い方に苦慮していた。バトンタッチして、右京が話しかけた。

「もう一度聞かせてもらえますか」

「どうして？」

「伊丹刑事から聞いてもいいんですが、正確さに欠けるかもしれませんから」

「それは言えてるね。彼は緻密さに欠ける」守が『異邦人』から顔を上げて右京を見た。

「わかった。それじゃあ話すよ」

　守の証言はこのようなものだった。

　一昨日の夜の十時半頃、守は自転車で空き地のそばを通りかかった。その際に、人待ち顔でたたずむ平良荘八を見かけたらしい。興味を持った守がしばらくようすをうかがっていると、ある人物が現われた。それを確認したところで、もともとの目的だった駅前の書店に急いだので、あとは知らない……。

　守は、ある人物のことをろくでなしと呼んだ。なんでも近所のアパートに住んでいるフリーターのようで、通学中の小学生をボウガンで脅かして喜んでいるような男らしい。

「つまり、決定的な場面を目撃したわけじゃないんだね？」

　薫が訊くと、守は小馬鹿にしたように、「そんな場面を見たら、すぐに警察に知らせてるよ」と答えた。

「ちなみに本屋では、なんの本を買ったのですか？」

右京がちょっと変わった質問をすると、少年が訊き返す。

「捜査になんか関係ある？」

「いいえ、個人的な興味です。きみはいまもずいぶん難しそうな本を読んでいますから」

「一昨日は漫画を買ったよ」

「この本は誰に借りたものですか？」

守は興味深そうに右京を見上げ、

「どうしてそう思うの？」

「小学校の図書室に置いてあるような本じゃありませんし、といって、かなりくたびれた感じですから、新しく買ったものでもない。もちろん、古本屋ということも考えられますが」

「刑事さん、わりと鋭いね。恭子先生に借りたんだ」

右京にばかり点数を稼がせていてはいけないと、薫が割り込んだ。

「きみの担任かな？」

「適当に言っただけだろうけど、正解。担任の前原恭子先生」

いちいち癇《かん》に障る答え方をする小学生をちょっといじめてやろうと考えた薫は、

「でも、きみ、あんな本読んで、わかるの？」

「刑事さんは読んだことある？」

「ああ、もちろん」

少なくとも表紙を開いたことがあるので、嘘ではない。

「感想は？」

「か、感想と言われてもねえ……相当昔だからな、読んだの……」

「〝太陽がまぶしい〟という理由だけでアラブ人を殺した主人公をどう思う？」

「どう思うって……どうかなあ？」

薫が適当にごまかそうとしていると、守が先に自分の感想を述べた。

「たぶん、主人公は正直者なんだ。嘘のつけないごく普通の人だと思う」

薫が十歳児に圧倒されていると、上司が助け舟を出した。

「きみは十分にわかって読んでいるようですね」

守の瞳に暗い光が宿った。


読書を続ける少年を残して図書室から出たふたりは、担任の前原恭子に会いに行った。ショートカットの恭子は、守の母親と紹介されても違和感のない年齢の落ち着いた美人だった。他の教師の耳を避けるために、三人は校庭を散歩した。歩きながら恭子が言った。

「頭のいい子なんです。良すぎるくらいで、教師もたじたじですよ」

「先生も大変でしょうけど、親も大変でしょうね」

薫のことばには自分が親だったら絶対に嫌だという感慨がこもっている。

「両親はいません。事故で亡くなったんです、三年前に。いまは親戚の家に引き取られて暮らしています」

右京がぶしつけな質問を放った。

「親戚とはうまくやっているんですか？」

「えっ？」

「今日は臨時休校です。なのに、わざわざ学校の図書室で本を読んでいる。それも、図書室の本ではなく、あなたに借りた本を。ちょっと引っかかりました」

恭子の表情が曇った。

「お察しのとおり、あまりうまくいっていません。言い方は悪いけど、かわいげのない子ですからね。なるべく家に帰りたくないのか、放課後は毎日、ああして図書室で本を読んで過ごしています」

「毎日ですか……」

右京が考え込んだところで、薫が質問役を交代する。

「ちょっと事件のことをおうかがいします。殺された平良先生はどういう方でした？」

恭子はしばし言いよどんで、

「厳しい方でしたね。生徒たちからは怖い先生だと思われていたようです。体も大きかったですし、口できかなければ、手が出ることもありました」

「誰かに恨まれているようなことは？」

恭子の足がぴたっと止まった。

「さあ……それは……」

「ボウガンを持った若い男が近くにいるそうですが、その男と平良先生の関係はどうでしょう」

「佐々木さんですね。平良先生は佐々木さんに抗議に行ったことがあります。彼が子どもたちを怖がらせていたので、やめさせようとして。戻ってこられたとき、ずいぶん憤慨なさっていました」

それを聞いて、薫が言った。

「どうやらろくでなしがクロっぽいですね」

三

右京と薫が連れ立って、ろくでなしが住んでいるというアパートの近くまでやってきたとき、背の高い若い男がアパートから脱兎の勢いで駆け出してきた。その後ろから伊丹や三浦など、捜査一課の刑事たちが追いかけてくるのを見て、薫も本能的に走りはじめた。

若い男はおそらくろくでなしだろう。であれば、自分が捕まえてやる。男は狭い路地を抜け、コンクリート三面張りの小川に出た。そして、金網を乗り越えて、躊躇なく川に飛び降りた。薫もあとに続く。川の水量は膝丈ほどで、走るには障害となったが、徐々に男との差がつまってきた。それに勢いを得た薫は、男がなにかにつまずいて転んだ際に、取り押さえるのに成功した。

「俺は捕まるようなことはなにもしてないぞ」男が薫の拘束を解こうとして暴れた。

「逮捕したけりゃ、逮捕状を持ってこい！」

「ご心配なく」護岸の上から右京が言った。「追って逮捕状は請求します。いずれにしろ、いまのあなたは公務執行妨害です」

警視庁に身柄を移された佐々木文宏は、伊丹と三浦から取り調べを受けた。最初は黙秘を貫いていた佐々木も、執拗な尋問についに折れた。

「俺の容疑はなんっすか？」

「警察バッヂ見たとたんに逃げ出したんだ。本当はわかってんだろうが！」

伊丹が机を叩くと、佐々木が大きな身体を丸めた。

「小学校の先公が……殺されたってやつですか？」

「わかってんじゃねえか」伊丹が凄む。「どうしてやった！」

「俺はやってません！」

ノックの音がし、若い刑事が入ってきた。そして、三浦になにやら耳打ちした。三浦がにやりと笑う。

「おい、おまえの部屋の天井裏からボウガンが見つかったってよ」

「どうして天井裏に隠した？」と、伊丹。

「それは……」

「小学校教諭、平良荘八を殺した凶器だからだな？」

マジックミラー越しに取り調べのようすを見ていた右京が、突然取調室に入った。薫もあとに続く。

「またあんたたちか。邪魔しないでもらえますか」

伊丹が文句を言い、三浦が顔をしかめる。

「堅いこと言うな。川に飛び込んでこいつ捕まえたの、俺なんだから、少しくらいいいだろう」

薫が場をとりなしたのを見て、右京が佐々木に質問した。

「あなたがボウガンで小学生を脅しているのは有名でした。平良先生がそのことであなたに注意しに行ったのも知られています。それなのに、あなたはなぜボウガンを凶器に選んだのですか？　まるで自分がやったと宣伝しているようなもので、ずいぶん間が抜けているように思いますが」

「こんなこと信じてもらえないかもしれないけどさ」すがるような目を右京に向けて、佐々木が語る。「ボウガンは先週盗まれたんだ」

「盗まれたものがどうして、天井から出てくるんだ！」

「天井に隠したのは俺だよ。一昨日の夜、取り戻したんだ。確かに俺はあの空き地に行った。だけど、俺が行ったときにはもう、あの先公は死んでたよ」

それを聞いて逆上した三浦が、佐々木の胸ぐらをつかむ。

「なんだと、いいかげんなこと言うな！」

「ほんとだって。盗んだ奴からメモが来たんだ。ボウガンは空き地に捨てといたから、欲しけりゃ勝手に取りに来いって。そしたら、先公が死んでて……」

「そのメモはまだお持ちですか？」

「捨てちまったよ、頭にきたから。ワープロ打ちのメモだったよ」

「現物がありゃあ少しは信憑性も出てくるけど、このままじゃ、あんたの話は鵜呑みにできないな」

薫の意見は実に真っ当なものであった。

特命係の部屋で、ティーカップを載せたソーサーを左手で保持したまま、右京が訊いた。

「亀山くん、きみはボウガンを凶器に使うメリットはなんだと思いますか？」

コーヒーをたっぷり注いだマグカップを右手に持った薫は、

「拳銃と違って、音が静かですね。それから、相手から離れて殺傷できます。まあ、これは飛び道具全般に共通して言えますけど」

「すなわち」メタルフレームの眼鏡の奥の右京の目が輝く。「非力な人間でも相手を殺傷できる、ということです。組み合ったら確実に負ける相手でもね」

自宅のマンションでくつろいでいた薫は、奥寺美和子の話を聞いて驚いた。

美和子は小学校教諭殺害事件の取材をするために、平良荘八の関係者への接触に成功したという。その人物が言うには、平良という人間はひどい男で、女性教師にちょっかいを出し、力ずくで乱暴したりしたことがあったらしい。他にもよからぬ噂がたくさんあり、素行についてはかなり問題があったというのだ。

「その乱暴されたって先生の名前は？」

美和子が述べた名を聞いて、薫は絶句した。

右京が仕事帰りに〈花の里〉に立ち寄ると、カウンターに意外な人物がいた。小野田公顕《こうけん》である。女将の宮部たまきと談笑していた小野田は、目の端で右京をとらえると、すかさず立ち上がった。

「じゃあ、勘定をお願いします」

「あら、もうお帰りですか」

「かわいい孫が待っているもので」

「いいですわね」と言いながらたまきが計算しに下がったのを確認して、小野田が問う。

「捜査進んでる？」

「いささか混沌としています」と、右京。「それにしても名前も名乗らず通報するとは、あなたらしい」

「現場は荒らしてないから問題ないでしょう。そうそう、現場にあった四つの穴、気にならなかった？」

「死体から五メートルほど離れた場所にあった小さな穴ですか？　捜査一課は気にしていないようですが」

「おまえが気にしているのなら大丈夫だな。あ、おいくらですか？」

勘定を済ませ、小野田はすっと出て行った。

四

翌朝、右京は遺体が発見された空き地に足を運んでいた。昨夜、小野田に指摘された四つの穴が気になったのだ。幸い晴天続きだったので、穴はそのまま残っていた。指二本が第一関節くらいまで入る程度の穴が四つ、整然と並んでいた。結べば一辺が五十センチほどの正方形ができそうだった。

それを確認した右京は、その足で栄第二小学校へ行った。体育館の倉庫には鍵がかかっていなかった。その中を見渡し、右京は目当てのものを発見した。

特命係の部屋に戻った右京は、すぐに薫に捕まった。薫の表情がいつになく真剣である。

「右京さん、美和子が嗅ぎつけたんですが……恭子先生、先週、理科室で平良に襲われたらしいんですよ。未遂かもしれないけれど、状況的には間違いないだろうって」

この知らせを予想もしていなかった右京は、

「目撃していた人物がいるんですね？」

「美和子もニュースソースまでは明かしませんけど、学校関係者であることは間違いなさそうです。なんでも、平良って教師は酒癖も女癖も悪く、かなり問題があったらしいです」

「でも、そんな教師がなぜ、学校を続けられたんでしょう?」

「みんな怖がっていたそうです。へたに騒ぎ立てたら、どんな仕返しをされるかわかったもんじゃない。見て見ぬふり、ってやつですかね」

右京の中ですべてのパズルの断片がつながった。

「なるほど。ひょっとして今回の事件は、それが動機だったのかもしれませんね。確かめに行きましょう」


右京が向かったのはまたしても栄第二小学校だった。今度はそのまま図書室に向かう。

「刑事さんだろ?」

今日もひとりで本を読んでいた手塚守が、振り返ることもなく言い当てた。

「よくわかりましたね」

「足音でわかったよ」守は特に得意そうでもない。「犯人は捕まった?」

「ええ、ようやく捕まりそうです」

「やっぱり、ろくでなしだった?」

右京が少年の耳元に口を近づけた。

「いいえ、残念ながらそうじゃないようです。犯人はこの学校の人です」芝居がかった声で守に言い聞かせるように、「いまから恭子先生とお話ししてきます」

「えっ？」

珍しく少年の声に感情がにじんだ。


体育館では薫が前原恭子から事情を聞いていた。先週の理科室での一件に話題が及ぶと、恭子はうんざりしたような顔になった。

「そのことが……今度の事件になにか関係があるんでしょうか？」

聞き出しづらいことをほじくるために、薫は心を強く持った。

「つまり、確かにそういう事実はあったわけですね？　あなたは、平良先生に襲われた……」

「それはわたしのプライバシーの問題です」

薫は相談を持ちかけるような顔になり、

「手塚くんの証言で、佐々木を捕まえてみたんですけどね、本人は否認しています。ま、それは当然だとしても、動機が弱い。どう思われます？」

「それで、わたしに容疑がかかるんですか？」

「すみません。とにかく、ご同行願えませんか。ゆっくりお話うかがいますから」

恭子が悲しげな顔で小さくうなずいたそのとき、体育館の入口から幼さの残る声が聞こえてきた。

「だから大人はばかなんだ！　恭子先生が人殺しなんかするはずないだろう！」

手塚守だった。体育館の入口からまばゆいばかりの陽光が降り注ぎ、小さな少年のシルエットを浮き立たせている。その影にかぶさるように、大きな影が近づいてきた。

杉下右京である。

「守くん、恭子先生には平良先生を殺す動機があるんですよ。しかも強力な動機が」

「いくらあいつに乱暴されたからって、殺したりなんかしないよ！」

守が怒りを表に出した。少年の訴えは、しかし右京によって無情に粉砕された。

「やはりきみはそのことを知っていましたか。きみは恭子先生がひどい目に遭っているところを目撃したんですね？　毎日図書室で遅くまで本を読んでいるきみなら、目撃しても不思議ではない」

守の顔から再び感情が抜け落ちた。

「ずるいね、刑事さん。ぼくをうまくハメたね。全部お芝居だったんだね」

ことばの内容に反して、悔しさがいっさい感じられない。まるで人形がしゃべっているようである。

「申し訳ありませんでした」

薫が頭を下げると、すべてを一瞬のうちに理解した恭子は、声をなくして床にへたりこんでしまった。

「非力な人間でも相手を殺傷できるボウガンは、きみに最もふさわしい凶器です。しかも、ろくでなしに罪を着せることができれば、一石二鳥。違いますか？」

少年よりもさらに感情を殺して、右京が告発する。それはまるで亡者が罪人を責め立てているようであった。

「ばかなことは言わないでください！」

大声で否定すれば、この場の悪夢が消えてなくなると信じているかのように、恭子が叫んだ。

右京はいささかも動じない。

「ろくでなしの部屋からボウガンを盗み、平良先生を空き地に誘い、きみは矢を放った。背丈を調節するために、きみは学校の椅子を使った。それが現場に残っていた、四つの穴の正体です」

広い体育館に右京の低い声だけが響く。

「そして、きみはメモに呼び出されてやってくるろくでなしを陥れるために、ボウガンをその場に残し、現場の目撃者をよそおった。もっとも、確かにきみは目撃者でした……違う場面の」

「やめてください！　あなたは小学生をそこまで追及するんですか！」

恭子の糾弾は、当の小学生によって遮られた。

「もういいよ、恭子先生。刑事さん、訂正するよ。わりと鋭いんじゃなくて、かなり鋭い」

「きみは自分がやったことを認めますね？」

「そこまでばれたらしかたないね。認めるよ」少年は含み笑いを浮かべている。「平良先生はクズだからね、あんな奴はいないほうがいいんだ」

「手塚くん！」

教育者としての本能から、恭子は守の発言を止めようとしたが、十歳の殺人者は自分の哲学を披露するのをやめなかった。

「ろくでなしもクズさ。クズを殺した犯人には、クズがなるのが一番いいんだよ」

この幼い犯人の心の傷がなにゆえここまで深いのか、わからなかった。右京はこのとき敗北を知った。いまの自分の力では、この少年を矯正することはできない。

「いくら真相を暴いたところで、ぼくを罰することはできないだろ。刑法第四十一条、十四歳に満たざる者の行為はこれを罰せず。ぼくは児童相談所から家庭裁判所に送られ、審判を受ける。そのくらいのリスクは覚悟できていたから、しかたないね」

別段得意になっているわけでもないのが、かえって空恐ろしい。こいつは少年の皮を被った化け物だ、と薫は思った。そして、この少年の魂を救う方法を思いついた。

五

手塚守の心の中に巣くう魔物を調伏《ちょうぶく》するには、より強力な魔物の力を借りるしかない。薫は少年を東京拘置所に連れてきた。

「どこへ行くつもりだよ」

「待ってろ、おまえの未来を見せてやるから」

「ぼくは刑事罰なんか受けないよ、帰ってもいいだろ」

小さな化け物の抗議を、薫は無視した。面会室に入り、呼吸を整える。そして、未決囚が現われるのを待った。

ガラスの向こうの小部屋のドアが開き、薫の親友が姿を現わした。

浅倉禄郎——東京地検の元検事にして、連続婦女殺人事件の犯人。平成の切り裂きジャックの異名を持つ、稀代の殺人鬼である。

浅倉は少年時代に母親が身体を売る場面を目撃し、それがトラウマとなって、売春婦を許せなくなった男だった。実の母親を手にかけて以来、売春に手を染める女性を見ると殺さずには済まなくなった。彼もまた、心に大きな闇を抱えた化け物だった。

悠然と面会室に入ってきた化け物が、己と同種の臭いを嗅ぎつけた。くわっと目を見開き、守を凝視した。守が身を小刻みに震わせる。

「わかるよ、きみもなにか悪いことをしたんだね。ぼくもね、子どもの頃、人を殺したんだ。母親を殺したんだ。完全犯罪だった。誰にも見つからなかったよ。きみと同じように頭がよかったからね。だけど、いまはこのとおりだ」

ガラスの向こうの浅倉が、両手首をつなぐ鎖をじゃらりと鳴らす。守はごくりと唾を飲み込んだ。

「こんなものなかったら、きみと握手でも交わしたいところだよ。ぼくときみは仲間だからね」

浅倉の片頬に冷酷な笑みが浮かぶ。それを見た守が、大声を出した。

「仲間なんかじゃない！」

「きみが来るのを待ってるよ。むろん、その頃ぼくはもうこの世にはいないだろう。でも、待ってるよ。きみはいずれここへ来るから」

「来るもんか！」

「来るね」

「来ない！」

浅倉の目が大きく開いた。瞳の奥に闇が広がり、手招きしている魔物の姿が見えた気がした。

「いまのきみなら、絶対、来る！　楽しみにしてるよ」

凄みのある冷笑を残し、化け物は看守によって連れ去られた。

「嫌だ、嫌だあ！」

恐怖に脅えた守が泣き叫んだ。

少年の心から魔物が落ちたのが、薫にはわかった。

「いまなら、まだ間に合う。おまえは十分引き返せる。おまえ次第だ」

守は涙をぼろぼろ流しながら、薫の顔を見上げた。


拘置所の廊下の椅子に、右京と恭子が並んで座っていた。

「あの子が、わたしのために人を殺したなんて……」

思いつめた顔をして恭子がつぶやいた。

「あなたが教師で幸いでした」と、右京。「人を導く術《すべ》をいろいろご存じでしょうから。あなたなら、彼を正しい未来へ導いてやれる気がします」

面会室のドアが開いて、薫と守が出てきた。守が泣きじゃくりながら、恭子の胸に飛び込んできた。

第五話
「殺しのカクテル」

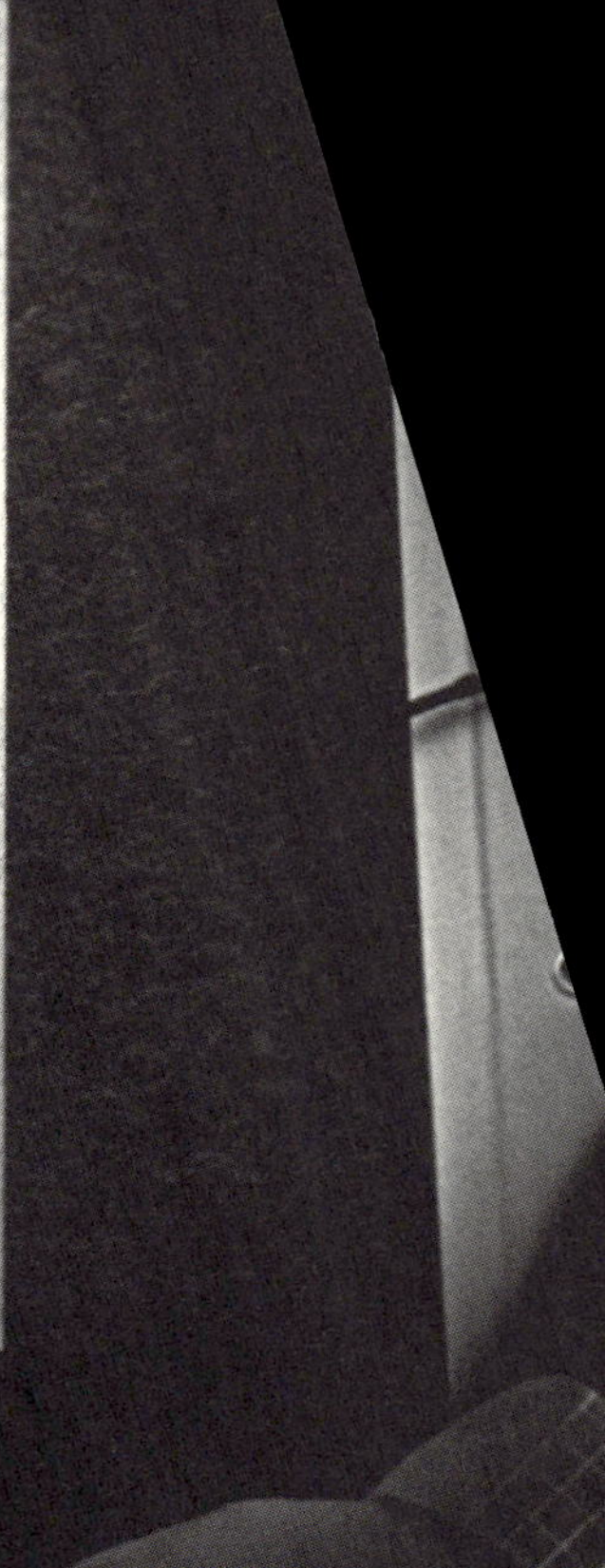

一

亀山薫はむかっ腹を立てていた。

口論の原因は些細なことだった。外食しようと予約していたレストランに、奥寺美和子が遅刻した。ただ、それだけのことだ。美和子は遅刻の常習犯である。新聞記者という仕事柄、突発的な用事も多いだろうし、時間が読みづらい場合もあるだろう。それは薫も理解している。ただ、その条件は、刑事だって同じなのである。薫が時間厳守の姿勢を貫いているのに、恋人のほうは毎度毎度待ち合わせに遅れてくる。今回ばかりは薫もさすがに頭にきて、ひと言物申したのだった。

美和子は弁が立つ。少なくとも薫よりは雄弁である。叱られた美和子は自分が（ほんのちょっと）遅れた理由をとうとうと語った。薫はいつも変わり者の上司からよどみのない弁舌を聞かされている。仕事が終わってからまでも理屈を聞かされるのはごめんだった。なので、（かなり大幅に）遅れた美和子をたしなめた。かくして、（ごくわずか）遅れた新聞記者と（ずいぶん長い時間）待った刑事の主張が食い違い、レストランでの食事中も小声で続けられた論争は、マンションに戻ってから、さらにエスカレートしたのである。

こういう場合、口喧嘩を締めくくることばは、おおかた決まっている。頭に血が昇った薫はその常套句を口にした。

「とっとと出て行け！」

売られた喧嘩は買うタイプの美和子は、自らに忠実に行動した。すぐに荷物をまとめてマンションを飛び出したのである。最後に痛烈な最後っ屁を浴びせて。

「この、ケツの穴の小さい、ケツ男！」

というわけで、ケツ男はむかっ腹を立てていた。だがしかし、このような喧嘩ならば過去に何度か経験している。相手も少々興奮しすぎただけで、短ければ数時間、長くとも数日もすれば、美和子の高ぶりも冷めてくる。薫としては、待てば元の鞘《さや》に収まる見通しが立っていた。

しかたないからビールでも飲んで気持ちを整えようか。そう思った矢先にチャイムが鳴った。逆ギレに近いケツ男発言からまだ十分しか経過していない。記録的に早い和解交渉の開始だな、と薫はにやりとした。

しおらしく帰還した敗軍の兵は優しく迎え入れるべきだろう。薫はすっかり相手を許すつもりになっていた。だから、「おかえり」と言って開けたドアの向こうに、見知らぬ女性が立っているのを見て唖然とした。

「アキコ・マンセルです」

入口に立った女性がにっこりと微笑む。妙にお洒落な初老の女性だった。薫は必死に記憶を探ったが、顔にも名前にもまるで心当たりがない。

「荷物、お願いね」

薫がホテルのボーイであるかのように言いつけると、謎の女性はずかずかとマンションに上がった。

「あ、あの、ちょっと！」

「美和子はいるかしら。わたし、美和子の叔母なのよ」

そう言えば、美和子からイギリス人と結婚した親戚がいると聞いた覚えがあった。しかし、よりによってこのタイミングで押しかけて来ることはないだろう。薫はそっと嘆息した。

二

翌朝も薫の嘆息は続いた。

アキコ・マンセルは非常にマイペースな女性だった。最初からこのマンションをホテル代わりに使おうと決めていたようで、「あと三日滞在するわ」と当然のごとく語った。薫が気を利かせて焼いたトーストを一瞥したときには、「向こうでも朝はご飯に決めていますのよ」と手をつけようとしなかった。いまからご飯を炊くとなると相当時間がかかる旨を説明すると、「わたくし、待つのは平気なのよ」ときた。

これは、美和子を邪険に扱った天罰なのだろうか。朝から嘆きっぱなしの薫であった。


薫が自宅で天を仰いでいる頃、杉下右京は都心のオープン・カフェにいた。朝食は紅茶とベーグルに決めている。右京が新聞に目を通しながら、紅茶を口に運んでいると、目の前を警察車両が通過して行った。

サイレン音はすぐに止んだ。どうやら近くで事件が発生したようだ。右京はどんな事件にでも興味を持つ性質《たち》である。カップの紅茶を飲み干すと、食べ残しのベーグルをテーブルに置いたまま、事件現場に急行した。

現場はビルの谷間の空き地だった。そこに男の刺殺体が放置されていたらしい。すでに鑑識課の捜査員が到着しており、米沢守の姿もある。右京は米沢にすり寄ると、被害者の状況を訊いた。

「免許証から身許が判明しました。被害者は倉沢正、五十歳」

声をひそめて、米沢が耳打ちした。

「倉沢正というと、確か都内で何軒か飲食店を経営している倉沢チェーンの社長ですね」

「ええ、さっき所轄の刑事がそう言っていました」

「で、死因は？」

「腰の大動脈付近をひと突き。失血死ですね」

初動調査は順調に進み、その日の朝の段階で、倉沢正殺しに関してかなり多くの情報が集まっていた。所轄の北築地署で開かれている捜査会議にうまくもぐり込んだ右京は、捜査一課の伊丹憲一が捜査員を前に説明しているのを、素知らぬ顔で聞いていた。

「倉沢チェーンは都内に十店の飲食店を持っていますが、昨今の外食産業不振のため、経営はかなり苦しかったようです」

ホワイトボードに十の飲食店の名前と所在地、関係者などが書き出されている。伊丹は、最後尾の列にいる右京には気づいていないようであった。説明を続ける。

「ほとんどの店が赤字か、利益が出ない状態です」

「ほとんど？」

前のほうから質問が飛んだ。

「ええ、この〈リメンバランス〉というバーだけが黒字です。近々ここのカクテルを缶入りにして売り出すという計画もあり、ここだけが順風満帆なんです」

伊丹の隣に座っていた同僚の三浦信輔が立ち上がった。

「この店の関係者が被害者ともめる要素は見当たりません。被害者を殺せば、缶入りカクテルの話もなくなりますし。つまり、〈リメンバランス〉以外の店の関係者が、被害者ともめる動機を持っていたということになります」

三浦がためらいもせずに、〈リメンバランス〉をホワイトボードから消したのを見届けて、右京は捜査会議から抜け出した。

遅刻を笑う者は遅刻に泣く。薫は天罰というものを痛切に思い知らされた。正直に事情を説明すると、変わり者の上司は意外と寛容なところを見せた。

「ま、それならばしかたがないでしょうね」

おそらくロンドンからの来客という点が、右京の興味をそそったのだろう。今朝はどちらにしようかと、ティーカップを見比べているイギリス紳士気取りの上司を眺めながら、薫は胸をなでおろした。

薫はその足で警視庁内の記者クラブへと出向いた。予想どおり帝都新聞のブースに美和子がいた。

「休戦調停を結びに来たぞ」

薫が申し出ると、美和子はどこかに罠がひそんでいないかといぶかった。

「どういう風の吹き回し？」

「ロンドンの叔母さんがうちに来てるんだよ。助けてくれ」

「え、アキコ叔母さんが？　なんで？」

「なんか、どうしても行きたい店があるんだってさ。一緒に捜してやってくれよ」

その夜、右京はひとりで、バー〈リメンバランス〉を訪れた。

事前に調べたところによると、店長は三好倫太郎、この世界では名の通ったベテラン・バーテンダーらしかった。多くのオリジナルのカクテルを持っており、そのなかのいくつかを今度缶入りにして売り出そうとしていたようだ。

〈リメンバランス〉はカウンター席だけの狭いバーであったが、座り心地のよいバースツールと、ラックに並べられた豊富な酒類に、店長のこだわりが感じられた。店長の三好は、一見職人肌のとっつきづらそうな人物であったが、話をしてみると意外と人当たりがよかった。

「この店のオリジナルカクテル『ホームスイートホーム』をいただきたいと思いまして」

右京の注文に、三好はかしこまりました、と生真面目に応じた。冷蔵庫から牛乳と卵を取り出し、前者をミルクパンで温める。後者はボウルに割り落として、素早くかき混ぜた。

右京は店長の手際のよさに感心しながら、

「ホット・カクテルだったんですか」

「ええ、あったまりますよ」

「卵も使うとは珍しいですね」

「カクテルは材料を選びませんから」

愛想よく答えながらも、手は休めない。溶いた卵をグラスに移し、メジャーカップでラムを量る。それと一緒にブランデーとコーヒーリキュールを加え入れたあと、最後にミルクを注いだ。

「『ホームスイートホーム』です」

差し出されたグラスを手にした右京は、薄茶色の液体を口に含んだ。舌の表面全体に液体を行き渡らせて十分に味を楽しんでから、喉に送り込む。そして、おもむろに言った。

「いいバーを見つけました」

「ありがとうございます」

店長が丁寧に頭を下げた。

「でも、どちらかというと、食後に飲むお酒でしょうか？」

右京の指摘は図星だったようだ。三好が瞳をいたずらっぽく光らせながら、打ち明け話を披露した。

「昔、よく夫婦喧嘩をなさるお客さまがいましてね。それで家へ帰れなくなって、ここへいらっしゃいました。それでまあ、何杯か飲まれるわけですが、なかなか帰る決心がつかない。そこで最後のお酒という意味で、これを作りました」

右京が共犯者のような口ぶりでその話を受けた。

「ということは、これはその彼の〝ワン・フォー・ザ・ロード〟になったんですね？」

我が意を得たり、というようにうなずいた店長は、

「おかげさまで、家に帰る前に最後にこれを注文されるお客さまがたくさんいらっしゃいます」

「でしょうね」味を確かめるように、右京はさらにひと口飲んで、「しかし、このカクテルにそんなドラマがあったとは……」

「カクテルはみんなそうですよ。どのカクテルにもドラマがあり、思い出があります。お客さまは自分の思いを話し、私はそれを形にする。だから、カクテルはバーテンダーだけのものではないんですよ」

三好がしみじみと語った。

「なるほど。それでお店の名前が〈リメンバランス〉なんですね。同じ〝思い出〟という意味でも、〝リメンバランス〟は〝メモリー〟ではない。単なる〝記憶〟ではなく〝記念〟ということですか」

「ええ。カクテル一杯一杯が小さな記念品。そんな意味を込めてみました」

よき理解者を得た店長が嬉しそうに語った。


その頃、薫と美和子は銀座のレストランにいた。アキコ・マンセルと一緒に食事を楽しんでいたのである。

料理に舌鼓を打っていたアキコが、食事の手を止めた。

「おいしいわ。でも、ここじゃないみたい」

「え、行きたかった店ってここじゃないの?」

姪の美和子が訊いた。

「全然、違うわね」

珍しくスーツを着てきた薫が言い返す。

「おかしいですね。銀座のレストランで生ピアノを演奏している店、しかも三十年前から営業しているのは、調べるとここだけだったんですけど」

「でも、この店にはバーコーナーがないでしょ。どこかに引っ越しちゃったのかしら?」

「つぶれちゃったんじゃないですか」

薫が否定的な見解を述べても、アキコはひるまなかった。遠い場所を見るような目をして言う。

「そのお店はね、アルバートと出会ったお店なの」

「アルバイト？」

「アルバート！」薫の聞き違いを美和子が訂正する。「叔母さまの亡くなった旦那さまよ」

　アキコにはふたりの漫才めいたやりとりは耳に入っていないようだった。

「そこで飲んだお酒が忘れられなくて。彼を思い出すと、そのお酒も思い出すの。あの味をもう一度確かめたくて、日本に来たのよ」

　途中から涙声になっている。周りの客がこちらを見ているのに気づいた薫は、思わず安請合いした。

「必ず見つけますから、泣かないでください」

三

　翌朝、右京は鑑識課の米沢を訪ねた。

「殺された倉沢正さんの解剖結果を見せてもらえませんか？」

「捜査一課からは、杉下警部にはなにも見せるな、と」

「ばれなければ、なにも言われないでしょう。それに末廣亭のチケットが、一枚あまっているんですが……」

「それはいいですね」

米沢はいそいそと解剖所見の書類を持ってきて、右京に渡した。

右京は特命係の小部屋に帰り、その書類をじっくり検討していた。ガイドブックでレストランバーを捜していた薫が声をかける。

「なにを調べているんですか？」

「昨日、銀座で男性の刺殺体が見つかりました」

「あ、倉沢チェーンのオーナーが殺された事件ですね」

ガイドブックに視線を戻して薫が言うと、右京が所見を拾い読みした。

「ええ。アルコールが検出されています。血中アルコールが正確に測定されていますから、おそらく飲んですぐに、殺されたのでしょう。胃の中から梅干が少し検出されています」

薫はガイドブックをめくりながら、

「焼酎のお湯割りに、梅干を入れたんですかね」

「ペパーミントの成分も出ています」

「飲んだあと、ミントのガムかキャンディで口直しをした、と」

「ガムやキャンディなら、よほどたくさん食べないと検出されません」

「じゃあ、ミント入りのカクテルですかね」

「ミントのカクテルを飲みながら、梅干をつまむ……合いませんね。ところできみはなにを調べているんですか？」

「銀座に昔からあるレストランバーなんですけどね。右京さん、知りませんか？」

この夜も〈リメンバランス〉に寄った右京は店長にひとつのカクテルを作ってくれるよう、求めた。

「梅干とミントを使ったカクテルですか？」

三好はその要求にびっくりしたようだった。

「無理ですか？　確か、カクテルは材料を選ばないとお聞きしました」

そのことばがベテラン・バーテンダーの闘志に火をつけたようだった。

「いや、お作りしてみましょう。ベースはなにを？」

右京はしばし考えて、

「癖のないウオツカがいいですね」

「かしこまりました」

店長が冷蔵庫から梅干を出すのを見た右京が訊く。

「梅干、置いてあるんですね？」

「ええ、焼酎をお飲みになる方もいらっしゃいますので」

三好はメジャーカップで量ったウオツカとホワイトミントをシェーカーに入れた。さらに、梅干の果肉を指先の爪でちぎって投げ入れる。その手つきを眺めていた右京が質問した。

「倉沢社長とはお知り合いでしたか?」

「三十年来の知り合いでした。あんなことになり、残念です」

シェーカーを振りながら、三好が答える。

「こちらへもよく来られましたか?」

「最近は仕事が忙しかったみたいで、あまり。でも、なぜそんなことを?」

「いや、刑事をやっていますと、いろんなことが耳に入って。このお店のカクテルを缶入りにして売り出す計画があったようですね?」

「刑事さん、だったんですか」バーテンダーの手が一瞬止まった。「ええ、あの話もあれでおしまいです」

「今週の水曜日は?」

「え?」

「倉沢さんが殺された夜です。あの日はここへはいらっしゃいませんでしたか?」

三好はできあがった飲み物をカクテルグラスに注ぎながら、

「水曜日は定休日です。はい、梅干とミントのカクテルです」

右京がグラスをのぞき込む。透明な液体の中に梅の果肉が細切れになって浮かんでいる。

「カクテルは見た目にも楽しむものだと思っていました」

三好が同意する。

「はい。だから、カクテルは飲む宝石と言われます」

「これはその点あまり……」右京はグラスを持って口元へ運んだ。そして、舐めるように舌で味わった。「味は悪くないんですがね」

「いやしかし、この見た目ですと商品としては難しいですね。水にごみが浮かんでいるように見えてしまいます。梅干を使ったカクテルというのは、無理があるようです」

バーテンダーは梅干のケースを冷蔵庫にしまった。

四

次の朝、元気に登庁した薫は、特命係の部屋に入って仰天した。アキコ・マンセルが机に座って、紅茶を飲んでいたからである。

「どうしてここにいるんですか？」

「美和子が一緒にお店を捜してくれるって」

「それはよかった。でも、それならなぜここに？　美和子なら記者クラブですよ」

薫の疑問には右京が答えた。

「美和子さん、急な仕事ができたようで」

「だからって、なにもここで……」

部下が文句をつけそうになるのを手で制し、右京はアキコに話しかけた。

「お代わりをお淹れしましょう」

「ありがとう。これ、リーフはなにをお使いなのかしら？」

「今日はセイロンのウバを」右京が答える。「いつもお茶っ葉はなにをお使いなんですか？」

「家ではダージリンのオータムナルを」

評価を問うような目で、アキコが答える。

「それならば、おいしいミルクティーが楽しめますよねえ」

「でも、こんなふうに軽い口当たりにはならないのよ」

「ちなみに、紅茶とミルク、どちらを先にカップに入れますか？」

ふたりの間で紅茶談義が続いている。薫は最初のうちこそ上司が怒り出すのではないかとやきもきしていたが、どうやら話のわかる相手に出会えて喜んでいるらしいと考えを改めた。右京とアキコ、変わり者同士、うまが合ったのだろう。

「薫ちゃん」

突然、アキコから声をかけられ、薫は戸惑った。

「あなた、すてきな上司がいて、幸せねえ」

そのことばを聞いて、さらに戸惑った。


用事が終わり、美和子がアキコを迎えに来た。すっかり右京を気に入ってしまった美和子の叔母が薫の上司を誘うと、あろうことか右京は承諾した。おかげで部下の薫まで付き合うはめになってしまった。午後の日比谷公園を、いま、ロンドンから来た初老の婦人とその姪の新聞記者、それに特命係の刑事ふたりの計四名で散策しているのには、そういう背景があった。

薫の前を行く右京とアキコは楽しそうに談笑している。右京が三年間、スコットランド・ヤードへ研修に行ったときのエピソードが話題になっているらしく、ふたりで盛り上がっているようだった。イギリス話も一段落し、話題が変わった。

「ところで、お店をお捜しだとか？　どんなお店なのですか？」

右京の質問には、薫が答えた。

「いまでいうレストランバーですかね。店にピアノがあったそうです」

アキコが自分の思い出を付け加えた。

「わたくし、そこでおいしいカクテルをいただいたの。それが忘れられなくて」

「そうですか。どのようなカクテルだったんですか？」

「ちょっと塩っ気があって、ミントの味のするカクテルでしたわ」遠い昔の記憶を手繰り寄せて、アキコが説明した。「なにかフルーツが浮かんでいたと思うの」

「グラスに塩が塗ってあったんですかね？」と、薫。

「フルーツを使ったトロピカルカクテルかしら？」と、美和子。

姪とその恋人の意見は、アキコによって一蹴された。

「全然違うわ。緑色のとっても美しいカクテルだったもの」

「緑色ですか」右京はなにか思案しながら、「そのお店どこにあったのか、だいたいの場所を覚えていますか？」

「ええ、ご案内しますわ」

一行は日比谷から有楽町を抜けて、銀座へ向かった。アキコが案内した場所は空き地だった。そこは右京には馴染みのある場所だった。

「このあたりだったと思うんだけど……」

「もう移転したのよ。三十年も前の話なんだから……」

美和子が叔母を慰めている間に、右京が薫に耳打ちした。

「この空き地で、倉沢氏の遺体が発見されました」

右京はその夜もバー〈リメンバランス〉を訪れた。疑念を確かめるためである。

三好は明らかに警戒していた。刑事に対して先制攻撃をかける。

「またあの梅干カクテルをお作りしましょうか？」

右京は苦笑いを浮かべて、

「いや、スコッチにしてください。アイラモルトをトワイスアップで」

「これでいいですかね？」

三好は背後のラックに並んだボトルの中からある銘柄を指差した。

「はい、結構です」

「十二年と十五年と十八年がありますが？」

「このお店はここに移転してどのくらいになりますか？」

「十五年になります」

「では、十五年物で」

かしこまりました、と頭を下げて注文に応える三好に、右京が小声で語りかける。

「やはり移転していたんですね。このお店、以前は銀座に？」

ウイスキーに同量の水を注ぎながら店長は、

「ええ、いまとはだいぶ雰囲気が違いますが。お調べになったんでしょう」

「ピアノがあるレストランバーのスタイルだったとか。それがどうしてこのような正統派のバーに?」

三好はグラスを右京の前へ押し出した。

「私が、純粋にカクテルを楽しめる店にしたい、と倉沢にわがままを言いまして。それでまあ、この店を持たせてもらったんです」

右京はグラスを持ち、静かに揺らして琥珀色の液体の香りを楽しんだ。

「よきパートナーだったんですね、あなたと倉沢さんは」

「私のカクテルを初めて認めてくれた人でした」

しっかりと右京の目を見ながら、三好が答えた。右京も視線を逸らさない。

「それが三十年前ですか?」

「はい」

店内にはカウンターの両端に、それぞれ一組ずつのカップルがいるだけだった。どちらも自分たちの会話に没頭しており、店長と右京のやりとりには注意が向いていないようだった。

「だから、その思い出の場所に彼の遺体を運んだんですか? 三十年前、あなたのお店があった場所に」

顔色も声のトーンも変えずにだしぬけに右京が告発する。端から見たら、まるで世間話を続けているみたいだった。

「もう、酔ってらっしゃるんですか？」

そうすれば劣勢を挽回できるかもしれないと、三好のほうは少し声を大きくした。依然、両端のカップルはこちらを気にするようすもなかった。右京が静かに続けた。

「すべてのカクテルには思い出がある。だからこそ、あなたはそれを缶に詰めて売ることが耐えられなかった。オーナーである倉沢さんの命令でも」

三好もまったく動じなかった。軽く鼻を鳴らしながら、

「先ほどからなにをおっしゃっているのか……」

「チェックをお願いします」

もうひと口だけ口をつけて、右京は財布を出した。右京にお釣りを返しながら、三好がささやく。

「証拠はあるんですか？」

「明日、お連れします」

右京は意味ありげなせりふを吐いて、店を出て行った。

五

翌日の夜、右京は予告したとおり、証人を連れてやってきた。明日の朝には飛行機で

ロンドンへ帰るという証人と一緒に、その姪と相棒の刑事まで引き連れて。

三好倫太郎はアキコの顔を見た瞬間、相手が誰だかはっきりと認識したようだった。

「三十年ぶりですね。私が銀座の店にいたとき、いらっしゃいましたね」

アキコの顔がぱっと輝く。

「覚えていらっしゃるんですか？」

「テーブルが空く間、私のバーコーナーにいらして、そこでイギリス人の方と席が隣り合わせになって……それから何度かおふたりでお出でになったのを覚えています」

「ええ」

老婦人が満面の笑みを浮かべると、ベテランのバーテンダーがお辞儀で迎えた。

「ご無沙汰しております」

「あのあとわたくしたち、結婚しましたのよ」

「そうだったんですか」

三好は目を細めてその報告を聞いていた。

薫と美和子は、右京に手品を見せられているような思いだった。例の店が見つかったと知らされ、半信半疑で右京について来てみると、どうやらビンゴだったようだ。丸二日間棒に振っていただけに、ふたりとも肩の荷が下りた気持ちだった。

全員がスツールに腰かけたところで、三好は出したばかりの表のプレートを裏返し、

《CLOSED》にした。カウンターの中の定位置に戻って、アキコに話しかける。

「ご主人はお元気ですか?」

「亡くなりましたの、ひと月前に。今日一緒に来ることができたら、どんなに喜んだことか」

「そうでしたか」三好は湿っぽい話を吹き飛ばすように、「なにかお作りしましょう」

「あのとき飲ませていただいたカクテルをお願いできますか?」

三好の表情が強張った。右京が食い入るように見つめている。ふたりの心中など知らない美和子が言った。

「叔母さんはそのカクテルが飲みたくて、日本へ来たんです」

「なんかフルーツが入っていたみたいです」薫が補足した。「それからちょっとしょっぱくて、ミントの味もしたって」

バーテンダーが固まってしまったのを見て、アキコが譲歩しようとした。

「覚えてないですよね。三十年も前の注文なんて。それならば別のものでも構わないわ。今日はあなたに会えただけで……」

「彼女のためにカクテルを作ってくれませんか?」

唐突に発せられたバーテンダーのことばの文脈が理解できずに、薫は当惑した。

「確か、彼がそうおっしゃったんですよね。そしたらあなたが……」

アキコはいち早く文脈を理解した。

「わたしじゃなくて彼のために作って、と言ったの。そう、思い出したわ」

「それで私が、おふたりとも同じカクテルでいいですか、とお訊きしました」

「そうだったわね。あなたに言われるまで、すっかり忘れていたわ」

「喜んで作らせていただきます」

三好が笑った。その笑顔にはバーテンダー冥利に尽きる喜びが表われている。その底に後悔と覚悟の気持ちが秘められているのに気づいていたのは、右京ただひとりであった。

バーテンダーはカウンターの上に透明のアルコールの入ったボトルを置いた。その横に緑色の液体のボトルを並べる。

「ベースはジンで、ミントはグリーンミントだったのですね?」

黙って観察していた右京が、念押しするように訊いた。

「はい」

三好がうなずく。四人の目が見つめる中、迷いない手順で、カクテルが作られていく。ジンをシェーカーに注ぎ、その上からグリーンミントを加える。三好は右京にちらっと目をやると、梅干を取り出した。

「梅干?」

姪がびっくりしたような声を出したが、叔母のほうは長年の疑問が解けた喜びに震えた。

「フルーツと思っていたのは梅だったのね。カクテルの塩気もここから……」

このことばを聞いて、薫もようやくあることに思い至ったようだった。上司を店の奥に引っ張って確かめる。

「右京さん、梅干とミントって、もしかして……」

「きみの考えているとおりです。しかし、今日はせっかくの夜ですから。ね？」

上司の心配りを知った薫は、なにげないふりをよそおってカウンター席に戻った。その間に、アキコの前には、緑色のカクテルが置かれていた。

「『ベストパートナー』というカクテルです」

三好がしっかりした声で名前を告げた。感慨深くカクテルグラスに口をつけたアキコは、

「これです。ずっと、これが飲みたかった。あの人にも飲ませてあげたかった……」

最後は涙声になっている。思わず美和子までもらい泣きしそうになる。

「美しいカクテルですね。まさに宝石のようです」右京が率直に評価した。「イギリスのジンを使うのがミソなんですね？」

「はい」

三好の力強い肯定の返事には、気づいてもらった喜びがこもっていた。

「どういう意味ですか？」と、美和子。

「イギリスのジンと日本の梅干」

「あ、だから『ベストパートナー』」

「はい」と、三好が恥ずかしそうに微笑む。

「このカクテルにそんな意味があったなんて」

三十年経って初めて明かされた秘密に、またしてもアキコの目がうるんだ。そんな叔母を、姪が優しい目で見つめる。

三好がカウンターの中から出て、右京の元へ歩み寄った。

「いつから私に目をつけていたんですか？」

「初めてお会いして、あなたの爪を見たときからです。バーテンダーが爪の手入れを欠かしてはいけません」

三好が両手の爪を見つめた。

「爪切りは毎日の習慣だったのに……」

「大切な習慣を忘れるほどのことがあなたの身に起きたんだと思いました」

自嘲するように笑った三好は、

「倉沢を殺そうと思い悩んだときから、私はバーテンダーではなくなっていたんですね」

「いえ」右京はそれを否定した。「あなたは三十年前に作ったカクテルを覚えていらっしゃいました。また、自分の罪を逃れるよりも客の思い出を大切にされた。倉沢氏に最後にこのカクテルを飲ませたのも、ベストパートナーである彼をなんとか翻意させようという気持ちからだったのだろうと想像します。つまり、あなたはそれだけプロのバーテンダーだったのですよ」

刑事と犯人の視線が一瞬からみ、そしてほどける。カウンター席からアキコの声が聞こえてくる。

「おいしいわ。もう一杯いただこうかしら」

薫が奥にいる犯人に聞こえるように言う。

「それがいいですよ。今度はいつ飲めるかわかりませんから。そうだ、俺もこのカクテルもらっていいですか」そして、隣の美和子を誘う。「おまえも飲めよ。今夜は特別な夜だ」

「でも、このカクテル、ほとんどジンでしょう」

「心配するな。俺が送っていくから。ぼちぼち家に帰ってこいよ」

ふたりのやりとりを聞いていた右京が三好に目くばせした。

「いいですね。ワン・フォー・ザ・ロードで」

「なんですかそれ?」と、薫。

「家に帰る勇気をつけるためのお酒。そういう意味ですよね、店長」

「はい」

晴れ晴れとした声でうなずいた三好は、追加のオーダーに応じるためにシェーカーに手を伸ばした。

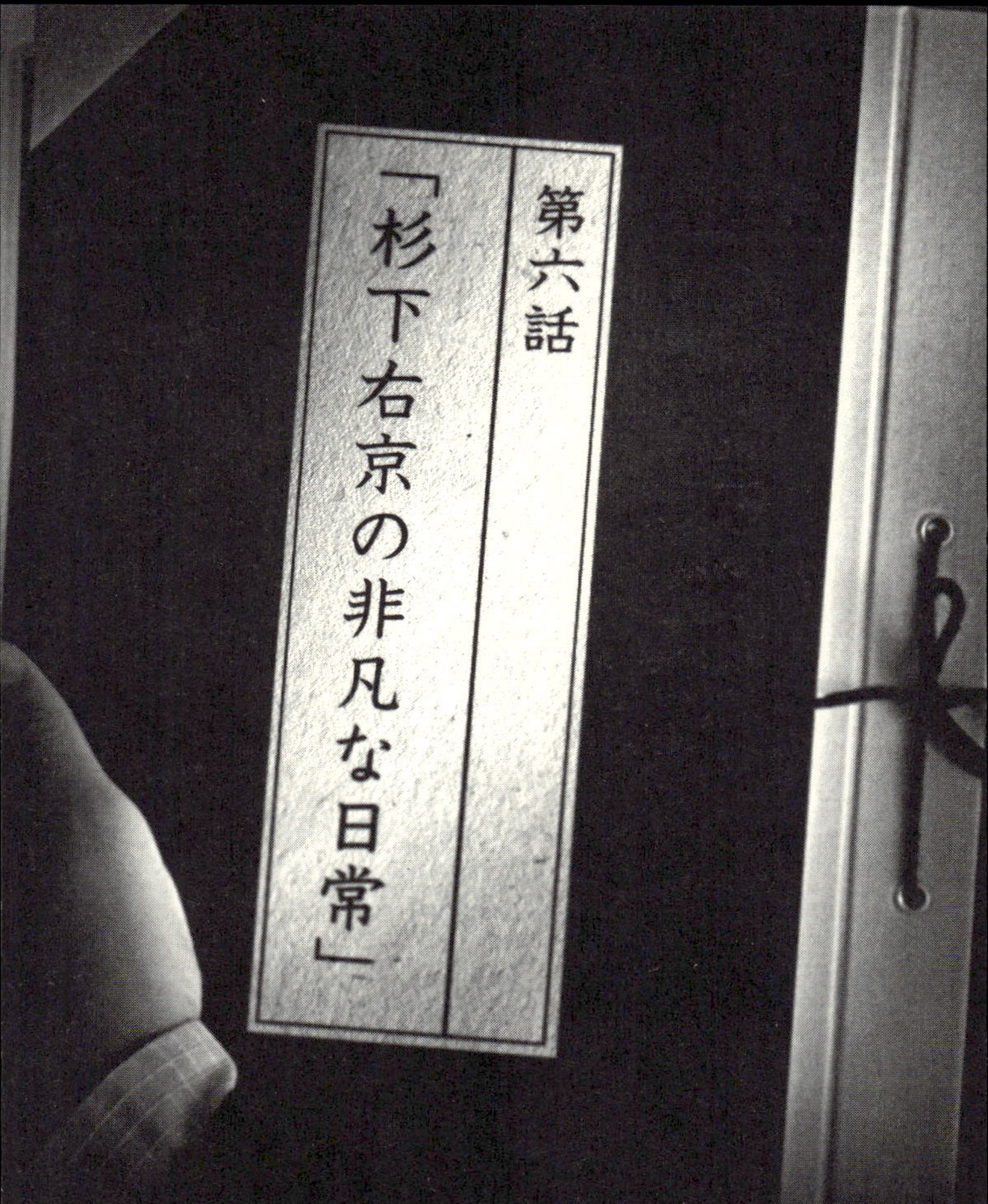
第六話
「杉下右京の非凡な日常」

一

亀山薫は特命係の小部屋で来客の訪問を受けていた。

来客の名は土田雅夫、薫が捜査一課時代に面倒をみてやった情報屋だった。

「はい、お土産」

土田が南急百貨店の大きな紙袋を差し出した。薫が大げさに喜ぶ。

「おお、南急百貨店のじゃん。ずいぶん奮発したな」

「と言っても袋だけ。中はこれなんだけどさ」

土田が紙袋から取り出したのは、せんべいだった。薫は落胆を顔に出さないように注意しつつ、袋ごと受け取った。

「で、今日はなに？　また、ガセネタならお断りだぞ」

「違うよ。薫ちゃんに借りてた金、返そうと思ってさ」

土田はジャンパーのポケットから茶封筒を取り出した。そして、入れてあった一万円札を無造作に引っ張り出す。

「ばかばか、こんなところで金出すなよ！」

生活安全部の刑事たちが好奇の目でのぞき込んでいるのを気にした薫が、慌てて札束を隠す。そして、机の下で枚数を確認した。

「確かに。これはちょっともったいなくて、使えないな」

薫は机の引き出しに封筒ごとしまい、鍵をかけた。

「よしっと。で、おまえちゃんとやってんのか？」

「おかげさまで」土田は目を細め、ひょいと頭を下げた。「なあなあ、今日は俺がなんかおごるよ。ちょっとばかり、懐があったかいんだ。薫ちゃん、なに食べたい？」


同じ頃、杉下右京は美術館にいた。

非番を利用してクラシックのコンサートへ行こうとしていたところ、たまたま秋山緑風記念美術館のそばを通りかかったのだ。

ロンドンにいた頃、この画家の代表作『光る風の少年』を目にする機会があった。窓際に座り、外を見つめる少年。その少年の顔に降り注ぐ、柔らかい陽光。シンプルな構図ながら、少年の切なくも幸せそうな表情が、見る者の心をとらえて離さなかった。まだ時間に多少の余裕があったので、あの絵だけでももう一度見ていこうと思い立ち、入館したのだった。

さほど広くない館内をざっと見渡した限り、目当ての絵は飾られていないようだった。この美術館の関係者だと思われる、近くにいた女性に声をかけた。

「『光る風の少年』はどちらに？」

「申し訳ございません。あれは売却してしまったんです」

　女性が残念そうに答えた。

「そうでしたか。もう一度見たかったのですが、それは残念です」

「もう、こちらには何度もお越しいただいたのですか？」

「いえ、ロンドンの小さなギャラリーで日本の画家を紹介する催しをやってましてね。そのときに見て、深い詩情と哀愁を帯びた画風に感銘を受けました」

　非番にもかかわらずきちんとスーツを着込んだ右京には、英国紳士の風格が漂っていた。紳士の口から飛び出す的確な評価に、女性が嬉しそうに微笑んだ。

「ありがとうございます。わたし、館長の菊本と言います」

「これはどうもご丁寧に。杉下と申します。緑風は画壇の異端児と言われていますが、現代の若いアーティストにも相当な影響を与えているんじゃないですか」

「はい、緑風の神秘的で象徴的な画風を愛する若いファンの方もいらっしゃいます」

「もっと評価されてしかるべき人です」

　右京の褒めことばに、館長の頬がほころぶ。

「父が聞いたら喜びます。あ、わたし、緑風の娘なんです」

「そうでしたか。ぶしつけなことを申しまして……」

「とんでもない。失礼ですが、美術評論家の先生でいらっしゃいますか？」

右京が笑いながら否定した。

「いいえ、ただのしがない公務員ですよ。あの、パンフレットをいただいてもよろしいですか？ 今日は急いでおりますので、また今度ゆっくり参ります」

「ぜひ、そうなさってください」

父親の絵の理解者を得た女性館長は、会釈しながらパンフレットを手渡した。


土田が連れて行ってくれたのは、〈髭と薔薇〉という名のオカマバーだった。自分が主導権を握っていたならば、まず選ばないたぐいの店であったが、せっかくの土田の招待を断るのも大人げない。そう思った薫は、勇を鼓して中へ入った。

しかし、すぐに薫は後悔した。後悔の原因は、第一に、従業員のレベルが低いこと。薫にその気《け》はなかったが、どうせだったら席についてくれる相手は、セクシーだったりかわいかったりしたほうが嬉しいに決まっている。ところが、〈髭と薔薇〉においては、従業員全員が見るからに男らしい男だったのだ。第二に、その中でも特に男らしいヒロコママがすっかり薫を気に入ってしまったらしいこと。どう見たってヒロコパパの間違いだろうとしか思えない中年おやじに言い寄られても、嬉しいはずがない。

だが、土田は楽しそうだった。嬉しそうに息子の写真をヒロコママに見せている。

「健太って言うんだ」

「きゃあ、かわいいじゃない。刑事さんもすてきだけど、健太くんも好き」

ヒロコママが嬌声を上げる。

「いくつになったんだっけ？」

薫が尋ねると、土田は頭の中で指を折って、「えっと……六歳」と少し寂しそうに笑った。

「別れた奥さんのところにいるんだろ？　たまには会ってんのか？」

「いや、全然会わせてくれないんだ。俺、健太を引き取りたいと思ってさ……」

「だったら、もっとまじめに働かなきゃな」

薫が分別臭い意見を述べると、ヒロコママがまぜ返す。

「それなら、ここで働けば？　きっと大丈夫よ。刑事さんもどう？　刑事やってるより、ずっともうかるわよ」

土田はヒロコママの愛想を一蹴し、懐から札入れを取り出した。そして、中につまった札束を自慢げに見せる。一万円札が、二、三十枚は入っていそうだった。

「元手はあるんだ」

「おまえ、そんな金どうしたんだよ？」

薫の疑うような視線に気づいた土田が弁明した。

「心配するなよ、薫ちゃん。やばいことなんかやってない。世の中のためになることをして、手に入れたんだ」

二

翌日、右京と薫は連れ立ってタツミ開発本社ビルに向かっていた。

右京の大学時代の後輩、森島つよしが総務部長を務めるこのリゾート開発会社に総会屋から脅迫状が届いたという。

「俺らが総会屋対策ですか。なんかしっくりきませんね」

右京も相棒の意見に同感だったが、後輩から相談を受け、頼りにされては、無視もできなかった。

受付で後輩の森島つよしを呼び出す。しばらくすると森島が姿を現わした。

「ごぶさたしております」

いかにもエリートサラリーマンという物腰で、森島が礼をし、右手を差し出した。

「こちらこそ」

右京が会釈して握手に応じる。薫は軽くお辞儀をした。

「すみません、いま総務の応接室が埋まってて、経理部の応接室にご案内しますので、しばらくお待ちいただけますか。私はちょっと上から呼ばれてまして、その用事を片づけてからうかがいますので」

　森島が申し訳なさそうな顔で謝る。

「構いませんよ。脅迫状だけ先に見せていただけますか」

　右京が封筒を預かり、ふたりは経理部資金課の応接室に案内された。

「これが脅迫状ですか？」

　右京が森島から受け取った封筒の中から四つ折にされた紙片を取り出した。広げると、「タツミ開発に未来はない」というワープロ打ちの文字が現われた。味も素っ気もない文面である。一緒にネコともトラとも判然としない不思議な動物の絵が描かれ、血で汚してあった。

「これ、なんですか？」

　薫が訊くと、右京が答えた。

「これはタッちゃん、タツミ開発の企業マスコットです」

「ははあ、リゾート開発なんかをやっているので、企業イメージを少しでも親しみやすくしようという作戦ですね。それにしても、森島さん、遅いですね」

　森島が経理担当常務の北村に呼ばれてから、もうかれこれ十五分になる。薫がリラックスして両腕を伸ばしたとき、天井のスピーカーから館内放送が流れてきた。なんとかいう会社の車が邪魔になっているので動かすように、という内容だった。どこにも交通ルールを守らない、不届者はいるものだ。

さらに数分が経ち、いよいよ薫がじれはじめていると、右京が思案顔で言った。

「ちょっとおかしくありませんか？　さっきから電話が鳴りっぱなしなのに、誰も出ようとしません」

「そう言えばそうですね」

内線か外線かはわからないが、応接室の外で電話のベルが鳴りっぱなしだった。気になったふたりが応接室から出てみると、オフィスには社員が誰もいなかった。

「あれ、みんなどこに行っちゃったんだろう」

薫が不思議がるのも無理はなかった。社員のデスクの上のパソコンはついたまま、書類は出しっぱなしで、とても会議に出かけたという感じではない。

そのときようやく森島がやってきた。

「お待たせしました。あれ、資金課の連中はどうしたんです？」

「わかりません」と、右京。「まるでマリー・セレステ号みたいですね」

「なんですか、それ？」

「十九世紀の末、ニューヨークからイタリアに向かった帆船が、ポルトガル領の大西洋上で漂流しているのが発見されました。船を調べてみると、乗員十一人全員が船から消えていたんです。船内にはつい先ほどまで普通に生活をしていた痕跡がありました。だが、なぜ乗員たちが姿を消してしまったのか、原因はまったく不明で、いまだに謎なんですよ」

「そんな神隠しのような話があるはず……」笑い飛ばそうとした森島の目が、なにかをとらえた。「あ、金庫が開いている！」

慌てて駆け寄った総務部長の顔色がとたんに青ざめた。

「金が消えています！」

驚くのはまだ早かった。そのとき資金課の十五人は全員、会社前の噴水の周りに立ち、水を全身に浴びて放心状態だったのである。


資金課のメンバーは会議室に集められ、森島の立ち会いの下、右京と薫が事情を訊くことになった。

「自分がどうして部署を離れて噴水に行ったのか、みなさんその理由がわからないのですね？」

みな、お互いの顔を見合わせながら不思議がっている。

「はい」

「谷村課長」森島が資金課の責任者の前へ移動した。「本当になにもわからないんですか？」

質問された谷村が当惑しながら答える。

「はい。普通に仕事をしていて、突然どうしても噴水に……なんかこう……行きたくなったんですよ。理由はまったく……」

「どういうことですかね？」

薫が上司に質問したとき、見るからに重役とわかる男が、居丈高な態度で入ってきた。後ろに目つきの悪い男をふたり従えている。

「森島くん、きみや警察がいながら、みすみす金を盗まれるとは、いったいなにをやっていたんだね」

つかつかと歩み寄ると、森島を叱責する。

「あの、北村常務、この方たちは、別件でたまたまそこに居合わせただけです」

森島が特命係のふたりをかばったが、北村潤一郎の怒りは収まらない。

「言い訳はよしたまえ。金が戻らなかったら、きみの責任だからな」

「はっ。あの、こちらの方は？」

森島が質問すると、北村の紹介を待たずに、目つきの悪い男のうちの背が高いほうが名乗った。

「警視庁刑事部捜査三課、盗犯担当の長岡と」

「梅沢です」と、背の低いほうが続けた。

梅沢がまるで敵視するように特命係のふたりをにらんで、言った。

「これは三課の仕事です。あとは我々に任せてください」

長岡が森島に質問する。

「盗まれた金ですが、どうして一億円もの大金が会社に？」

「うちの会社は不動産関係との取り引きが多いので、常にある程度の現金が金庫にあるんです」

「なるほど、当然社員なら、それを知っていましたね？」

「ええ、まあ」

歯切れの悪い回答をする総務部長に、大学の先輩が他の質問をぶつける。

「確か、経理部には監視カメラがありましたね？」

「そうか、それには犯人が映っているかもしれませんね」

森島が期待したとおり、犯人は映っていた。資金課の全員がなにかに操られるようにぞろぞろと席を立つ異様な映像のあと、犯人が悠然と入ってくるようすが記録されていたのである。

犯人は無人のオフィスの金庫から堂々と金を盗むと、カメラに向かってバイバイしてみせるほどの余裕があった。なぜなら、犯人はタッちゃんの着ぐるみを着ていたからである。タッちゃんは監視カメラの向こうの人間をあざ笑うかのように、掌を閉じたり開いたりしていた。

三

「集団催眠なんですかね？」

翌日、特命係の部屋で、薫は右京に推理をぶつけてみた。

「きみにしては面白い着想です。ですが、十五人もの人間を同時に、しかも瞬時に集団催眠にかけるということは可能なんでしょうか？」

「無理か……だとすると、こういうのはどうです。あの十五人は示し合わせて芝居をしていた。つまり、十五人全員の共犯だった」

「冴えてますね」右京が褒めた。「あと、実行犯の着ぐるみの人物がいるので、実際には十六人ということになりますが」

「十六人としても、一億円を山分けしたら……あれ、いくらだろう……ともかく相当な額になりますよ」

右京がすぐに暗算した。

「ひとり六百二十五万円。ま、その推理が当たっているかどうかは別にして、内部、またはそれに近い関係者がかかわっているのは確かでしょう」

右京が森島つよしを社外に呼び出した。常務に責任を押しつけられて、元気のない後輩は、すがるような目で先輩を見た。

「杉下さんは、この件から外れたのですか？」

タツミ開発の近くの人通りの少ない遊歩道を歩きながら、右京が答える。

「ご心配なく。こちらはこちらで調べていますから。それよりも、きみはどう思いますか？」

「頭が整理できなくて、よくわかりません。三課の刑事さんからは、社員全員の名簿と経歴書、退職した人間のリスト、着ぐるみの発注先などを訊かれました。内部の犯行と考えているみたいです」

「そうですか。定石どおりの捜査ですね。ところで、資金課の方々のここ一カ月の行動記録、調べていただけましたか？」

「はい、これです」森島が社用封筒に入れた書類を差し出す。「本人が覚えている限りのことは書かせました。でも、こんなもの役に立つんですか？」

「わかりません。我々は定石から外れた捜査をしようと思っていますから。しばらくお預かりします」

呆気にとられる後輩を置きっぱなしにして、右京はすたすたと立ち去った。

右京と薫は、森島から預かった書類を調べた。資金課の社員十五人の最近一カ月の社内外での行動が一覧表にまとめられた資料だった。右京は、この資料から十五人の共通項を探し出そうとしていた。

「十五日の資金課カラオケ大会、これはどうですか？」

薫が声を出すと、右京が自分の持ち分の資料をめくる。

「その日は南さんが病気で休んでいます。違いますね」

「そうですか。じゃあ、十八、十九の新経理ソフト説明会！」

「管理職ふたりは出席していません。そちらに英会話教室というのはありますか？」

「英会話ですか」薫が自分の資料をどんどんめくっていく。「あ、ありますね。はい、全員にあります」

「ビンゴのようですね」

右京がにんまりした。

すぐに谷村課長に電話で確認した。タツミ開発では、グローバル社会に向けての対応として社を挙げて英会話の習得が奨励されており、資金課では全員が同時に学んでいるという回答が返ってきた。

さっそくふたりは彼らが通っていた英会話教室を訪れた。

「タツミ開発の資金課の人たちに教えているのは、どの先生ですか？」

英会話教室の女性スタッフに右京が質問した。スタッフは、教師になにか落ち度があったのかといぶかしむような顔をしながら、資料を調べた。

「リサですね。桐野リサ、ハーフの教師です。一昨日お父さまを亡くされて、アメリカに帰国することになっています。だから、彼女の授業は前回で終わりです」

「そうですか。それでは早くお話をうかがわなくてはなりませんね。今日はどちらに？」

「葬儀が行なわれていますので、教会にいると思います」

スタッフに教会の場所を聞いたふたりは、そのまま葬儀に押しかけた。教会の祭壇の横に棺が置かれ、喪服を着た細面の女性がしとやかに立っている。見た目は日本人ぽい。

「あれがリサ先生ですかね。別嬪ですね」

薫が評するように、桐野リサは美しい女性だった。憂いを帯びた顔で同年代の弔問客と会話を交わしている。しばらく待っていると、次の弔問客が現われた。スーツ姿の背の高い男である。

「あれ、あいつ、なにやってんだろ？」

薫が驚くのも無理はなかった。スーツの男は、薫のライバルの伊丹憲一だったのだ。伊丹はリサに丁寧にお辞儀をすると、しおらしく肩を落として帰ろうとしている。薫が呼び止めた。

「おい、捜査一課の伊丹、おまえ、こんなところでなにやってんだ？」

伊丹がびっくりしたような顔になり、慌てて人差し指を唇に当てた。

「ばか、こんなところで捜査一課なんて言うな。俺が刑事だってことがリサ先生にばれちまうだろうが」

「リサ先生？　おまえ、英会話なんか習ってんの？　ははあ、あの別嬪に惚れたんだな」

薫がからかうと、伊丹の顔が赤くなった。

「警察では黙ってろよな。それよりおまえらこそ、なんの用だよ？」

「ちょっとな……」

薫は含み笑いをして、ことばを濁した。

「お客さんは終わったようですね。行きましょう」

右京が言って、当惑顔の伊丹を残したまま近づいていく。特命係のふたりを認めたリサははっきりした日本語で、「わたしにご用ですか？」と訊いた。もしかしたら英語で事情聴取をしなければならないのか、と心配していた薫はほっと胸をなでおろす。事情を説明し、場所を移して話を聞くことにした。

「タツミ開発の方々に英語をお教えになっていたそうですね？」

右京の質問に、リサは戸惑いを見せた。

「ええ。とても熱心でいい生徒さんたちでした。それがなにか？」

「昨日、タツミ開発で盗難事件がありました。一億円が盗まれたんです。それで、関係者の方からお話をうかがっています」

右京のことばを受けて、薫が尋問する。

「昨日の午前中、どちらにお出でしたか？」

「えっと、自宅で葬儀の準備をしたり、帰国の荷物をまとめたりしていました」

「アメリカに帰国されるそうですね？」

リサはうなずき、流暢に言った。

「父の心臓病の治療のために、半年ほど前から日本に来ていました。そのときにわたしも一緒に来ました」

「もともと向こうにお住まいだったんですね？」

「はい。母のお墓がアメリカにあります。わたしが若い頃、母は亡くなりました。父も母の墓の近くに……葬ってあげるつもりです」

葬るということばの前で少しつまった以外は、ごく普通の日本語だった。

とりあえず質問もなくなったので引き上げる途中、伊丹が合流した。薫に問い質して事情を把握すると、右京に訊いた。

「リサ先生を疑っているんですか？　英会話教師になにができるって言うんです？」

「それをいま考えています」

右京は眉間にしわを寄せて答えた。

四

「三課の奴ら、森島さんを任意で引っ張ったようですよ。いま取り調べ中だって」

翌朝、薫がニュースを携えて入ってきた。右京には寝耳に水だった。すぐに取調室に駆けつけてみると、ちょうど事情聴取の終わった森島が出てくるところだった。

「あ、杉下さん。亀山さんも」

「どうしました？」

「私が疑われているみたいです。事件当時アリバイがないのが、お気に召さないようで」

「経理担当の北村常務に呼ばれていたのでは、なかったですか？」

森島は困ったような顔になり、

「それが常務は、話はすぐに終わったはずだとおっしゃったようで……」

「証言が食い違ったわけですか。それならば、北村常務のほうにもアリバイはなくなりますねえ」

「えっ？」

意表をつく意見に薫が驚いていると、右京が相好を崩した。

「ともかく森島くん、きみがやっていないのなら、なにも心配する必要はありません」

「杉下警部！」

背後から鋭い声が飛んできた。長岡と梅沢がこちらをにらんでいる。

「これは三課の仕事だと言ったはずです。余計なまねはしないでください」

右京は長岡を見つめ、軽く啖呵を切った。

「いいでしょう。余計なこと以外のことをやります」


桐野リサはハーバード大学卒業の才媛だった。右京がインターネットで同大学のデータベースにアクセスすると、彼女の経歴が出てきた。専攻は心理学、「サイコロジー」という雑誌に論文を寄稿したこともわかった。

「英語ばかりでちっともわからないんですが、どんな論文なんです？」

ディスプレイをのぞき込んでいた薫が音を上げた。

「テーマは『ＰＴＳＤのヒプノティック・セラピーの実際的応用』です」

右京に翻訳してもらっても、さっぱりわからない。そもそも、それで翻訳なのか、日本語なのか、と突っ込みたくなる薫であった。

「もう一度、彼女に会う必要がありそうですね」

こうして桐野リサとの二度目の面会が行なわれた。

「お話というのはなんですか?」

リサは前日よりも明らかに苛立ったようすだった。右京がおもむろに持参したノートパソコンを立ち上げ、資金課の人間が一斉に席を立つ映像を見せる。

「どうやったら、このようなことが可能だと思いますか?」

「どうしてわたしに訊くのですか?」

「専門家の意見をうかがいたいと思いまして。あなたはハーバード大学でヒプノティック・セラピー、つまり催眠療法を研究なさっていたようですね。彼らの行動も分析できるのではないか、と考えたのですが?」

「この映像だけからでは、なんとも言えません」

「あなたなら、これと同じことは可能でしょうか?」

「無理ですよ」リサが笑った。「一度にこれだけの人に催眠術をかけるなんて無理です」

「でも、テレビのショー番組ではときどきやってますよね?」

薫が素人っぽい質問をぶつけた。

「あれはショーですから」

あえなく一蹴された。

「わたしが疑われているのですか？」

　リサが薫の目を見て質す。

「いや、そういうわけでは……」

「わたしには大金など必要ありません。生活するお金には困っていませんから。もうよいですか？」

　ハーフの美人英会話教師が面会を打ち切ろうとすると、右京が左手の人差し指を立てた。

「もうひとつだけ。いつ向こうへ発たれるんですか？」

「明日の午後です。それではさようなら」

　リサは茶目っ気たっぷりにバイバイの動作をした。

「右京さん、ひとつ訊きたいんですけど」帰り道で薫が話を切り出した。「どうして彼女に疑いを持ったんですか？」

「きみは、さよならのとき、どういうしぐさをしますか？」

　質問と回答がかみ合っていないと思いつつも、薫は掌を上げて左右に振ってみせた。

「こうでしょ？」

「彼女はどうしました？　いま見たばかりだから覚えているでしょう」

「ええ、掌を握って開いてを何度か繰り返していましたね」薫は実演しながら、「でも、別に不思議じゃないでしょう。アメリカ育ちなんですから」

「タッちゃんですよ」

「え？」

「あの着ぐるみの犯人も同じしぐさをしていました。監視カメラに映っていたのを覚えていませんか？」

「あ！」

「習慣はそう簡単に変えられません。犯人は外国育ちの人間だと思われます」

薫は改めて上司の鋭い観察眼に感心した。しかし、まだ疑問も残っている。

「でも、瞬間的に十五人もの人間に集団催眠をかけるのは難しいって、右京さん自身も言ってましたよね？」

「あれはただの集団催眠ではありません。おそらく後催眠による集団催眠ですよ」

「ごさいみん……なんですか、それ？」

「文字どおり後でかかる催眠のことです。あらかじめ対象者に催眠をかけ、ある暗示を与えます。例えば、ライターの火を見たら踊り出しなさい。そんな暗示を与えるわけです。そして、一度覚醒させます。しばらくして、その対象者が合図を目にすると——この場合、ライターの火を見ると——自動的に暗示どおりに反応する——踊り出す——というわけです」

学校の先生のような右京の説明を薫は頭の中でじっくり咀嚼した。

「そうすると、あの十五人はリサ先生に後催眠をかけられ……なにかの合図を見て……一斉に催眠状態に陥った。そういうことですか？」

「そう思います。催眠をかけるには、前提条件として相手との信頼関係が築かれていることが不可欠です。英会話教室はそれにうってつけですからね」

「だとすると、合図はなんなのかが問題ですね」

「実際に確かめてみましょう」

右京はタツミ開発の受付で、館内放送の担当部署はどこだか尋ねた。てっきり資金課に直行すると思っていた薫は不意をつかれた。

館内放送は総務部で行なっていた。総務部へ行くと部長の森島が近づいてきた。

「館内放送の担当の方にお会いしたいのですが」

森島が担当者を呼ぶ。駆け寄ってきた女性に、右京が二日前の午前中、なにか放送をしなかったか訊いた。

「しましたよ。車をどけてほしいという電話があったので」

「どなたからの電話でしたか？」

「名乗られたわけではないので詳しいことはわかりませんが、女性でした。少しだけ外国なまりがあったような気がします」

右京は薫に向けてVサインを出し、

「正確にどんな内容だったか、わかりますか?」

「お待ちください。記録が残っていると思います」

担当者はメモをめくり、「これだと思います」と差し出した。右京がすばやくその文面を読んだ。

「なるほど、これが合図のようですね」

右京がひとりで納得しているのが、薫には不満だった。

「どういうことですか?」

「十五人もの人間に一斉に同じものを見せるのは難しい。しかも執務時間中で、みなそれぞれの机についているのですから。しかし、館内放送ならば同時に聞かせることが可能でしょう。目からの情報ではなく、耳からの情報でも合図としては十分なはずです」

「そうか。で、館内放送!」

「間違いないでしょう。試してみればわかります」

右京は担当者に、このメッセージをもう一度アナウンスしてくれるように頼んだ。森島が許可を出し、館内放送のスイッチが入れられた。

——パイドパイパー・コーポレーションのドライバーの方、お車の移動をお願いします。

透き通った声でメッセージが読み上げられる。

五分後、経理部資金課の十五名は全員噴水の前に集まっていた。

「これで事件の全容がほぼわかったと思います」

右京が大学時代の後輩に微笑みかけた。

五

そのニュースはだしぬけに薫の耳に入ってきた。薫に連絡を寄越したのは、伊丹だった。最初は罠ではないかと疑った薫も、いくら伊丹とはいえ、そんな悪質な嘘はつくまいと考え直す。すると、今度は頭の中が真っ白になった。

（土田が死んだ……？）

都内の公園で土田雅夫の刺殺死体が見つかったらしい。つい数日前に会ったばかりのあの土田が殺されたというのか。

「右京さん、すみません。知り合いが殺されたみたいなんで、そっちへ行ってきていいですか？　捜査一課から要請がありました」

さすがの右京もそれには驚いたようだった。

「もちろんです。すぐに行ってください。桐野リサのほうは午後アメリカへ飛び立つ前に、ぼくがなんとかしますから」

「ホトケの服のポケットにおまえの名刺があった。それでよく顔を見たら、このホトケ、おまえが一課の頃ちょいちょい使ってた情報屋だと思い出した。土田って名前だったよな」

薫の耳には、伊丹の説明もあまり入っていなかった。公園のベンチで冷たくなった土田は、あまりにも哀れで悲しかった。

「死因は失血だ。ナイフで胸をひと突き、抵抗した形跡はない。泥酔状態だったみたいだな」

心臓の近くにナイフが深々と突き刺さっている。せめて、泥酔状態で痛みをあまり感じないまま逝ったことを願いたい。

「犯人に心当たりは？」

伊丹がいつもよりも少しだけ険の少ない物言いで、訊く。

「ないよ。ただ……」

「ただ？」

「小金を稼いだみたいで、ちょっと潤っていたみたいだから……」

伊丹の同僚の三浦信輔がうなずいた。

「物取りのセンか。確かに財布はなくなっている。この子どもに見覚えは？」

三浦が血で染まった写真を提示した。

「こいつの息子だよ。いつか一緒に暮らしたいって言ってたのに……」

薫は胸に押し寄せるやるせなさに打ちひしがれた。


右京は出発前の桐野リサを捕まえることに成功した。あからさまに迷惑そうな表情になったリサに、右京が宣戦布告する。

「パイドパイパーが合図だったんですね」

「どういう意味ですか？　わたし、もう時間がありません」

リサの抗議をあえて無視して、右京が続ける。

「あなたがこのことばを選んだ理由もわかっています。ひとつは日本人にとって、あまり馴染みのないことばだったから。後催眠の合図がありふれたことばだったら、いつなんどき催眠状態が誘発されるかわかりません。その点、パイドパイパーというふだんめったに使わないことばならば安全です」

リサは沈黙を保ったまま、右京を凝視していた。

「もうひとつの理由はパイドパイパーの意味に関連しています。パイドパイパー、つまり『ハーメルンの笛吹き男』のことです。あなたはこの物語になぞらえて、犯行を行なった。資金課のみなさんを催眠で誘い出すというアイディアもそうだし、犯行の動機も同じ。違いますか?」

美人英会話教師は相変わらず無言だったが、目が少しだけ泳いだ気がした。

「笛吹き男はハーメルンの町民からねずみの駆除を依頼され、それに成功します。ところが町民が裏切って報酬を払わなかったので、その復讐として子どもたちを誘拐する。そういうストーリーでしたね、『パイドパイパー・オブ・ハーメルン』は。あなたの犯行の動機は、お金を盗むことではなかった。北村常務に復讐をしたかった。そうですね?」

「よく調べましたね」

ついにリサが口を開いた。右京は、ここへ来る前に森島に調べてもらった情報を開陳した。

「あなたのお父さまの経歴を探ったら、すぐにわかりました。タツミ開発の社内報にも載っていました。亡くなったルディ桐野氏は十五年前、タツミ開発の取締役の椅子を約束されて、日本へやってきた。ところが突如バブルがはじけ、リゾート開発は大打撃を受けました。桐野氏は約束どおりの報酬を受け取るどころか、新規開発の失敗の責任をすべて押しつけられて、放り出された。桐野氏を陥れたのは……」

「北村!」激しい口調に、リサの美しい顔が歪んだ。「そうです。父は騙されたんです。

それで体調まで崩してしまった。でも、だからと言って、わたしが犯人だという証拠はないのではないですか？」

右京が冷酷に笑った。

「物証があります」

「え、嘘でしょう？」

「気になっていたんです。あなたがなぜ、お父さまが亡くなった翌日に犯行を行なったのか。あなたにはそうする理由があった」

芝居がかった動作で、右京がリサを指差した。ここまで強気だったリサも、自信満々の刑事に接して、動揺が目立ちはじめた。

「棺です。あれだけかさばる現金を運ぶには、もってこいだと思います。いかがでしょうか？」

リサの顔が青ざめた。そして、自供をはじめた。

「すべて父のためよ。父はタツミ開発にひどい扱いを受けてから、すっかり憔悴してしまい、体まで壊した。父をそんな目に遭わせた北村に復讐したかった……」

「そうだと思いました。誰も傷つけずに大金を奪う鮮やかな手口、ぼくが警察官でなければ、あなたに尊敬の念さえ覚えていたかもしれない」右京が静かに言った。「自首していただけますね」

うなだれるリサを警視庁に連行する途中、右京は教会に立ち寄った。

「さすがにご遺体を辱めるようなまねはできません。あなたご自身の手で、お父さまの棺からお金を取り出してあげてください」

覚悟を決めたリサが棺を開けた。死者の眠る布団をめくると、札束が現われた。

「ごめんね、お父さん」

死者の顔を見て、リサがしゃくりあげた。

六

「土田の奴、どんな気持ちであの写真、握りしめていたんだろう」

翌日には多少気持ちも落ち着いた薫だったが、口をついて出てくるのは知人の無念の死を悼むことばばかりだった。

「なんか、憎めない男だったんですよ」

薫が土田とのこれまでの関係をとつとつと語った。タツミ開発の現金盗難事件を解決し、部屋に戻っていた右京は薫のことばに耳を傾けた。

「そうだったんですか」

右京がいつものように感情をほとんど出さずにコメントしたところに、角田《かくた》六郎が飛び込んできた。夕刊を握りしめ、がっしりとした体格の刑事をひとり引き連れている。

「おい、亀山、まずいよ、まずい！」

珍しく真剣な顔をした薬物対策課長は、夕刊の小さな記事を指差し、

「おまえ、四日前、この殺された土田って男から、接待されたんだって？」

「はっ？」一瞬なにを指摘されたのかわからなかったが、「ああ、あれ、オカマバーでおごってもらっただけですよ」

角田は耳を貸さず、隣の刑事を紹介した。

「こちら、捜査二課の太田さん」

「え、なんで二課が？　だって経済事件じゃないでしょう」

太田が重々しい口ぶりで発言した。

「殺された土田には詐欺の疑いがある」

「土田が詐欺？　冗談でしょ」

「数日前、ＭＭフィナンシャルから明和銀行中乃上《なかのうえ》支店に巨額の振り込みがあった。しかし、そこの口座は架空口座で、翌日、土田はそこから全額を現金で引き出したんだ。そして刺殺体で発見された。引き出された大金は消えたままだ」

「そんな……」薫には土田と詐欺がどうしても結びつかなかった。「大金って、いくらなんですか？」

「一億五千万だ」

一億円取り戻したばかりなのに、今度は一億五千万円。黙って聞いていた右京も目をしばたたいた。

取調室では、MMフィナンシャルの融資課長の柿崎が、刑事部捜査二課の太田から尋問を受けていた。捜査一課の三浦も同席していた。

「電話で融資の相談を受けたんですね？」

太田が念を押すように訊くと、虚脱したような表情の柿崎は力なくうなずいた。

「はい。電話は得意先の専務さんからでした。声もよく似ていたし、疑いませんでした。まさか、偽物だったなんて」

「相手は振込先として、いつもの明和銀行富岡支店ではなく、中乃上支店を指定した」

「架空口座なんて知らなかったんですよ」

「でも、振り込んだんでしょ？　大金なのに、どうして上の決裁を取らなかったんですか？」

「お得意さまですし、大至急とのことでしたので」柿崎が一瞬言いよどむ。「上の確認を取らずに、自分の判断で振り込みました。すべて私のミスです」

眼鏡を取って目頭を押さえた柿崎の前に、三浦が土田の写真を置いた。

「この男に見覚えは？」

眼鏡をかけ直した柿崎は、しばらく写真を見つめ、「ありません」と答えた。

取り調べのようすをマジックミラー越しに見ていた右京が、傍らの薫に話しかける。

「土田さん殺し、当初物取りの方向で追いかけていた一課も、詐欺の仲間割れのセンに切り替えたようですね」

「奴に限って、そんなことできるとは思えません」

薫がむきになって言い返した。

「でも、四日前、持ちなれない現金を持っていた場面を、きみも目撃したのでしょう？」

「右京さんも土田を疑っているんですか。こうなったら俺が、奴の汚名を晴らしてやります」

右京と薫は明和銀行の中乃上支店を訪れ、支店長に面会を求めた。支店長は苦りきった顔で、特命係の刑事に対応した。

「五日前のことです。お客さまから電話がありました。なんでも、大きな不動産取引があるので、急遽現金が必要になった。口座から一億五千万円をおろすので、旧札で準備しておいてくれ、と言うんです」

「それで準備なさった？」

右京が確認を取った。

「ええ、口座には確かにお金がありましたので。翌日に通帳と印鑑を持って、お客さまが当支店にお見えになりまして、紙袋につめて持ち帰られました。紙袋のほうが、目をつけられなくてかえって安全だ、とおっしゃられて」

その一語に右京が興味を持った。

「紙袋ですか？」

「確か南急百貨店の紙袋です」

「南急百貨店？」

今度は薫が素っ頓狂な声を上げる。

「心当たりがあるんですか？」と右京。

「はい、あの日、俺を訪ねてきた土田が、土産を入れて持ってきたんです」

薫の顔が曇った。

「なるほど」右京は土田の写真を支店長に見せ、「それはこの人で間違いありませんね？」

「ええ、間違いありません」

支店長が力強く肯定するのを聞き、ふたりは銀行から辞去した。

「どうやら土田さんが銀行から一億五千万円の現金を運んだことは、疑いないみたいですね」

　右京の指摘はさすがに薫も認めざるを得なかった。

「土田が詐欺にかかわっていたなんて、いまでも信じられません。でも、ああきっぱり断言されると……紙袋の件もありますし……」

「土田さんに犯歴は？」

「ありません」

「初犯のわりには鮮やかですね。融資の盲点を突いた手口といい、あらかじめ旧札を指定していることといい、見事なお手並みです」

「誰か他に首謀者がいるんでしょうか？」

「可能性はありますね。戻って遺留品を調べてみましょう」

　なにげない気持ちで提案した右京は、秘密裏に鑑識課の米沢守から見せてもらった遺留品を検《あらた》めて、驚くことになった。つましい生活をうかがわせる土田雅夫のわずかな遺留品の中に、なんと秋山緑風記念美術館の入場券の半券が含まれていたのだ。

七

　杉下右京は複雑な思いで秋山緑風記念美術館を再訪していた。

　純粋に絵を楽しみに来たかったのに、捜査の一環で訪れることになるとは皮肉だった。

館内に足を踏み入れると、女性館長の菊本アヤが顔を輝かせて、近づいてきた。

「先日はどうも」

「またいらしていただけたんですね。今日はゆっくりと鑑賞していってください。あ、そうだ、いいニュースがあります。『光る風の少年』、ここに戻ることになると思います」

「そうですか、それは楽しみです！」

右京は本心から喜んだ。薫は意味がわからなかったが、上司に調子を合わせて作り笑いを浮かべた。

「こちらの方は、杉下さんのお知り合いですか？」

アヤはふたりの見た目があまりに違うので判断がつかないようすだった。

「ええ、実は今日は仕事の用事で参りました」

右京が身分証を掲げると、女性館長の顔が強張った。

「公務員って、刑事さんだったんですか」

「無粋な仕事で恐縮です」

右京が頭を下げる間に、薫がポケットから土田の写真を取り出した。

「ここで、この男を見かけたことはありませんか？」

アヤはしばし考え込んで、

「よくお見えになっていました。そこの椅子に座って、ただぼうっとしていらっしゃるのを何度かお見かけした覚えがあります」

「そこの椅子ですか？」

右京が展示室の中ほどに置かれた椅子に目をやる。前にかかった緑風の『響き』という絵を鑑賞するには恰好の位置である。重たいグリーンを基調にした幻想的な美人画だった。

「はい。あの、その方がなにか？」

「実は殺人事件の被害者なんです」と、薫。「この土田という男の上着のポケットにこの半券が残っていたので、いま、足取りを追っているところです」

「なぜ、彼はそこに座っていたのでしょう？」と、右京。

「さあ、ここが静かで落ち着けるからでしょうか」

「静かで落ち着ける場所ならば、他にもあります。わざわざ入場料を払う必要もありません」

右京のもっともな指摘に困惑しているアヤへ、薫が質問した。

「あの、ここはMMフィナンシャルとなんか関係がありますか？」

「ありません」

アヤが即答した。

「土田が美術館……どうも似合いません。右京さん、どうなっているんでしょう？」

ふたりは特命係の小部屋に戻っていた。カップを載せたソーサーを左手で持ったまま、右京が疑問を提示する。

「きみの言う土田さんと実像があまりに食い違っているのが気になります。きみは土田さんと美術館は似合わないと言う。でも実際は、何度も足を運んでいる。きみは土田さんは詐欺なんかできる人間ではないと言う。しかし彼は、見事に一億五千万円を騙し取っている。これはどういうことでしょう？」

「俺に人を見る目がないってことですか？」

「というよりも、きみは土田さんの実像をあまり知らなかった、ということでしょう」

薫は訴えるような目になって、

「土田が俺の前では、ダメな中年男を演じていたって言うんですか？　右京さんは信じてくれないかもしれませんが、奴は本当に詐欺の片棒を担げるような男じゃないんです」

薫は頭を抱えた。そして、突然あることを思い出した。鍵を開け、机の引き出しから茶封筒を取り出した。

「なんですか？」

右京の目が鋭く光る。

「土田が持っていた金です。俺が貸していたのを、あの日、返してくれたんですよ」

「そうですか。なにかの証拠になるかもしれませんね」

　右京は一万円札を米沢に預け、すべての遺留指紋を記録するよう頼んだ。


　特命係のふたりは、柿崎の自宅を訪れた。ふたりを出迎えた元融資課長はやつれきった顔をしていた。

「ですから、何度も言ったとおり、土田なんて男は知りません。私だって被害者なんです。その男のせいで、私は懲戒免職だ。人を騙すなんてひどすぎます」

　眼鏡の奥の目に力がない。聞いている薫まで気の毒になってきた。しかし、右京は追及の手を緩めなかった。

「共犯者にも心当たりはありませんか？　そちらの内情をよく知った人物が絡んでいると思われますが」

　柿崎はいいかげんうんざりしたようだった。

「だいたいなんですか、一課だ、二課だ、特命係だって。そもそも特命係というのはなんなんですか？　あなた方に私を取り調べる権限がおありなのですか？　これ以上は弁護士と相談してからです」

柿崎はそう言うと、テーブルに置いてあった携帯電話に手を伸ばした。省電力モードでオフになっていた待ち受け画面が起動して、ディスプレイになにかの絵を映し出した。

「その必要はありません。もう失礼します」

柿崎の家から警視庁に戻る道すがら、右京が薫に言った。

「あの柿崎という人、なにか隠しているようです」

「そうですか？　俺にはただの被害者に見えましたけど」

人を見る目がない巡査部長が答えると、人を疑いすぎる警部は苦笑した。

「きみは彼の携帯の待ち受け画面に気づきましたか？」

「え？　なにか絵のようなものが……」

注意力の散漫な部下が曖昧にことばを濁すと、観察力が鋭すぎる上司が答えを述べた。

「あれは緑風の『響き』です。あの絵を待ち受け画面にしているということは、なにか意味があると思われます。いずれにしても、二課に言って、調べさせたほうがいいですね」

その手間は省かれた。特命係の小部屋に帰ると、二課の太田が一課の伊丹と一緒に待っていたのだ。

「杉下警部、柿崎を取り調べたそうですね。向こうからクレームがありました。勝手なまねはしないでください！」

激昂する太田に対して、右京はきわめて穏やかに対応した。

「少し話がしたかったものですから」

「柿崎はなにか隠しているみたいだから、ちゃんと調べたほうがいいようですよ」

薫が挑発すると、太田が最後通牒を投げかけた。

「とにかく、もう余計なことはしないでいただきたいっ！」

「わかってますよ」と、薫が受け答える。「余計なこと以外をすればいいんでしょ。ね？」

薫が目くばせすると、右京が軽くうなずいた。

憤懣やるかたないという態度で部屋を出て行く太田を追おうとした伊丹が振り返り、右京に訊いた。

「ところで、リサ先生はどのくらいの刑になるんでしょうか？」

「心配ありませんよ。誰を傷つけたわけでもなく、自首扱いですから」

右京が請け合うと、伊丹はほっとした表情になり、部屋を出ていった。それを笑いながら見送った薫が、自分の推理を述べた。

「主犯は柿崎なんですかね。柿崎は会社の金を騙し取ろうとした。自分は詐欺の被害者をよそおい、たまたま美術館で知り合った土田を金の運び屋として利用した。ところが、奪った金をめぐってトラブルとなり、土田を殺した。どうです？」

「面白い推理ですね」右京が評価する。「でも、土田さんを殺せば殺人罪です。せっかく大金を手に入れた柿崎氏がそんなリスクを冒すとは思えません」

推理が行きづまり、ふたりは黙り込んだ。沈黙を破ったのは、いつの間にか勝手に入ってきた薬物対策課の角田だった。

「暇か？　なあ、なんかおやつない？」

薫は苦笑いして、机の下に置いていた紙袋を引っ張り出した。そして、その中からせんべいを取り上げる。

「せんべいでよければ。しけってますけど」

「いいよ、いいよ。しけったせんべい、大好きだから」

大げさに喜ぶ角田の姿は、右京の目には映っていなかった。それもそのはず、視線は南急百貨店の紙袋に注がれていたのである。

八

亀山薫は土田雅夫の別れた元妻を訪問していた。

土田の性格は熟知していると思っていたのに、実際にはなにもわかっていなかったのかもしれない。もう一度、土田の原点に帰ってみようと考えたのだ。

刑事の突然の訪問に元妻も驚いていたが、薫が丁寧に事情を話すと、納得して部屋に通してくれた。

「土田は悪いことができるような人間ではありません。それだけは言っておきます」

元妻は薫と同じ意見だった。薫は意を強くした。

「あの、なんで、離婚なさったんですか？」

元妻がいまでも土田に恨みを抱いてはいなさそうだったので、思いきって訊いてみた。

「離婚したくてしたわけではありません。そうせざるを得なかったんです。わたしたちはささやかに幸せに暮らしてました。けれど、ひとり息子の健太を病気で亡くして……」

そのひと言は薫を仰天させるだけの衝撃力を持っていた。

「な、亡くなった？」

「はい」

「でも、土田はいつか健太くんを引き取って一緒に暮らすんだ、って言ってましたよ」

「みんな、あの人の妄想なんです。健太が死んで、土田はすっかり気力をなくしてしまい、会社にも行かなくなって……それからはあてどもなく暮らす毎日でした。そんな夫と一緒にいるのがつらくて、別れたんです」

悲しい過去を思い出して、元妻は顔を伏せた。

「もうひとつだけ、教えてください。秋山緑風記念美術館、この場所に覚えがありますか？」

杉下右京は鑑識課で米沢守のパソコンの画面をのぞき込んでいた。

ディスプレイには拡大された指紋が映っている。米沢はそれを画面上で重ね合わせた。

「一万円札の遺留指紋とこのパンフレットの指紋は見事に一致しますね。あと、この指紋も」

さらにもう一個の指紋を重ねた。三つはぴったり同じだった。秋山緑風記念美術館のパンフレットは、右京が初回訪ねたときにもらったものだった。

右京はそのパンフレットを開き、

「なるほど、そうですか。ついでにパンフレットのこの写真、拡大してみてもらえませんか」

「館内風景みたいですが、なにか？」

「いや、個人的な興味なんですが」

「構いませんよ」

米沢が気安く右京の要望に応じると、展示スペースの一角にいまは展示していない絵が現われた。

「やっぱり『光の風の少年』だったんですか」右京がひとりごちながら、画面に目を近づけた。「おや、これは？」

　拡大された写真に写り込んでいた意外なものに気づいた右京は、絶句した。


　右京と薫は事件の幕引きをするために秋山緑風記念美術館に出向いた。

　美術館の表には臨時休館のプレートが出ていたが、鍵はかかっていなかった。ドアを開けて、近くにいた学芸員を呼び出した。

「すみません。今日は展示物を移動しますので、お休みに……」

「そのようですね」右京は身分証を提示して、「菊本館長にお会いしたいのですが」

　学芸員に案内されて中へ入ると、女性館長は新しく展示された絵の前にたたずみ、その絵に見入っているところだった。

「戻ったんですね、『光る風の少年』。やはり、あるべきものがあるべき場所にあると、納まりがいいですね」

　右京が話しかけると、アヤは我が意を得たりとばかりに、

「この絵は、緑風が、わたしの父が画風を確立した重要な作品です。やはり、この美術館にあるべき作品でした。ようやく本来の場所に戻ってきました」

「買い戻されたんですか？　無粋な質問ですが、ずいぶんお高かったんじゃないですか？」

アヤが答えないので、薫が一枚の写真を目の前にかざす。

「MMフィナンシャルから一億五千万円が騙し取られた事件はご存じでしょう？　今日はその捜査なんです。MMフィナンシャルの柿崎、知っていますね？」

アヤの表情に思わず動揺が走った。それを気取られたのを取り繕うように、「顔も見たくありません」と答える。

「おや、前にはMMフィナンシャルとは関係ないって言ったじゃないですか。どうなさったんです？」

「忘れたかったんです。美術館への援助が打ち切られたとき、融資のお願いをしたことがあるんです。すると、絵を売ればいいじゃないかとか、評価額はいくらだとか、最低のことばかり言われました」

「嘘をつかないでください。あなたはこの絵を買い戻す金を用意するために、柿崎とともに詐欺を行なった。違いますか？」

薫は一気に攻め込んだ。しかし、アヤもまだ冷静だった。『光る風の少年』に目を戻し、

「証拠はあるんですか？」

右京が仕立てのよい上着の内ポケットから、ビニール袋に入れた一万円札を取り出す。

「これです。殺害された土田さんが持っていた一万円札です。財布は何者かに盗まれて

いましたが、偶然、このお札は我々の手元に残りました。このお札からあなたの指紋が出ました」

「おっしゃっている意味がわかりません」

アヤは絵から目を離さない。刑事と目を合わすのが怖いのだろう、と薫は思った。

「土田は今回の詐欺にかかわっていたようです。そして、俺たちは、このお金が盗まれた一億五千万円の一部ではないか、と考えています」

「ああ、思い出しました」アヤがわざとらしく声を張り上げた。「そのお札はわたしが謝礼として土田さんに差し上げたものでしょう。彼に館内の清掃をお願いして、その報酬として。だからそのときにわたしの指紋がついたんでしょう」

「確かに、納得のいく説明です。では、これはどうでしょう。亀山くん」

上司にうながされた薫は、背中から南急百貨店の紙袋を取り出した。ワークパンツの腰にはさみ、上からフライトジャケットを着て、隠していたのだ。右京が説明する。

「これは土田さんが現金を運ぶときに使用したものです。この紙袋からも、あなたの指紋が検出されました」

「だからなんなんですか？　その袋に触れたことはあります。でも、それはずっと前。土田さんにそれを差し上げたときに指紋がついたんでしょう」

女性館長が罠にかかったのを知り、右京が冷たい笑みを浮かべた。

「それはありえませんねえ。この紙袋は、土田さんが銀行からお金をおろした日の午前中に百貨店で購入したものです。店員がそれを覚えていました。しかも、紙袋は季節ごとに変えられていて、このタイプはまさに、その日に販売されはじめたものなんです」

薫がたたみかける。

「だから、あの日より前にあんたがこいつに触ることは不可能なんだよ。土田は銀行で現金を紙袋に入れてあんたのところへ運んだ。そして、紙袋ごとあんたに渡した。あんたは土田に報酬として、騙し取った金の中からいくらかを渡した。この紙袋と一緒にね。その金の一部が、律儀に借金を返してくれた土田のおかげで俺に渡り、こうしてあんたの指紋が残ったまま、いまここにある」

右京がさらにあとを継ぐ。

「土田さんは亀山くんに会いに来るときに、この紙袋にお土産を入れて持参しました。そのときからずっとこの紙袋は我々の手元にありました。だから、あなたがこの紙袋に触る機会があったのは、金を受け渡したとき、ただ一度なんです。これでもまだ否定しますか?」

ふたりから交互に波状攻撃のような告発を受け、さすがにアヤは耐えられなくなった。よろよろとあとじさりし、糸の切れた操り人形のようにぺたんと床に座り込んだ。そして、ぽつりぽつりと自供をはじめた。

「援助が打ち切られて、ここを維持するのが難しくなりました。父の代表作を売却してもしのげなくなっていました。そんなとき、ちょうど融資で来ていた柿崎さんから、MMフィナンシャルの金を騙し取ろうと持ちかけられました。柿崎さんも株で首が回らなくなっていて、取り分は折半ということで説得されてしまいました」

アヤががっくりとうなだれた。ことばが出なくなった館長の代わりに、右京が推理で補う。

「詐欺をよそおい、金を架空口座に移す。しかし、安全に金を奪うためには運び屋が必要です。そこで目をつけたのが、土田さんだったのですね？」

「ここがつぶれるかもしれない。そう話すと、彼は運び屋になることを承知してくれました」

「金を手に入れ、詐欺が発覚したときに、警察の手が及ばないように、はじめから土田を殺す計画だったんだろう！」

薫が怒鳴ると、アヤは必死になって否定した。

「違う、違う。わたしが殺したという証拠でもあるんですか！」

右京が静かに問いかける。

「あなたは土田さんがなぜここへたびたび来ていたか、わかりますか？」

アヤはこれ以上ひと言も口をきかないと決心したようだった。黙り込んだ館長に向けて、薫が語る。

「土田は昔、よく家族でここに来ていたそうだ。この美術館は土田が一番幸せだったときの思い出の場所だったんだよ。奴は息子を病気で亡くした。だから、ここで家族の思い出に浸っていたんだ。ここが一番気の休まる場所だった!」

薫が故人の思いを熱く語った。

「このパンフレットを拝見しました。館内風景の写真を拡大して、あることに気づきました。いま『響き』が飾ってあるあのスペース、あそこには以前『光る風の少年』が展示してあったのですね。それで、土田さんがあの椅子に座り続けた理由がわかりました。ご覧ください」

右京が拡大写真のプリントアウトを差し出した。それを一瞥したアヤは、思わず「嘘!」と言って、プリントアウトを奪い取った。粗い画質で再現された『光の風の少年』の前の椅子に、その絵を食い入るように見つめる土田の姿が写っていたのである。

「土田はこの絵を亡くなった健太くんに重ね合わせていたんだ。奴がどんなにこの絵を愛し、この絵に慰められていたか……」

薫がことばをつまらせた。感極まった相棒が言いたいことを、右京が代弁した。

「あなたは、『光の風の少年』の一番の理解者を、その手で殺してしまったんですか?」

アヤが泣き崩れる。人気のない館内に女性館長のすすり泣きが満ちた。

何分が過ぎただろう。やがて泣きやんだアヤが、土田の死の真相を語った。

「確かに殺すつもりで、彼を泥酔させ、公園まで連れて行きました。でも、人なんかそんなに簡単に刺せるものじゃない。ナイフを握ってためらっていたら、彼が言ったんです。『ありがとう』って。殺されることに気づいていたような口ぶりでした。それで恐ろしくなってナイフをしまおうとしたら……彼が自分から、もたれかかってきたんです。気づいたら、ナイフは彼の胸元に刺さっていました……すみません。許してください」

「土田の奴、健太くんに会いたかったんだ……ばか野郎」

ここまでなんとか持ちこたえてきた薫の目尻から、透明な液体がすっと流れた。

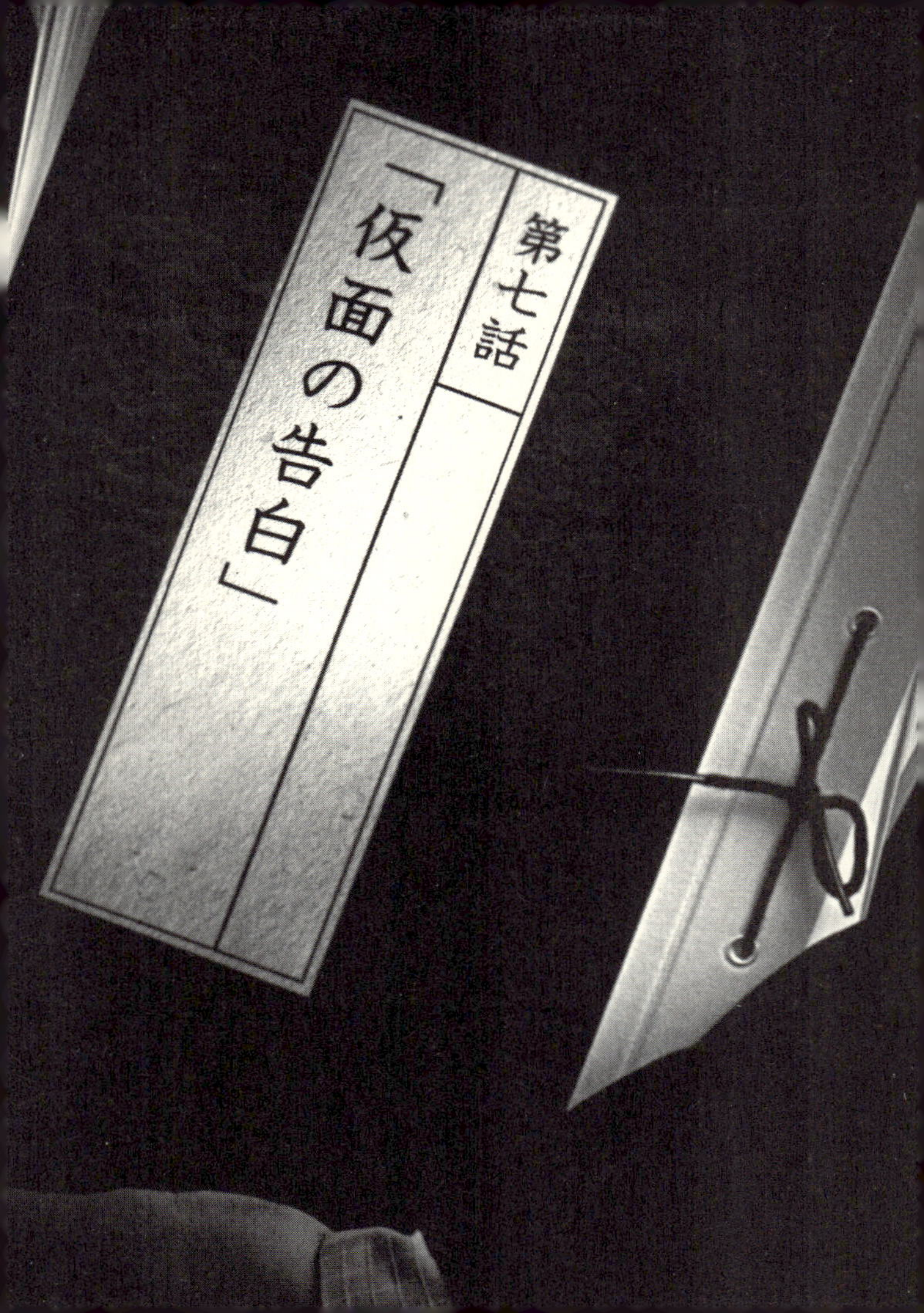
第七話
「仮面の告白」

一

亀山薫は宣誓をしていた。

「宣誓。良心に従って真実を述べ、何事も隠さず、偽りを述べないことを誓います――。亀山薫」

法廷で証人になるなんて初めての経験であった。しかも、初の晴れ舞台がよりによって弁護側の証人だなんて。傍聴席には上司の杉下右京と恋人の奥寺美和子の姿がある。ここは醜態をさらさないように、刑事としてきちんと受け答えをせねばと思う。

しかし、その決意は、見るからに賢そうな女性弁護士によって、早くも突き崩されつつあった。

「では、特命係の亀山さん、十一月五日の夜のことをおうかがいします。あなたは当夜九時過ぎ、世田谷区松原の路上で、ここにいる被告人、黒岩繁に職務質問しましたね？」

「はい、いえ、あの……」

「どうしました？」

「できたら……特命係の、は省いていただいたほうが……」

「そうですか。では、ただの亀山さん、答えてください」

ただの、とつけられるのも癪に障ったが、いつまでもごねている場合ではない。

「はい。ちょっと不審に思ったもので……」

「いつも、その程度のことで、職務質問なさるのですか？」

「いや、その程度とおっしゃいますけど、なんかこう……ピンと来るんですよ。ま、その勘が当たったからこそ、今回も……」

「訊かれたことだけ、答えていただければ結構です！　それからあなたはどうしましたか？　被告人の所持品を検《あらた》めたのではありませんか？」

「ええ、彼がカバンを抱えていたんで、その中身を見せてもらいました」

「許可はもらいましたか？」

「はい、もちろん」

「被告人の了承を待たずに、さっさと中身を調べたのではありませんか？　職務質問においては、カバンの外側から触って中身を確かめる程度のことは許されていますが、了解を得ずにカバンを開ける権限までは認められていません。あなたは本当に被告人に了承を取りましたか？」

弁護人は明朗な声で、自信たっぷりに迫ってくる。薫はなんだか自分が裁かれているような気分になってきた。どう答えてよいのか迷っていると、間髪いれずまた責め立てられる。

「被告人によると、あなたはそうしなかった。あなたは先ほど宣誓しましたね？　正直に答えてください」

「……了承を得る前に……」

「カバンを開けたんですね？」

「……だったと思います」

いつの間にか完全に向こうのペースにはまっている。早いところ失地回復しなければ、と焦りが生じる。

「特命係の――いや、失礼しました――ただの亀山さん、あなたはその違法な行為によって、カバンの中からなにを発見しましたか？」

「裁判長！」

検察官の宮城義之が異議を申し立てた。

「ただいまの弁護人の質問は証人に対する悪意を含んでいます」

「弁護人、いかがですか？」

裁判長が女性弁護士に確認する。弁護人、武藤かおりは余裕たっぷりに答えてみせた。

「違法な行為という部分がお気に障りましたか？　その部分は撤回します」検事、裁判長に向かって余裕の笑顔を向けたあと、証人に質問を繰り返す。「あなたはなにを発見しましたか?」

「マスクです。フランケンシュタインの」

武藤弁護士は、証拠品のビニール製のマスクを取り上げて、掲げた。

「これですね? これを発見したとき、あなたはどう思いましたか?」

「モンスター強盗じゃないか、と」

「世田谷区池尻、目黒区自由が丘、杉並区阿佐谷と立て続けに三件発生している通り魔強盗ですね。怪物のマスクを被って、若い女性を狙い、金品を強奪したという」

「そうです」

過去三件の被害者の証言によれば、強盗はいずれもフランケンシュタインのマスクで顔を隠し、犯行に及んでいた。ガムテープでぐるぐる巻きにして身体を拘束し、口や目も同様にガムテープでふさいで抵抗できなくする。そのうえでバッグをかっさらう手口だった。

「被告人が犯人だと思ったんですか?」

「カバンの中から突然怪物のマスクが出てきたわけですから、当然疑いますよ」

薫は被告人席の黒岩繁へ目をやった。被告人は証人と目を合わせるのを嫌って、おずおずとうつむいた。薫はいまでも黒岩が犯人であると信じていた。それなのに、なぜいまここでは防戦一方なのだろう?

「疑いを持ったあなたは、被告人を最寄りの松原四丁目交番へ連れて行きましたね？　まさか、強制的に連れて行ったりはしていませんよね？　その時点では任意です。いくらあなたが疑いを濃くしていたとしても、無理やり同行させるのは違法です。被告人が自ら交番に同行したわけですね？」

　この質問を聞いた瞬間、傍聴していた右京は、相棒の完敗を知った。武藤弁護士はあくまでも捜査の違法性を突いてくるつもりなのだ。薫は黒岩の身柄を交番から警視庁に移している。任意同行のはずがいつの間にか強制捜査にすりかわっている——弁護人はそう追及してくるはずだ。いくらあのとき近くで同様の強盗事件が発生していたと主張しても、聞き入れられはしないだろう。現行犯逮捕ではなかったのだから、黒岩が犯人とは立証できない。

「少なくともこれで、被告人が違法に連行され、不当な拘束を受けたことが明らかになりました——質問は以上です」

　女性弁護士の晴れやかな表情は、苦虫を嚙みつぶしたような検事の顔と好対照だった。

　亀山薫は傍聴席にいた。

　黒岩繁の公判において、弁護側の証人として薫に続いて呼ばれたのが、捜査一課の伊丹憲一だった。あのやり手弁護士の追及に、伊丹がどのように対応するのか。薫はそれに興味があった。

「被告人の肋《あばら》にヒビが入っています。全治一カ月だそうです。このけがを負わせたのはあなたですか?」

武藤かおりは写真を手にしていた。上半身裸の黒岩が写っている。右の胸部の下に赤い大きなあざがあるのがわかる。

「さあ、知りませんねえ」

伊丹は写真から目を逸らし、ふてぶてしい態度で答えた。

「あなたではないのだとしたら、三浦刑事でしょうか?」

「それは本人に直接確認してくださいよ」

「もちろん、そうします」武藤弁護士は軽く受け流し、「取調室という密室で、被告人は大けがを負わされた……なぜでしょうか? 自白を強要するためではないのですか?」

「ふん」伊丹は鼻で笑った。「強要なんかした覚えはありませんね」

「ならば、なぜ被告人はこんなふうにけがをしたんですか?」

「さあ」わざとらしく首をかしげてみせて、「どこかに自分でぶつけたんじゃないですか?」

裁判所からの帰り道、薫はいまの女性弁護士と伊丹のやりとりの一部始終を思い出していた。伊丹はやりすぎだというのが正直な感想だった。弁護人を挑発する態度は好ましいものではない。もしかしたら、被告人に対しての取り調べにも行きすぎが……。

そんなことを考えながら歩いていたら、当の本人から声をかけられた。

「おい、正直者の亀山！」

伊丹が小走りに駆け寄ってくる。そして、振り返った薫にさらに悪態をつく。

「おっと、いけねえ。ばか、が抜けてた」

「なんだと？」

「てめえのせいだぞ、この野郎！」伊丹が顔を突き出し怒鳴る。「てめえがばか正直に違法行為を認めちまうから、野郎の自白の任意性まで疑われちまっただろうが！」

同期のライバルに言いたい放題させておくわけにはいかない。薫が言い返す。

「肋へし折って吐かせた供述なんか、誰も信用しねえよ！」

伊丹はズボンのポケットに手を突っ込み、うそぶいた。

「俺はそんなことはしてねえよ」

特命係の小部屋では、サスペンダーでスラックスを吊った刑事と毛糸のベストを着たフランケンシュタインが話をしていた。

「無罪だって？」

フランケンシュタインの声が裏返ると、刑事が落ち着いた声で応じた。

「その可能性もありますねえ」

「だけどさあ」フランケンシュタインの皮を脱いで、角田六郎《かくた》が顔を出す。「奴はこいつを持ってたわけだろ？」

「そのマスクを持っている人間は日本国中に五千人近くいます。メーカーによると、五千個限定で昨年売り出したものだそうです。ほぼ完売。ぼくもその持ち主のひとりですがね。どんなものか確かめたくて買ってみました」

右京が角田からマスクを受け取った。

「でもさあ、仮に五千人いたとしてもだよ、あの夜、犯行現場の近くをうろうろしていたのは奴だけだろ？」

「しかし、それは状況証拠にすぎません。襲われた女性の証言にしても、決定的な証拠にはなりませんしね」

「ま、こんなもん被ってたんじゃ、肝心の顔がわかんねえもんな。面通しもできねえや」

「状況的には相当怪しいと思います」右京は紅茶を淹れながら認めた。「でも、証拠はない。それでも起訴に踏み切ったのは、本人の自白があったからです。ところが、被告人は公判になったとたん、否認に転じました」

「弁護士に知恵つけられちまったかな」

角田が忌々しげに舌打ちすると、右京が言った。

「なかなか優秀な弁護士のようですよ」

二

右京の推測は当たった。黒岩繁は無罪を勝ち取ったのである。

そこまではうすうす予想していた伊丹も、検事の宮城の口から「控訴断念」というひと言を聞いたときには、ことばを失った。新たな証拠でもあがらない限り、現状では控訴しても有罪にできる可能性は低い、と宮城は主張した。

「必ず黒岩を捕まえてやる」

伊丹は心に誓った。


東京拘置所では弁護士の武藤かおりが黒岩繁と面会をしていた。出所準備を整えていた黒岩が嬉しそうに声を上げる。

「検察側の控訴断念で無罪確定。先生、ありがとうございます！」

「よかったわね」

「ねえ、先生」黒岩が意味ありげな視線をくれた。「裁判には一事不再理っていうのがあるんでしょ。何人《なんぴと》も同じ事件について、二度裁かれることはないって」

「よく知ってるわね」

「もう誰もぼくの無罪にけちはつけられない。そういうことですよね？　先生に巡り会ってよかった」

黒岩の目が邪悪な光を帯びている。それを見て取ったかおりは複雑な気持ちになった。

ふたりが拘置所から出てくるのを待っている人物がいた。亀山薫である。自分のせいで有罪にできなかったと責任を感じていた薫は、無罪放免される黒岩がどんな顔をして出てくるか、せめて自分の目で見ておきたかったのである。

ふたりはすぐに刑事に気づいたようだった。

「こんなところに来る暇があったら警察学校に行けば？」黒岩が薫を挑発する。「イロハから勉強し直したほうがいいんじゃないの？」

一触即発の危険な空気を感じて、かおりが止めに入った。

「余計なことは言わないの」

「だって、少しは言ってやりたいじゃない。ぼくはこいつのおかげでひどい目に遭ったんだからさ」

「もういいから、あなたは帰りなさい」

かおりが強く言うと、黒岩は不承不承、従った。

「じゃあ、先生、このご恩は一生忘れません」

頭を下げて立ち去る間際にも、薫の顔をにらみつけるのは忘れなかった。

「先生はあいつが本当に無罪だと思っているんですか?」

黒岩の後ろ姿を見送りながら、薫が訊いた。

「彼の言うとおりね」かおりが首を左右に振る。「あなた、警察学校で勉強し直したほうがいいかも。被告人の段階では誰もが無罪と推定される。これが近代刑事法の基本原則でしょう!」

「わかってますよ、そんなことは」薫が反論した。「原則論じゃなくて、今回のケースについて訊いているんです」

物わかりの悪い生徒に嚙んで含めるように、かおりが言う。

「彼が有罪か無罪かを判断するのは判事の役目。わたしは自分の役目を果たしただけよ」

「だけど、もしあいつが犯人だったとしたら、結果として先生が犯人を野放しにしたことになる。そういうことは考えたりしないんですか?　今回は強盗事件ですけども、殺人事件だったらどうですか?」

「同じね。わたしの立場は変わらないわ。今回の一件だって、責任はあなたたち警察と検察にあるんじゃない。杜撰な捜査で起訴するからいけないのよ！」

特命係の刑事に痛烈なカウンターパンチを浴びせて、足早にかおりは去っていった。

仕事を終えて帰る途中、美和子は家の近くで意外な人物に出会った。杉下右京である。

「右京さん！」

「おやおや、いまお帰りですか。そういえば亀山くんのマンションはこの近くでしたね」

「こんなところでなにをなさっているんですか？」

「ここはモンスター強盗の四件目の現場ですね。一件目から順に見てきたところです」

「調べていらっしゃるんですか」美和子は恋人の上司に尊敬の眼差しを向けた。「黒岩繁、無罪になっちゃいましたね。薫ちゃんがばか正直にしゃべっちゃうから」

「黙っていれば、違法捜査だなんて立証はできなかったんですがね」右京が目元を緩めた。「ま、亀山くんのあのように正直な点を、ぼくは高く評価していますよ」

「ありがとうございます。やっぱり、無罪なんですかね」

右京は腕を後ろ手に組んで歩きながら、

「裁判所が無罪と判断した以上、無罪です。もっとも、彼が無実かどうかはわかりません。無罪と無実は別物ですからね」

「え？」

「彼が犯人だという証拠はありません。しかし同様に、彼が犯人ではないという証拠もない」

美和子も右京と肩を並べて歩きながら、

「だったら黒岩が……？」

「どうでしょうねえ。ぼくは誰が犯人であっても構いません。無視できないのは、いま犯人は野放し状態になっているという点です。つまり、再び犯行の起こる可能性がある。だから、見落としはないか、手がかりはないか、と調べているところです」

「薫ちゃんに爪の垢でも煎じて飲ませたいな」美和子が嘆く。「無罪判決が出たもんで、すっかりしょげちゃって」

「そうでもないようですよ」

右京が含み笑いを浮かべた。

しょげているだけではなにも解決しないと悟った薫は、黒岩繁の張り込みを行なっていた。薫は黒岩が犯人だと確信していた。どこかでぼろを出すのではないか。そうにらんだ薫は、黒岩のアパートの近くに停めた車の中でもう半日近く粘っていた。

薫と同じ確信を抱いている刑事がもうひとりいた。その刑事が車の後部座席に無断で侵入してきた。伊丹である。

「なにやってんだよ、てめえは？」

「てめえこそ、なんだよ？」

もはや恒例の挨拶となってしまった憎まれ口を叩き合ったところで、伊丹が訊いた。

「どの部屋だ？」

「……二階の角部屋」と、薫。

「またやると思うか、野郎？」

「ああ、奴が犯人なら必ずな」

「俺もそう思う。奴が犯人だ」伊丹は二階の角部屋に目をやったまま、「飯は食ったのか？」

「わかんねえよ。部屋の中でラーメンでも食ったんじゃないか」

「ばか、てめえだよ」

「食ってねえよ。ずっと見張ってたんだ」

伊丹が舌打ちしながら、スーツの左のポケットに手を突っ込んだ。中からあんパンを取り出し、それを薫に差し出した。

「余計なお世話だよ」

「食わないともたねえぞ。長丁場になるかもしれない」

「いらないって言ってんだろ。あんパン嫌いだし」

「面倒な野郎だな」

今度は右のポケットからジャムパンを引っ張り出す。薫は不服そうに受け取り、引き換えに小銭を渡した。

「いらねえよ、そんなもん」

「おまえに恵んでもらうほど、落ちぶれちゃいねえんだよ」

鼻を鳴らしつつ手元を見た伊丹は、

「つーか、足りないし」

「まけろよ、そのくらい」

薫はそう吐き捨てて、ジャムパンにかぶりついた。

三

右京は翌日も地道に捜査を行なっていた。モンスター強盗の被害者を訪ね、犯行時の状況について聞き取りを行なっていたのだ。四人目の被害者、千田ミカから、話を聞いていると、別の客が訪ねてきた。意外にも、武藤かおりであった。

「これはどうも。武藤弁護士でしたか」

右京とは初対面の女性弁護士が戸惑った顔になる。

「先日、うちの亀山くんがお世話になりました。警視庁特命係の杉下と申します」

「弁護士さんも強盗事件の話を聞きたいの？」

ミカが呆れたような声を出す。

「聞かせてあげたらどうですか」

右京がとりなすと、「また最初っからか」と言って、ミカは事件当夜の嫌な思い出を語った。

犯行は、残業で遅くなったミカが人通りの少ない道を世田谷区松原のマンションまで急ぎ足で帰ってくる途中で起こった。いきなりフランケンシュタインのマスクを着けた人物が目の前に立ちふさがり、助けを呼ぶ間もなくガムテープで口と目をふさがれた。犯人はさらにガムテープで身体を何回も巻いて身動きを取れないようにし、ハンドバッグを奪った。わずか数分間の悪夢のようなできごとだったという。

「ガムテープで目と口をふさがれたんですよね？」

二度同じ話を聞いた右京がミカに訊いた。

「そうだってば。ひどいでしょう」

「でも、耳はふさがれていませんよね。例えば、犯人の声を聞いたとか、そういったことはありませんでしたか？」

「声？　ああ、そういえば一瞬ね。『ウウッ』って」

「ウウッ？」

「あたし、地面に倒されたときに、犯人を思いきり蹴り飛ばしてやったの」

　この新たな証言に、女性弁護士がすぐに反応した。

「どこ蹴飛ばした？」

「わかんないなあ。目隠しされてたから。でもどっかには命中したはず。それで、ウウッ」

　千田ミカのマンションから出たところで、右京はかおりから質問を受けた。顔には、法廷では見られなかった翳《かげ》がある。

「杉下さんは肋の一件をどうお考えですか？　黒岩繁が取調室で負ったというけがです」

　右京はそれには直接答えず、

「武藤さんはもうお帰りになったほうがよろしいかもしれません。弁護士であるあなたは、黒岩さんを追及する役目にはありません。闘って無罪を勝ち取った以上、彼がはっきりと無実であってほしい。そういう思いで、今日いらしたんじゃありませんか？」

　かおりは無言だった。それはすなわち、右京の推理が正しいことを意味していた。

「でも、もし仮に黒岩繁が無実ではなかったとしても、あなたには責任はありません。法廷でのあなたは正しかった。誰にも非難されるいわれはありません」

かおりが顔を上げて、右京の目を見た。

「そこまでわたしの立場がわかっていただけているのなら言いますね。彼、犯人ですよ、たぶん。もちろん、個人的な心証です。なにも証拠はありません。だから、わたしは無罪を主張して闘いました」

右京には弁護士の悩みがよくわかった。彼女は現在、自分の闘いが正しかったのかどうかを自問しているのだ。右京はこの弁護士に自分がいま抱いている疑問をぶつけてみようと思った。

「被害者の調書を読むと、全員があっという間にガムテープで身体の自由を奪われて、バッグを持ち逃げされてしまっています。しかも、犯行に要した時間は五分とかかっていません。見事なものです」

「犯人は無駄なことをいっさいしていません。そういう意味では確かに見事なものですね」

「そうでしょうか？　犯人は無駄なことをしていませんか？」

「と言うと？」

「目をふさいでしまうことまで必要でしょうか？　わざわざマスクで顔を隠しているに

もかかわらず、どうして目までふさぐ必要があるんでしょうねえ?」

「慎重を期しているのではないですか。念には念を入れて」

「ぼくには無駄に思えてしかたがありません。ま、考えすぎかもしれません。ぼくの悪い癖です」


狭い車内での張り込みが長時間に及び、薫は疲れてうつらうつらしていた。すると突然、伊丹に叩き起こされた。黒岩がアパートから出てきたのだ。

「ドジ踏むなよ」と伊丹が言うと、「そっちこそ、へますんなよ」と薫が返す。ふたりは車から出て、黒岩の尾行を開始した。


武藤かおりは結局、右京の忠告には従わなかった。どうしても、胸にくすぶる疑念を晴らしたかったのである。警視庁を訪れ、捜査一課の三浦信輔に面会を求めた。

「黒岩繁の肋骨にはヒビが入っています。どうしてでしょうか?」

三浦には同僚の伊丹をコケにされた恨みがある。だから返事はつれなかった。

「知るか、そんなこと!」

「取り調べ中のことをもう少し詳しく教えてください」

「いいかよ、先生。もう終わっちまったから教えてやるけどさあ、ふてぶてしく口を割らないような被疑者には、それなりのことはするさ」

「やっぱり、するんですね」

「けどなあ」三浦がかおりをにらみつけた。「けがさせるようなまねはしねえよ。こっちは昨日今日の新米じゃないんだよ。けがなんかさせたら元も子もないことくらい、よくわかってんだよ」

かおりの胸の中の黒い塊がますます大きくなった。だからこそ、かえって攻撃的になる。

「これからは気をつけなさいよね。取り調べ中に勧める煙草一本ですら、利益誘導になる可能性がある。それくらい法律はデリケートで杓子定規なんだから!」

いま自分が腹を立てているのは自分に対してだということは、かおりもよくわかっていた。


鑑識課の米沢守は右京の身体をぐるぐる巻きにしていた。もう間違いなく十回以上は巻いている。

「私はいつまでこうして巻いていればよろしいのでしょうか?」

「はい、もう結構ですよ」

右京は米沢に協力してもらい、モンスター強盗の手口を検証していた。もっとも、米沢が巻いたのは、現場保存用の黄色いテープだった。ガムテープを使うと、あとが厄介なのは目に見えている。

「今度は逆向きに巻いてもらえますか？」

右京が妙な注文をした。

「は？」

「いまが右巻きだったので、今度は左巻きに」

「やってみましょう」

返事はよかったものの、左巻きにはずいぶん手こずっていた。じれた米沢はテープを左手から右手に持ち替えた。

「どうして持ち替えたんですか？」

「だって、巻きにくいですから」

「そうなんです。逆に巻くのは巻きづらいですよね」

右京がしみじみと言った。

黒岩繁は誰かと待ち合わせをしているようだった。オープン・カフェでコーヒーを飲みながら、さかんに時間を気にしている。

薫と伊丹が物陰から見張っていると、なんとそこへ奥寺美和子が現われた。

「おやおや、意外な人物のご登場だな」

伊丹が嫌味っぽく、薫に耳打ちした。

美和子は黒岩になにかを尋ね、そのままテーブルに同席した。

ふたりの会話はここまで届かなかったが、薫にはその内容が想像できた。美和子は黒岩にインタビューを申し込んだのだろう。黒岩がそれを受けたのは、マスコミを通して警察の無能ぶりを全国にアピールするために違いない。得意げな顔でしゃべっているようすからも、それがうかがえる。女性記者は小刻みにうなずきながら、メモを取っている。相手に話を合わせているのだろうか。やがて、取材は終わったのか、美和子がボイスレコーダーへ手をやった。しかし、なかなか立ち上がろうとしない。まだ、なにか話をしている。

「ちょっと近づいてみる」

話の内容が気になった薫が、物陰から出てじわじわとふたりに近寄る。伊丹もあとに続いた。距離がつまり、美和子の声が途切れ途切れに聞こえるようになった。

「ズバリ……ちゃいますね。あなた、本当に……じゃないんですか?」

黒岩の表情が険しくなった。左手でグラスをつかみ、中の水を女性記者に引っかける。

「ふざけんなよ、おまえ。おまえまでぼくを犯人扱いか!」

「あの野郎!」

その光景を目の当たりにした薫が立ち上がる。

「おい、よせっ」

伊丹が止めようとしたが、無理だった。薫は黒岩めがけて突進していった。

「大丈夫か？」

薫が美和子に駆け寄る。続いて伊丹も姿を現わした。ふたりの刑事の姿を見た黒岩が震え上がった。

「なんなんだよ、あんたたち。ぼくを監視していたのか？」

「たまたま通りかかったんだよ」

伊丹がごまかそうとしたが、通じるはずもない。

「嘘つけ。そんなにぼくを犯人にしたいのか。冗談じゃないぞ！」

黒岩が人目もはばからずに叫んだ。


一旦ばれてしまった以上、隠れて張り込みをする意味もない。むしろ姿を見せたほうが、黒岩を心理的に追いつめやすいかもしれない。作戦を変更した薫と伊丹は、黒岩のアパートの前で堂々と姿をさらしていた。効果は少なからずあるようで、時折、黒岩がカーテンの陰から外のようすをうかがっているのが見えた。刑事を気にしているのだ。ただし、ふたりの刑事が力を合わせているかというと、必ずしもそうではなかった。

先ほどからずっと口論が続いていた。

「てめえ、デカには向いてねえよ。とっとと故郷《くに》へ帰れ」

伊丹が失態を責めると、薫が弁明する。

「うるせえな。何度も言うな。おまえだって彼女があんな目に遭ったら、黙っていられるはずないって！」

「てめえと一緒にすんな！　俺には彼女なんかいねえんだよ」

「だよね。リサ先生、捕まっちゃったしな」

外で刑事たちがそんなつまらぬ言い合いをしているとは知らず、黒岩は部屋の中で脅えていた。考えた末に、武藤かおりに助けを求めた。

「先生、刑事たちが監視してるんだよ。これって違法だよね。どうしたらいい？」

――あなたが無実なら、なにも恐れる必要ないでしょう？　放っておけば、そのうちあきらめるわよ。

受話器の向こうから、女性弁護士の冷めた声が返ってきた。

「訴えたいんだけど、できるかな？」

――やめておきなさい。お金と時間の無駄よ。

「先生、ぼくの味方じゃないのかよ？」

――心配しているわ。そうそう、肋のけがの調子はどう？

「もういいよ。自分でなんとかする」

腹立ちまぎれに、黒岩は受話器を叩きつけた。

四

その夜、五件目の覆面強盗事件が発生した。警察無線でその速報を知った薫と伊丹は、激しくうろたえた。黒岩の部屋には明かりがついているし、アパートから出て行っていないことはふたりが一番よく知っていたからだ。

「どういうことだ？」

「逃げやがったのか！」

ふたりが黒岩の部屋に駆けつけようとする手間は、向こうが率先して省いてくれた。黒岩繁はアパートの窓を開け放ち、これ見よがしに伸びをしてみせたのである。

犯行現場には右京が急行していた。

所轄署の刑事が、被害者の女性に事情聴取を行なっている。興奮した口調で被害者が説明していた。

「いきなりここから現われて、ガムテープで口をふさがれて、身体を縛るみたいにされて倒されて、バッグを盗られました」

被害者はまだ服にガムテープをつけたままだった。テープに目をやりながら証言を聞いていた右京には、気になった部分があった。

「目隠しはされませんでしたか？」

「目隠しですか？」被害者が不思議そうな顔になった。「いいえ」

そこへ薫と伊丹が遅ればせながらやってきた。

「右京さん！　間違いなくモンスター強盗なんですか？」

「そのようですねえ」

薫の質問に右京が落ち着き払って答えると、伊丹が毒づいた。

「くそっ、犯人は別人かよ！」

「黒岩はずっと部屋にいました」

薫の報告を聞き、右京が伊丹に確認する。

「張り込みがばれたそうですね？」

「ええ、どこかのマヌケのおかげでね！」

「あなたがついていて、だらしない」右京は伊丹に一発皮肉をかますと、「しかし、どうやらこれで謎が解けました。あなた方の張り込みも決して無駄ではなかったようですよ。特にばれてしまったことが功を奏した」

上司の謎めいた発言の真意を探ろうと、薫が質問する。

「えっ？　いったいどういう意味なんですか」

右京はさらに秘密めかして答えた。

「今回の犯行は右巻きでした」

「は？」

「え？」

薫と伊丹は特命係の変わり者の警部に完全に煙《けむ》に巻かれてしまっていた。


武藤かおりは黒岩繁を自分の弁護士事務所のある丸の内へ呼び出した。この街は昼と夜とでは表情が一変する。昼間の喧騒が嘘のように人通りの絶えたオフィスビル街の一角で、ふたりは落ち合った。

「どういう心境の変化ですか？」

呼び出された黒岩が弁護士に確認する。

「よく考えたらね、これ以上追及されるのは、わたしにとっても迷惑だから」

かおりの発言の意味が黒岩には伝わらない。

「え？」

「確かに無罪は確定したわ。けれど、もし新事実が出てきたら、警察は手を出さなくても、マスコミの餌食になる。そうなるとわたしの名誉にも傷がつく」かおりが黒岩のほうを向き直った。「訴えましょう。訴えて、つまらない詮索をやめさせましょう」

　黒岩がむくれた。

「なんだか、ぼくが犯人みたいな言い方ですよね」

　かおりが嫣然《えんぜん》と微笑む。

「だって、犯人なんでしょ、あなた？」

　不意をつかれた黒岩は一瞬ことばを返せなかった。しかし、すぐに気持ちを立て直して言い返した。

「怒りますよ。いくら先生だからって、そういうこと言うと」

　女性弁護士はたじろがなかった。

「ねえ、そのけがなんだけど、本当は被害者から蹴飛ばされたんでしょ？　警察に連れて行かれる前に、実は肋骨にヒビが入っていた。そうでしょ？」

「まさか」

「警察もそのことに気がついたのよ！」

　かおりが一転して怖い顔になった。すると、これまで余裕を見せていた黒岩の顔色がさっと変わった。

「早く手を打たないと大変なことになるわ。もし、へまをしたらマスコミから袋叩き。それでもいいの？　わたしは嫌よ」

かおりがひと言繰り出すたびに、黒岩の動揺が募っていく。

「もちろん、あなたが本当に犯人じゃないのなら、いいの。わたしの取り越し苦労なら幸いよ。でもね、もし身に覚えがあるのなら訴えましょう！　お互いのために」

黒岩はいまや目に見えておどおどしていた。視線がふらつき、定まっていない。

「どうするの？　訴える？　それとも放っておくの？」

女性弁護士が問い詰める。黒岩は頭を抱えた。

「はっきりしなさい！　ぐずぐずしていたら共倒れよ！」

ついに、黒岩がぼそっと言った。

「……訴えるよ」

詰問調だったかおりのことばにふと、寂しさが交じる。

「そう……訴えるんだ、やっぱり」

「先生が言ったとおり、ぼくがやったんだよ」

開き直った犯行声明を弁護士は悲しい気持ちで聞いた。

「ありがとう。これですっきりしたわ」

悔しさを噛みしめながら、かおりは急ぎ足で去っていく。弁護士の背中に黒岩が大声で呼びかけた。

「なんだよ、いったい。ぼくの無罪は確定してるんだから、いまさら関係ねえだろう？」

ビル街に黒岩の声がむなしくこだました。その余韻が消えきらぬうちに、後方から靴音が迫ってきた。

「ただし、それは過去四件の強盗についてです」

ビルの陰から出てきた右京がはっきりと言った。罠にかかったことを瞬時に理解した犯人が青ざめ、叫んだ。

「おい、どういうことなんだよ！」

振り向かずに立ち去る弁護士と入れ替わりに、前方から薫が姿を現わした。

「ゆっくりと五件目について話そうぜ」

「五件目？」

黒岩がとぼけると、右京が背後から近寄ってきた。

「さっき起こったモンスター強盗です。我々はその件で来ました」

「ぼくがやったって言うのか、ばかばかしい。ぼくはやってないぞ。あんた、証明できるだろう？」

前から迫ってくる薫を、黒岩が指差した。

「ああ、できるよ」と、薫。

「ほらみろ」

「もちろん、今夜のモンスター強盗の犯人はあなたではありません。やったのは、あなたの相棒でしょうね」

からくりがばれ、たちまち頬が強張った黒岩を、右京が告発する。

「つまり、あなたは教唆犯。五件目については、強盗教唆ですよ。罪は実行犯と一緒ですがね」

右京がにやりと笑うと、薫があとを続けた。

「潔白を証明するつもりで五件目やらかしたんだろうけど、泡食ってやるから、ぼろ出すんだぞ」

「なんの話だか……」

懸命に虚勢を張る黒岩に、右京が嚙み砕いて推理を語る。

「なぜ怪物のマスクを被って強盗をするのか、普通に考えれば顔を隠すためです。それは間違いありません。しかし、顔を隠したい真の理由は、単独犯ではなかったから。あなたには共犯者がいたわけですね。マスクを被れば、あなたも共犯者も同じフランケンシュタインになれる。そのためのマスクだった」

黒岩の挙動がおかしくなった。呼吸が荒くなり、さかんに唾を飲み込んでいる。

「手口はこうです。あなた方はスリの要領で犯行を重ねた。片方がマスクを被って女性を襲い、バッグを奪うと、待ち構えていたもう片方がそれを受け取って、いち早くその場を離れた。だからこそ、被害者の目をふさぐ必要があった。そうしないと、複数犯だという事実がばれてしまいますからね」

黒岩がその場から逃げ出そうとしたが、無駄な抵抗だった。薫が前に立ちふさがり、行く手を遮った。違法行為を犯さないように、手は出さない。

「あなた方は交互にフランケンシュタインの役を演じたんじゃないですか？」

「わけのわからないことを言うな」

荒い息をつきながら、黒岩がなんとか言い返した。

「ガムテープの巻き方が逆なんですよ。あなた方は必ず被害者の背後に回ってガムテープを巻きました。ところが、利き腕が違うために巻き方が逆になってしまった。相棒は右巻き、あなたは左巻きです。あなたの利き腕は左ですよね？」

「それは間違いないよな」薫が自信を持って言った。「美和子に左手で水をかけるのを、俺はこの目でしっかり見てるぞ」

「だからって……だからって、今夜の強盗をぼくが指図したって言えるのか？」

黒岩が必死に言い返すと、右京が質問した。

「今夜に限って被害者の目をふさがなかったのはなぜだと思いますか？」

「知らないよ、そんなこと」

「モンスター強盗だということを、はっきり印象づけるためですよ。怪物のマスクをしっかり被害者に見せつけ、間違いなく五件目のモンスター強盗だと強調したかった。あなたのアリバイはこっちの相棒、亀山くんが証明してくれますからね」

「そっちの相棒に連絡して、単独でやらせたんだろ?」最後に薫が引導を渡した。「白状しろよ。その野郎が捕まるのなんか、時間の問題だぞ」

「弁護士に……相談したい……」

黒岩が奥の手を出した。

「もちろんあなたにはその権利がありますよ。どなたに頼みますか?」

「あなた、ばかだわ!」

刑事の告発をずっと隠れて聞いていた武藤かおりが姿を現わした。

「せっかく自由の身のままで罪を償うチャンスを、ふいにしたんだもの。わかってる? あなたが刑務所行きを免れたのは、たまたま警察がへまをしてくれたおかげなの。刑務所に行かなくても罪は償える。自分のやったことを反省して、しっかり悔いることはできるわ。なのに、あなたはそうしなかった」

かおりはここで黒岩に精いっぱい訴えかけた。

「いつでも弁護は引き受けるわ。あなたの最低限の利益は守ってあげる。だから、今度は本当のことを話してちょうだい」

かおりの気持ちがようやく黒岩の心の深い部分まで届いたようだった。弁護士にひとつ深々と礼をすると、薫の任意同行の求めに応じた。

かおりは右京になにかを言おうとしたが、簡単にはことばがまとまらないようだった。

「黒岩繁はいい弁護士に巡り会いましたねえ」

かおりの気持ちを受け止めた右京は一礼し、相棒のあとを追った。

第八話
「最後の灯り」

一

亀山薫は記憶を探っていた。

気がついたら、道路の脇に倒れていた。全身に打撲のような鈍い痛みがあるし、ところどころ出血もある。幸い、どれもたいしたけがではないようだった。薫はそろそろ立ち上がった。

ここはどこなのだろう？　目に入るのは一面の砂浜と一本の道路だけ。潮風が鼻をくすぐるので、海のそばの砂浜だということは、とりあえずわかる。

でも、どうしてこんなところにいるんだろう？　そうだ、事件の捜査を行なっていたのだ。映画監督が死亡した事件の。あれは、確か、美和子が取材に行ったときに……。

奥寺美和子は映画監督の仲瀬古《なかせこ》永次を取材していた。昨年公開された話題作『チャイルドハンター』を模倣したと思われる、子どもたちによるネット犯罪が大きな社会問題になりつつあった。その件について、実作者の率直な考えを聞き、記事としてまとめたいと考えたのだ。先月出版したばかりの自伝も売れ行き好調で、仲瀬古永次は、いまや時の人だった。

ヒット作の続編『チャイルドハンターⅡ』の撮影ために、スタッフは全員撮影所にいた。そのため、取材は撮影所のスタッフルームで行なわれていた。家具や調度の少ない殺風景な部屋だった。部屋の中にあるものといえば、応接用のテーブルとソファ、事務机と数脚の椅子、小型冷蔵庫とその上に置かれたコーヒーメーカーくらいのものである。

特筆すべきは小型の電気カーペットくらいだろうか。冷え性の映画監督は、いまも電気カーペットの上で靴下だけになり、指定席のソファにふんぞりかえってインタビューに応じている。テーブルの上に置かれた美和子のボイスレコーダーは、このインタビューのようすを記録しているはずだが、ここまでのところ大きな働きをしていない。気難しい監督がへそを曲げて、あまりしゃべってくれないのだ。

いまも忘れ物を取りに部屋に入ってきたスタッフに気を取られ、取材中であることを忘れているように見受けられた。

「監督、わたしはあの映画、怖いと思いました。インターネットで知り合った子どもたちが、顔も名前もわからない相手を鬼ごっこのターゲットにするという設定が、です。見つけたら殺していいなんて、ちょっとやりすぎじゃないでしょうか」

美和子があえて挑発するように、自分の感想を述べた。巨匠の口を開かせるための作戦である。

「そういうゲームの話なんだよ。架空のね」

「あの映画の公開後、子どもがネット仲間に狙われるという事件が三件も続いています。どう思われます？」

「だから？　それを予測して表現の自由を捨てるべきだったとでも？」

仲瀬古が少しむっとして言い返した。いい感触だ、と美和子は思う。もう少しつついて、本音を聞き出してやろう。

「表現する者の責任はお考えにならなかったんですか？」

「ばかばかしい」映画監督が吐き捨てた。「おい、コーヒーをくれ！」

「あ、わたしがやります」

憤った仲瀬古の要求に、部屋にいたスタッフの誰かが応えた。すぐに、コーヒーが届けられる。監督には専用のマグカップが使われ、美和子は来客用のプラスティックのカップだった。

美和子が次の監督のことばを待っていると、とんだハプニングが起こった。スタッフがコーヒーをこぼしてしまったのだ。ほかのスタッフも慌てて駆け寄り、「すみません」「大丈夫ですか？」と、テーブルや床にこぼれたコーヒーを拭き取っている。騒ぎが一段落したところで、美和子がもう一度仕切り直す。

「監督いかがでしょう？　あの映画の暴力描写が社会に与えた影響について、なにかコメントをお願いします」

「あれは観る側の問題だよ。たった一本の映画が与える影響なんてたかがしれている。それよりも親や社会の問題のほうがはるかに大きいんじゃないのかね。私はこの映画を親子で観てほしいとすら思っている」

口ぶりから、仲瀬古はこの問題について、これ以上はあまり語りたくないみたいだった。美和子はあきらめて次のテーマに移った。ようやくスムーズにインタビューが進みはじめたと思ったのもつかの間、またしてもハプニングに見舞われた。

今度は停電である。美和子は運の悪さに呆れたが、このあとさらに大きなハプニングが待っていようとは、予想だにしなかった。

……停電中の仲瀬古監督の突然死。

思い出した。美和子の取材中に仲瀬古監督が死亡した。その変死事件を右京と一緒に調べていたのだ。

そういえば、と薫は気づく。右京はどうしたのだろう。薫の足が自然に海のほうへ向かう。重い足取りで砂浜をしばらく歩いたところで、捜していた人物を見つけた。右京は砂浜に座って、ぼうっと海を見ていた。

杉下右京は海を見ていた。

意識を取り戻したときには、道路際にいた。全身傷だらけで、あろうことか眼鏡の右側のレンズにはひびが入っている。足も痛めたらしく、立ち上がるのさえつらい。すぐに所持品を検《あらた》めた。財布も携帯電話もなくなっている。気落ちしそうになるのを、どうにか堪える。なんとか海の見える場所まで自力で移動して、必死に思い出していた。なぜこんな事態になったのだろう？

映画監督の変死事件を調べるために、撮影所へ行った。そこで、奥寺美和子が録音したボイスレコーダーを聞いていた……。

——きゃ、なに？

——停電です。

——懐中電灯はある？

——いま、ブレーカーを上げますから。

——カチャ。

「いまのがブレーカーを入れる音です」

美和子が言うと、実際にその行為を行なったスクリプターの須磨玲子がうなずいた。

「ということは、十秒間ですね」

録音内容を聞きながら時間を計っていた右京が言うと、薫が口をとがらせた。

「しかし、十秒間で窒息死なんて考えられませんよ」

仲瀬古監督に外傷はなく、窒息死ではないかという見解が、監察医からもたらされていたのである。

……窒息死。

右京が回想する。窒息死の所見から、毒殺が疑われた。事件発生当時、現場のスタッフルームにいた須磨玲子に疑いがかかったのだ。玲子には仲瀬古監督を恨む理由があった。ひとり息子が、ネットで知り合った知人から襲われて、入院中だったのだ。『チャイルドハンター』の模倣犯だった。

さらに、玲子には機会もあった。監督に出したコーヒーは彼女が注いだものだったのだ。その中に毒物を混入させることは容易だった。

しかし、遺体から毒物は検出されなかった。そのため捜査一課は、仲瀬古監督の突然死を原因不明の病死として早々に処理したのだった。

だが、右京は別の見解を持っていた。窒息死する病気には、心筋梗塞や呼吸器系の疾患などが考えられる。ということは……。

「角田《かくた》課長に頼んで、京都府警から送ってもらいましたよ」ファックス用紙を持った薫が得意げに言った。「この前の下着泥棒の裏づけ捜査をダシに使ったら、課長もしぶしぶ協力してくれました。でも、右京さん、角田課長のお兄さんが京都府警にいるなんて、よく知ってましたね」

「なに、課長はよくこの部屋で雑談していかれますから。じゃあ、さっそくその資料を見てみましょう」

ファックスで送られてきたのは、一年前に京都で起こった事件の捜査資料だった。風呂場で窒息死したという奇妙な事件を右京が覚えており、角田六郎の兄を通じて入手したものだった。

薫がファックスの文面を読み上げる。

「えっと、死因は『電源の入ったドライヤーが湯船に落ちたことによる感電死』。感電死だったんですね？」

「つまり窒息死と感電死はそれほど判断が難しいということですよ」

右京の解説を聞いた薫はさらに先を読んだ。

「なるほど。『落雷などの直流電流を浴びた場合は、皮膚に電流斑という線状のあざが出るので、すぐ感電死だと判断できる。しかし、家庭電気で使われる交流電流の場合は、その電流斑が出ないことが多いため、検死の段階で誤認したものと思われる』だそうです」

「仲瀬古監督は感電死の可能性もありますね」

右京は言ったが、薫が異を唱えた。

「でも停電だったんですよ。どうやって感電するんですか。それにあの部屋、めぼしい電気製品もなかったように思うんですけど」

「実際に行って、確かめましょう」

ふたりが到着したときには、すでに現場保存が解かれたあとだった。備え付けの備品以外は持ち去られており、がらんとした空き部屋になっていた。

「これじゃあ、なんにもわかりませんね」

薫が不満をもらすと、右京がにやりと笑って、スーツの内ポケットからなにかを引っ張り出した。鑑識の現場写真のコピーだった。親しくしている鑑識課の米沢守あたりから内緒で入手したものだろう。写真を見ながら薫が確認する。

「電気製品は、冷蔵庫とコーヒーメーカー、それに机の上にあったラジカセ、椅子の下に電気カーペット……このくらいしか見当たりませんね」

「でも、変ですね。この部屋は土足なのに、なぜカーペットなんかあったんでしょう」


……そう、カーペットが問題だった。

かかっていた靄が少しずつ晴れるように、右京の記憶がだんだんと鮮明になってきた。

そのとき、右京を呼ぶ声がした。亀山薫だった。薫が覚束《おぼつか》ない足取りで砂浜をこちらへ歩いてくる。顔を何カ所かけがしており、乾いた血がこびりついていた。どうやら相棒も自分と同じ目に遭ったらしい。

「右京さん、大丈夫ですか？　せっかくのスーツもコートもぼろぼろですね」

「そう言うきみも服が汚れてますよ」

「俺のはもともと汚れてても問題ないですから。それよりも、なにが起こったんでしたっけ？　少しずつ思い出してはいるんですが」

「ぼくもいま考えていました。我々は電気カーペットを捜していたのではないですか？」

「そうだ。あのカーペット、なんて言いましたっけ、あの記録係の女性」

「スクリプターの須磨玲子さん」

「そうそう、足腰が冷えて困る仲瀬古監督のために、彼女がプレゼントしたものでした。監督はいつもその上で靴を脱いで、愛用していました。ところが、監督が亡くなったので、スタッフの人がいらないと勘違いして、捨ててしまっていましたよね……」

撮影所の粗大ごみ置き場には、電気カーペットは捨てられていなかった。玲子が持ち帰ったのだろうと推測した右京と薫は、玲子を捜して撮影所内を歩き回った。助監督、編集担当、音声担当、照明担当……いろんなスタッフに、玲子の居所を尋ねて歩いたが、結局見つけることはできなかった。

ところが、偶然話しかけた清掃員の女性が、有力な情報を提供してくれた。粗大ごみの回収日は毎月第二、第四水曜日の朝だというのだ。その日はまさに第四水曜日だった。

つまり、朝のうちに清掃業者によって回収された可能性が高いことが判明したのだ。

あきらめきれないふたりは粗大ごみが持ち込まれるという、ごみ受付センターまで出かけた。カーペットがまとめて保管されているという倉庫では、それらしい電気カーペットは見当たらなかった。

ところが、廃品を買い取って商売にするリサイクル業者のトラックがあった。ドライバーが不在で、荷台は開けっ放しのままだった。念のために無断で調べさせてもらっていると、それらしいカーペットが見つかったのである。それを調べているとき……。

……あっ。薫はすっかり記憶が戻っていた。

「あのときスタンガンでやられたんですよ！」

右京もすべて思い出したみたいだった。

「そのようですねえ。トラックでここまで運ばれ、捨てられた。そのままひと晩、ここで気を失っていたのでしょう」

「あーっ、思い出したら、だんだん腹が立ってきた。クッソー！」

薫が砂を思いきり蹴飛ばした。本部に連絡しようにも、携帯電話は抜き取られていた。右京も同様に持ち逃げされたようだった。

「しかたない。歩いて、人家のある場所まで行きましょう」

「行ってらっしゃい」

右京が砂地に腰をおろしたまま言った。

「なんで、俺ひとりなんですか？」

「足をけがしていて、足手まといになりそうです」

薫はしばし考えてしゃがみ、上司に背中を差し出した。

「なんのつもりですか？」

「おんぶに決まってるじゃないですか！」

最初は抵抗していた右京も、頑固な部下に折れて、背中につかまった。

「あれっ、意外と軽いっすね、右京さん」

そのまま立ち上がった薫が言うと、右京が照れを隠す。

「こんなことになるとは思いませんでした」

「ホントですよ。こんなひどい目に遭うなんてねえ」

「まさか、きみに背負われる日が来るなんて」

薫は背中に右京の体重を感じながら、

「それにしても、ここどこなんでしょう?」

「どこなんでしょうねえ」

四十分後、ようやく一軒の人家が見えてきた。

二

開店前の小料理屋〈花の里〉に奥寺美和子は来ていた。女将の宮部たまきが料理の仕込みを行なっている。

「ふたりとも今日は無断欠勤だそうですよ。携帯電話もつながらないし、どこでなにやってるんだろう、まったく」

美和子が息巻くのを、たまきは「あ、そう」と受け流した。

「たまきさんは気にならないんですか、右京さんのこと」

「そうねえ」

たまきは仕込みの手を休めようともせず、張り合いのないことはなはだしい。美和子が呆れていると、相変わらず目は筑前煮に落としたままで、たまきが元の夫の口まねをした。

「『ぼくのことは心配しないでください』右京さんね、いつもこう言ってたから」

「そう言われても」

「無理よね？」

「無理です」

「わたしもそう言ったら、『ぼくのことを思ってくれるのなら、なるべく心配しないでください』って。だからね、心配しないことにしたの」

声のトーンも口調も決して似ているわけではないが、それでも右京の口ぶりそっくりに聞こえる。ふたりの信頼の深さを知って、美和子はちょっと妬けた。

「変わった夫婦だったんですね」

「変わってたけど、楽しかった」

ずっと訊きたいと思っていた疑問をぶつけるチャンスがきた。

「なのに、どうして？」

「楽しいだけじゃだめなのよね、夫婦は」

まだまだこのふたりのことは全然わからない、と美和子は思った。

生活安全部薬物対策課の電話が鳴った。刑事の大木がそれを取った。

「課長、電話です。特命係のふたりから」

「あの無断欠勤コンビか！　寄越せ」

でください。


角田が受話器を取り上げると、亀山薫の声が聞こえてきた。

——とりあえず無事です。詳しいことは帰ってから報告しますから、心配はなさらないでください。


「そう。じゃ、気をつけて帰ってきてね」

受話器を置いてから、角田はふたりの上司ではないことを思い出した。

最寄りの交番で金を借りたふたりが警視庁に帰り着いたのは、もうすっかり日が暮れてからだった。角田課長への報告は薫に任せ、右京は鑑識課に顔を出した。

目当ての米沢守は、都合よくひとりで作業をしているところだった。

「あれ、いったいどうしたんですか?」

米沢は右京の眼鏡のレンズが割れているのが気になるらしく、黒縁眼鏡をかけた丸顔を近づけて、至近距離からなめるように観察した。

「ぼくもそれを知りたくて、お邪魔しました」右京は内ポケットから現場写真のコピーを取り出し、「この電気カーペットで人を感電死させることはできますか?」

「突然来て、いきなりの質問ですね」

米沢が軽い抗議口調でもっともな言い分を述べると、右京は軽く冗談めかして相手を納得させた。

「いつものことじゃないですか」

電気カーペットの写真をじっくり吟味した米沢は、

「この型の電気カーペットの場合、サーモスタットを外して、電気が流れる部分を露出させれば……」

「感電死させるほどの電流が流れる可能性が？」

「理論上はそう言えます。でも、実際は無理だと思いますよ。このカーペット、表面のじゅうたん生地がかなり厚いんですよ」

米沢が生地の見本をキャビネットから取り出すのを見て、右京はこの優秀な鑑識員が言わんとすることがわかった。

「電気抵抗ですか」

「はい。もし、大量の電流が流れても、じゅうたんが抵抗になって、ちょっとしびれる程度ですかね」

「感電死することはない？」

「この手のものは、何重にも安全策が取られてますから」

「そうでしょうね。どうやっても無理ですか？」

「うーん……この生地の場合、水に濡らせば電気抵抗はゼロに近づきますから、そうすれば……」

米沢が言いよどむ。それでも、右京は天啓を得たようだった。

「では、細工をしたうえで、カーペットを濡らせばいいじゃないですか！」

「ええ。でも毛足が長いので、濡れていればすぐに気づかれてしまいますよ」

三

翌朝、職場に出てきたふたりの刑事のよそおいは対照的だった。

杉下右京のほうは、いつものように三つボタンのスーツをきちんと着込み、胸ポケットからはチーフをのぞかせている。メタルフレームの眼鏡も今日は予備のものをかけているので、昨日とは別人のようにしゃっきりして見える。足もまだ痛いはずだが、右足をほんの少し引きずる程度なので、知らなければ、けがしているとは気がつかないだろう。

一方の亀山薫は、くたびれたTシャツの上からフライトジャケットを羽織り、アースカラーのワークパンツを穿いている。これはこれで、薫のいつものスタイルなのだが、額や頬に貼られた絆創膏との相乗効果なのか、妙に痛々しく見える。

この日の特命係の小部屋にはふたり以外にゲストがいた。奥寺美和子だ。仲瀬古監督の死の直前まで取材をしていた彼女は、そのインタビューの一部始終をボイスレコーダーで録音していた。この音源がなにか捜査の参考になるかもしれないと、薫が連れてきたのだ。

三人は押し黙って、いまは亡き映画監督の肉声に耳を傾けていた。

――ばかばかしい。おい、コーヒーをくれ！

――あ、わたしがやります。

「いまのは須磨さんの声ですね」と、右京。

「はい、スクリプターさんです。彼女がコーヒーを注いでくれたんです」と、美和子。

――ガチャン。

「ちょっと、止めて。いまのは？」

薫が質問すると、美和子が説明する。

「スタッフがコーヒーをこぼしちゃったんですよ」

「コーヒーをこぼした？」右京の目が輝く。「こぼしたのは須磨さんですか？」

美和子が天井を見上げて考えた。

「いや、違う人です。須磨さんが注いだコーヒーを持ってきたのは、男のスタッフの人だった。確か忘れ物を取りに来た人で……このあと、監督が名前を呼んだような気がする」

「じゃあ、聞いてみましょう」

――うわっ、熱っ！

――すみません。

――大丈夫ですか？

――おいこら、でんしょく。

ここで薫がまた再生を止めた。

「でんしょく？　これが名前？」

当惑顔になった薫に右京が説明する。

「いやこれは名前ではなく、電気関係の飾り付けを行なう人のことでしょう。だから、電飾。こういうところでは、人を職業で呼んだりしますからね」ここで右京は美和子に向かって、「この前に、『すみません』と謝っているのが、その方ですね？」

「はい、そうです」

「コーヒーはどのようにこぼれたんですか？」

「どのようにって……その電飾さんの手から監督のマグカップが落ちて、カーペットを濡らしました。監督の足にもかかったんじゃないかな」

「監督は靴脱いでたんだよね？」と、薫。「熱かっただろうな」

「そのあとはどうなりました？」

ボイスレコーダーを再生する。しばらくは無言で、くぐもった音がする。

「須磨さんや、その電飾の方が、カーペットにこぼれたコーヒーを拭き取っている音だと思います」

美和子が説明を加えていると、監督の声が聞こえてきた。

——おまえは次の仕事があるだろう。もういいから、行け。

——はい。すみません。

——監督いかがでしょう？　あの映画の暴力描写が……

自分の声が聞こえてきたところで、美和子はボイスレコーダーを止めた。

「監督が、おまえはもう行け、と言っている相手が電飾さんですね」

「はい、そうです。監督に謝って、部屋から出て行きました」

「亀山くん、この電飾さんの声に聞き覚えがないですか？」

「え？」

「須磨さんを捜していろいろなスタッフの方を訪ねたときに、ぼくたちも会っているかもしれません」

「そうでしたっけ？」

「いずれにしても、いくつか疑問が出てきました」

右京が思わせぶりにつぶやいた。

ふたりの刑事は、再度撮影所に向かっていた。

途上の車中で、薫が右京に質問した。

「さっき言っていた、疑問ってなんですか？」

「監督の電気カーペットには、コーヒーがこぼれました。すぐに拭き取ったという話でしたが、コーヒーだったら少しは染みも残るでしょう。事実、現場写真を詳しく見てみると、かすかですが、茶色く変色している部分がありました。しかし」

薫にもようやく右京の疑問が理解できた。

「あ、俺らが調べていたあのトラックで見つけたカーペット、古くはなっていましたが、染みはありませんでした」

「そうなんですよ」

「だとすると、あれは監督のカーペットではなかったってことになりますね。あれ、どこのだったんでしょう？」

「さあ、どこのでしょう。監督のカーペットはスタッフルームでは確認されていますが、粗大ごみ受付センターでは見つかっていません。だとすると、撮影所内の粗大ごみ置き場で入れ替わった可能性が高い。そう思いませんか？」

「やっぱりスクリプターの須磨さんなんでしょうか。彼女が回収して、他のカーペットを捨てたとしたら、つじつまが合います。プレゼントした彼女なら、細工するのも簡単だったはずでしょ。最初の読みどおり、彼女が犯人だったんじゃないですか？」

薫が自分の推理を雄弁に語った。

撮影所に着いたところで、右京が薫に提案した。

「きみは須磨さんを捜して、話を訊いておいていただけますか。ぼくはちょっと他の用事を済ませてきます」

そう言うと、薫の返事も待たずにすたすたと去っていく。相変わらずの変わり者だな、と薫は笑った。

今回は、須磨玲子はすぐに見つかった。仲瀬古監督が急逝したあと、チーフ助監督を監督代理に立てて、『チャイルドハンターⅡ』の撮影が再開されていたのだ。スクリプターの玲子は助監督とともに、撮影に立ち会っていた。

薫は玲子を呼び出し、自分の推理をぶつけた。薫から一方的な糾弾を受け、玲子は困惑した表情になった。

「なぜ、わたしが仲瀬古監督を殺すようなまねをしなければならないんですか？」

「息子さんのことは捜査一課から聞きました。監督の映画の模倣犯のせいで、いまも息子さんは病院なんでしょう。それは十分な動機になるんじゃないですか？」

玲子の感情が、困惑から怒りへと変わる。

「前の刑事さんたちにもお話ししましたけど、わたしは職人として、あの映画に誇りを持っています。息子を襲った子どもたちには、できればもう一度映画を観てほしいとすら思っています。そんなわたしが、監督を手にかけたっておっしゃるつもりですか！」

思わぬ反論に遭って、薫はうろたえた。それでも果敢に攻める。

「あなたは監督にプレゼントした電気カーペットになんらかの細工をしたんじゃないですか？　それがばれないように犯行後にはそっと回収した。違いますか？」

もはや怒りを通り越して、哀れむような顔で玲子が見つめている。

「そんなに疑うならば、わたしの自宅なりどこなり、お調べになったらいいです。だいたい、わたしはスクリプターなので、台本どおりに撮影が進んでいるかの管理はできても、電気の専門知識なんかありませんよ。どこをどう改造したら、電気カーペットで感電させられるんでしょうか。教えてください」

薫がことばにつまる。具体的にはどうやったら感電させることが可能なのか、まだその方法を知らないのだった。薫が立ち尽くす間に、玲子は仕事に戻っていった。

「亀山くん、どうしたのですか？」

後方から聞きなれた上司の声がした。

「右京さん」

振り返った薫は、右京が抱えているものを見て、驚いた。

「え、そのカーペット、もしかして？」

右京が端のほうを広げて、コーヒーの染みを見せた。

「はい。須磨さんが仲瀬古監督にプレゼントした電気カーペットです。ここも見てください」

今度は、カーペットのじゅうたん生地の部分と裏地の部分を引き裂き、中が見えるようにして掲げた。

「導線が露出しています。犯人はこういう細工を、このカーペットに対して行なったわけです」

「須磨さんからはきっぱり否定されてしまいました」

薫がしょげてみせると、右京は満足そうにうなずきながら、

「そうですか。まあ、スタッフルームに出入りできるスタッフならば、誰にでも細工するチャンスはあったでしょうからね」

それを最初に教えてくれ、という文句を薫は飲み込んで、

「ところで、どこにあったんですか?」

右京がいたずら小僧のような笑みを浮かべる。

「清掃事務所です。粗大ごみ置き場を一番よく目にするのは清掃員の方でしょう。それで試しに話をうかがってみると、なんと正解でした。あの朝、ごみ置き場でこのカーペットを見つけた清掃員の方が、まだ新しいこちらを拾い、代わりにそれまで使っていた

古いカーペットを捨てたわけですよ」

「そうだったんですか」薫が悔しがった。「わかってみると、拍子抜けですね」

「そうでもありませんよ。真犯人はこのカーペットをほしがっています。ぼくやきみをスタンガンで気絶させてまで、奪おうとしたわけですからね。ただし、犯人も我々と同様に、間違ったカーペットを追いかけていた。ですから、この本物を使えば……」

薫が上司のせりふを奪った。

「そっか、犯人をおびきだすことができる！」


その日の撮影が終わり、出演者やスタッフたちがスタジオからぞろぞろと出てきた。右京から頼みごとをされた助監督が、全員を押しとどめるようにして、大声を出した。

「皆さん、すみませーん。ちょっと待ってください！」

映画関係者がざわざわしながら立ち止まると、助監督が声を張り上げた。

「亡くなった仲瀬古監督がスタッフルームで使ってた電気カーペットなんですけど、それが捨てられていたので預かっている、と先ほど掃除のおばさんから連絡がありました。一応、仲瀬古監督の遺品ですので、ほしい人は今日中に清掃事務所まで連絡してください。お願いしまーす！」

四

その晩、東京湾の片隅で、一心不乱に穴を掘っている人物がいた。仲瀬古監督を死に追い込んだ犯人だった。犯人の足元には、清掃事務所から引き取ってきた電気カーペットが置かれている。

ようやく掘り終えた穴を満足そうに見おろした犯人は、剪定《せんてい》ばさみでカーペットを切り刻みはじめた。そして、小さくなったカーペットの切れ端を穴の中へ投げ入れる。

物陰から出てきた薫が、犯人に注意する。

「粗大ごみは適正な方法で処分しないといけませんよ」

隠れて見ていた右京も姿を現わした。

「やはり、あなたでしたか。前に一度、お会いしましたね」

犯人はもう言い逃れができないことをはっきりと自覚した。

「あんたたちが玲子ちゃんを捜しているときに……」

「あのとき、我々は迂闊にも須磨さんと一緒に電気カーペットを捜していると言ってしまった。それであなたはぼくたちを追いかけたのですね？」

犯人が静かにうなずく。

「バイクで粗大ごみ受付センターまでつけました。そしたら、あんたたちがトラックの荷台でカーペットを見つけたみたいだったから、思わず……」

「スタンガンで俺らを襲った。まいったなあ」薫が首に手を当て、顔をしかめた。「でも、なんでわざわざ俺たちをあんな遠くまで運んだの?」

「そんなつもりはなかった。カーペットを取り返そうと思って、荷台に上がったら、トラックが動き出して……」

犯人のことばの空白部分を右京が推理で補った。

「動き出したトラックから、あなたも逃げられなくなったんですね。仮に信号待ちでトラックが停まってても、人目のあるところで逃げ出すのは勇気がいりますから。結局、人気のないあの海岸まで行き、ぼくや亀山くんを落としたあと、自分も電気カーペットを持って、逃げ出した」

犯人は力なくうなずき、ぼそぼそと自供した。

「あとでカーペットを見て驚きました。いつの間にか別のものになっていたので……」

「あなたが細工した監督のカーペットは清掃員の方が回収したあとだったんですね。ぼくたちも気づきませんでした」

ここで右京が犯人の目を見た。

「殺害方法についてもわかっています。あなたは忘れ物をした、と言ってスタッフルームに戻り、そっと電気カーペットのプラグをコンセントから抜いた。そして、ミスしたふりをして監督の足とカーペットにコーヒーをかけた。そして、部屋を出るときにまたコンセントに差し込んだ。そういうことでしょう？」

犯人はうなずいたが、薫はまだ理解できていなかった。

「それと停電はどう関係するんです？」

「足が濡れてしまった監督は靴下を脱いで、足を拭くはずです。しばらくの間カーペットから足が離れる。一方で、コーヒーを吸い込んだカーペットは電気抵抗が小さくなる。すでに導線がむき出しになっていたので、カーペット全体に電流が通っています。そこへ監督が拭いていた足を下ろします。監督の体に一度に大量の電流が流れ、ブレーカーが落ちたのでしょう」右京は犯人のほうを向き、「あなたは部屋の外で待っていればよかった。停電すれば殺人装置が働いた、ということですから」

うなだれる犯人に、右京が訊く。

「あなたは仲瀬古監督のスタッフの中でも最古参だと聞きましたが？」

「三十年になります」

「そこでひとつ疑問が残るんです」右京が左手の人差し指を立てる。「あなたはなぜ監督に殺意を抱いたんですか？　そんなに長い間ともに仕事をしてきた仲間でしょう？」

犯人が薄笑いを浮かべた。そして、殺害の動機を語った。

「ひと月程前、仲瀬古監督が本を出版したお祝いを、監督と仕事をする機会が多いスタッフ一同で開きました。せっかくだから監督にサインしてもらおうという話になり、私も監督にサインしてもらいました。ところが、監督がそのとき言ったんです。『おまえ、名前なんて言ったっけ?』って」

犯人は自嘲するように笑った。そして、上着のポケットから、仲瀬古永次の自伝を引っ張り出した。

「三十年で十五本です。それだけ監督に信頼されてると思ってました。だからこそどんな無理も聞いてきました。条件のいい作品を断って、監督の作品についたことだって一度や二度じゃない。女房が死んだときだって、私は監督の現場を離れなかった。その結果がこれです」

犯人が自伝を開いた。そこに仲瀬古の自筆でサインが書かれていた。

《電飾へ》

「結局、監督は私のことなんかなんとも思ってなかったんですよ。私はどうでもいい存在だったんです」

「そうじゃない!」

突然薫が大声を出したので、犯人は電気ショックを受けたようにびくっとした。

「これを聞いてください。あなたがスタッフルームから去ったあとのインタビューの続きです」

美和子から借りてきたボイスレコーダーを薫が再生する。

——私はこの映画を親子で観てほしいとすら思っている。

——そうですか、わかりました……。では、話題を変えます。監督のスタッフについておうかがいします。中でも優秀なスタッフをひとり挙げるとしたら？

——特に素晴らしいのは電飾だね。

——電飾？

——さっきコーヒーをこぼしたあの男だよ。えーっと、名前なんて言ったっけな。ハハ。いつも現場で電飾って呼んでるからな。まあ、俺たちの間では名前なんか、どうでもいいんだよ。

——どうでもいい？

——ああ、俺は監督、玲子ちゃんは記録、そしてあいつは電飾。プロの人間ってのは職業名で呼ばれるものだよ。俺の出世作『戦友』もこの前の『チャイルドハンター』もあいつの電飾のおかげで成功したようなもの……

——きゃ、なに？

——停電です。

ここでボイスレコーダーの再生をストップした。

「仲瀬古監督の最後の肉声です。監督は最後まであなたを誇りに思っていたようです」

右京のことばを聞いて、犯人、猪野大《まさる》は泣き崩れた。
遠くに見える横浜の灯りが、まるで映画セットの電飾のように美しく輝いて見えた。

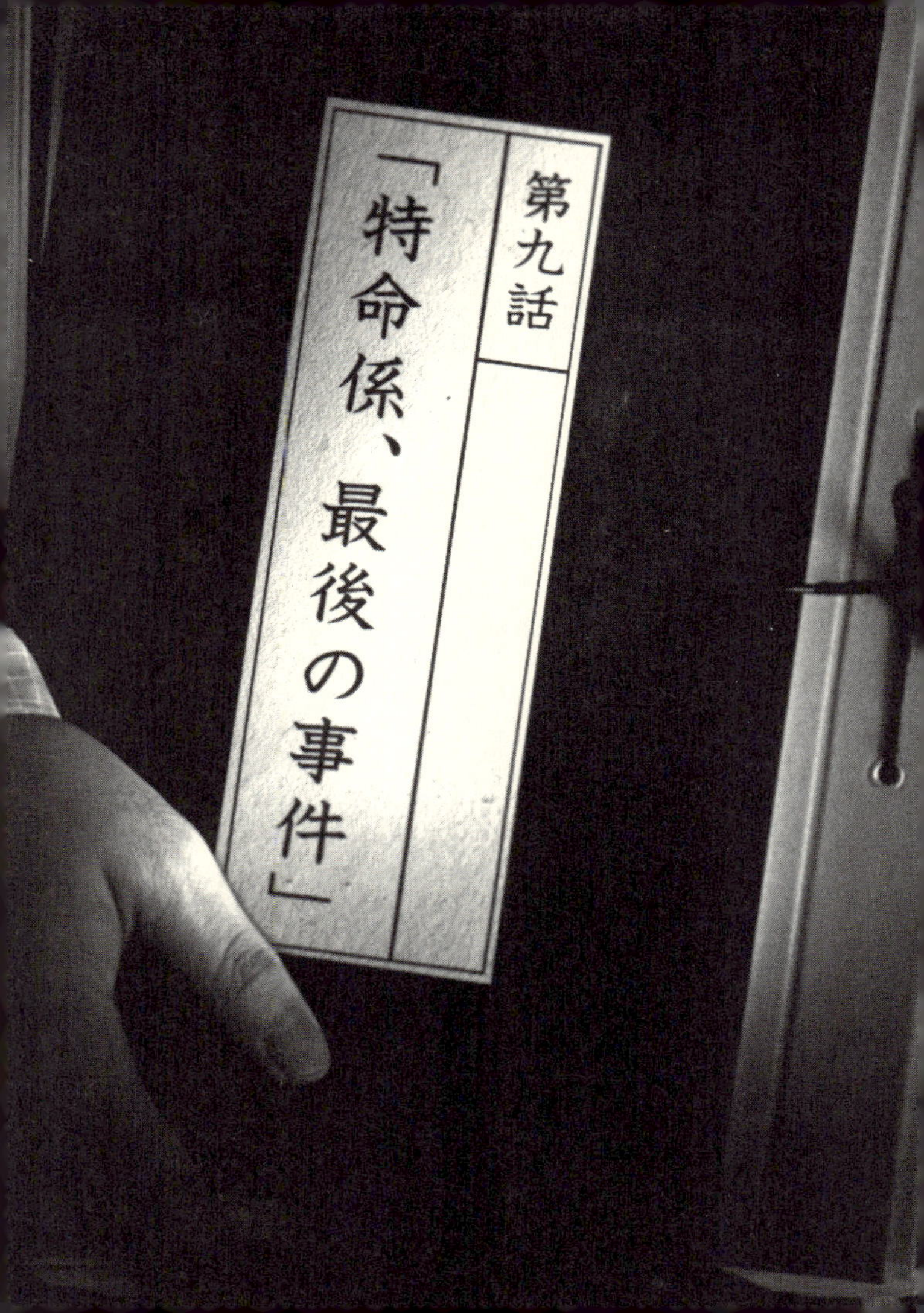
第九話
「特命係、最後の事件」

一

杉下右京が撃たれた。そのニュースは亀山薫を激しく取り乱させた。

薫に悲報をもたらしたのは奥寺美和子だった。新聞記者の美和子は耳が早い。霞が関の公園で警察官が狙撃されたというニュースをいち早く聞きつけた美和子は、ただちに現場に向かい、被害者が恋人の上司だと知ったのだった。そして、すぐに携帯電話で恋人、亀山薫に連絡したのだ。

いくら新聞記者が耳ざといといっても、本来ならば相棒の薫が誰よりも先に知っていなければならない重大事件である。それなのに、知るのが遅れたのには理由があった。数時間前、右京と薫は刑事部長の内村警視長に突然呼びつけられ、信じられない命令を受けたばかりであった。

「特命係は今週いっぱいで廃止にする！　杉下は警察庁へ戻れ。亀山は運転免許試験場に転任だ」

質問はいっさい許してもらえなかったので、なぜこういう事態になるのか理解できなかった。自分たちがなにか大きな失敗をした、ということであればあきらめもつく。しかし、これまでちゃんと事件を解決してきたし、犯罪者も捕まえてきた。つつく必要のないところまでついてしまい、上層部の不興を買ったことがあるのは否定しない。しかし、ふたりが行なったのは、腐敗した病巣を切除する外科手術のようなものだった。全身に病毒が回る前に勇気を持って処置したことは、褒められこそせよ、責められるべきではあるまい。なのに、なぜ特命係が解散に追い込まれねばならないのか？

廃止の裏にはもっと大きな力が働いている、と右京はほのめかした。それがいったいどのような力なのか、薫には想像することもできない。意味ありげな視線を残して右京は外出した。そして、いくらも経たないうちに撃たれたという。

右京が特命係の小部屋を出て行ってから、置き去りにされた薫の心は乱れに乱れた。どうしていまさら自分が運転免許試験場で事務仕事に精を出さねばならないのか。こんな理不尽な処遇に甘んじるくらいなら、いっそ辞表でも提出しようか。次々に心中から湧き出す不満を自分でも持て余し、警視庁を飛び出して、あてどもなくさまよっていたところだった。

気持ちが整理できないうえに、さらに頭を混乱させるような事件が起こってしまった。とにもかくにも、薫は右京が担ぎ込まれたという東京逓信《ていしん》病院へと急いだ。

杉下右京は朦朧とした意識の中で、ここ数時間のできごとを回想していた。

突然の異動命令の陰には、間違いなく警察庁長官官房室長の小野田公顕《こうけん》の力が働いている、と右京は見抜いた。だから、時を移さず面会に行ったのだ。警察庁の近くの公園で落ち合った小野田は、悪びれるようすもなく、今回の人事への関与を認めた。「おまえの力が必要になったから、強権を発動した」と。

小野田と組むのはこりごりだ、と思った。警察庁の大物も右京の気持ちは察していたようだ。それでもあえて強引に呼び戻したのは、十五年前の事件が関係しているからだ、と示唆された。緊急対策特命係が組織され、多大な人的損失を出して解散した、あの事件が。

「大きなヤマだぞ。しかも大きな謎だ」

十五年前のあの痛ましい事件がぶり返したらしかった。具体的に説明しようと、小野田が写真を取り出した。犠牲者を八人も出しながら、なんとか救出した外務省官僚たちの写真だった。

そのあとのできごとは断片的にしか覚えていない。突風が吹いてきて、写真が飛ばされた……それを拾おうとして身をかがめた小野田の肩越しに、向かいのビルの屋上でライフルを構える男の姿が見えた……次の瞬間、腹部に経験したこともない衝撃を覚えた……たちまち焼けるような激痛が全身を襲った……撃たれたと気づき、とっさに狙撃犯を追おうとした……手も足も脳の命令を聞いてくれず、唯一自由の利く口で、小野田に犯人を追うように求めた……一一九番通報しなければ、と思った……そのまま、視界が暗くなった……。

サイレンの音がかすかに聞こえる気がする。仰向けに横たえられて、どこかに運ばれているみたいに感じる。いま自分は救急車の中にいるのだろうか?

誰が一一九番通報してくれたのだろう……意識を完全になくす寸前、右京はそんなことを考えていた。

二

東京逓信病院に着いた薫は、そのまま手術室に急行した。赤いランプが現在手術中であることを薫に知らせる。胸の底から不安がこみ上げてきて、いたたまれない気持ちになった。

手術室の前の長椅子に悄然と座っていた男がゆっくり立ち上がり、薫の横へ近づいてきた。年齢は五十代半ば、内面の感情がうかがいにくいのっぺりとした顔をしているが、固く結んだ口元と額に浮いた皺からは一筋縄ではいかない強靭な意志が伝わってくる。

「亀山さんでしょ、杉下の相棒の?」

男が意外にも気さくな調子で話しかけてきた。

「ええ、そうですけど」

「私、小野田と言います」

よくわからないが、この男性は右京の知り合いであるようだ。

「あの、右京さんは？」

「ご覧のとおり、緊急手術の最中ですよ」

「容体は？」

薫をもつかむ気持ちで、出会ったばかりの男に訊く。

「詳しいことは、まだ」

「狙撃された、って聞いたんですけど……」

この小野田という男がなにか知っているかもしれないと思って、薫が質問しようとすると、廊下を靴音が近づいてきた。振り返ると、捜査一課の伊丹憲一と三浦信輔が迫ってきた。

「特命係の亀山か」

伊丹が軽くジャブを浴びせると、薫はそれをまともに受けた。

「もっと呼べよ」

「は？」

「特命係の亀山って、もっと呼べよ。呼び納めだ」

ふたりの小競り合いを無視して、三浦が小野田に礼をした。

「失礼ですが、官房長でいらっしゃいますか？」

「はい、そうですよ」

小野田が力の抜けた返事を返すと、薫が「官房長？」と訊き返した。

「警察庁長官官房室長の小野田警視監だよ」

声を殺して、伊丹が薫に耳打ちする。

「警視監……」

薫にとっては初めて至近距離でお目にかかる上位階級の警察官であった。

ふたりのやりとりを聞きとめたらしい小野田が笑いながら言う。

「正しくは官房室長なんだけど、みんな官房長って呼ぶんだよね」

三浦と伊丹が小野田に名乗り、緊張した表情で質問した。

「さっそくですが、狙撃されたときの状況を詳しくお聞きしてもよろしいですか？」

「それじゃあ、喫茶室で」小野田は一課のふたりを引き連れて去りながら、「あ、亀山さん、ここにいて、もしも手術が済んだら知らせてください」

「はい、了解しました！」

突然しゃちこばって、薫が答えた。

警察庁の大物と一課の刑事たちを見送ってしばらくすると、宮部たまきが大慌てで駆けつけてきた。着物の裾が乱れるのも気にせず、走ってくる。

「美和子さんから電話をもらって……」

そのとき、赤ランプが消え、医師が姿を現わした。背後から看護師たちが右京を寝台に載せて運んでくる。銃弾が身体を貫通したのが幸いして、内臓を破裂させることもなく、最悪の事態は避けられた。執刀医は穏やかな声でそう告げた。

病院の喫茶室で事件当時の状況を訊かれた小野田は、コーヒーを飲みながら、淡々と語っていた。

「振り返ったとき、犯人はビルの非常階段の最上階の踊り場にいました。杉下が追えというので、それに従ったんですがね、取り逃がしてしまった」

「非常階段の踊り場にたどり着いたときには、もう逃げたあとだったんですね？」

失礼のないよう、伊丹が慎重に尋ねた。

「ええ。エレベーターと屋内の階段、それに非常階段。上へのルートは三つあって、とっさに非常階段を選んだんですがね」

「つまり、犯人はエレベーターか屋内の階段のどちらかを使って逃走したことになりますね」

「なにしろ、私は昔からくじ運が悪い。当たったためしがない。だけど、どういう具合か、悪運は強くてね」

「はい？」

笑えない冗談にどう対応すべきか三浦が迷っていると、小野田がさりげなく爆弾発言をした。

「今日だって、私が狙われたのに命拾いしましたよ。その代わり、杉下がとばっちりを受けた」

「狙撃犯は官房長を狙ったということですか?」

「狙撃なんてまねは素人じゃ簡単にはできない。現場には薬莢《やっきょう》も落ちていなかった。犯人が拾って逃げたのでしょう。この手際のよさから見ても、プロだと推定できる。でも、プロならばお腹なんか狙わないでしょ? 確実な部分を狙う。あのときの位置関係から考えて、狙撃犯は私のここを狙ったんですよ」

小野田は自分の後頭部に手を当てた。

「ところが官房長の悪運で……あ、いや、失礼しました……強運で狙撃を免れたわけですね」

伊丹がしどろもどろになりながら確認する。恐縮する同僚を横目で見やり、三浦が質問を続けた。

「もし、差し支えがなければおうかがいしたいのですが、誰かに恨まれているとか、そういった心当たりはお持ちですか? あるいは、暗殺を企てられるような、重大な事件をお調べになってるとか?」

「人に恨まれるような生き方してきたつもりはないんだけどなあ。暗殺されるほど大物でもないし」

小野田がとぼけると、ふたりの刑事は黙り込むしかなかった。

「小野田公顕って知ってる？　その人と右京さん、昔、チームを組んでいたことがあるらしいの」

その夜、マンションに帰宅するなり、美和子が訊いた。今回の事件が気がかりでならない薫はすぐにその話題に飛びついた。

「今日病院で会ったよ。警察庁長官官房室長だって、伊丹のバカが言ってた。で、そのチームって？」

「緊急対策特命係。まあ、非公式なチームだったらしいんだけどね。当時、小野田公顕は公安部の参事官、右京さんは捜査二課の刑事。で、そのふたりが急にチームを組んだんだって」

美和子の話を聞いて、薫にはピンと来ることがあった。現在の特命係の小部屋の入り口にあるプレートは、左側がまるでへし折られたように、ぎざぎざになっていた。もしかしたら、かつては「緊急対策特命係」のプレートだったのかもしれない。薫は煙草に火をつけた。

「だけどおまえ、そんなこと調べてたのかよ」

「裏になんか陰謀があるんじゃないか、と思って」

「陰謀？」

「だって変でしょう。特命係が急に廃止になるなんて。もしも陰謀があったら記事にして、わたし、薫ちゃんの仇討《かたき》たなきゃ」

「はっ？」

「薫ちゃん、警察辞めるつもりでしょ。とばっちり受けて、失業者じゃない！」

美和子が感情を高ぶらせた。薫の心の真ん中付近がほんの少しだけ温かくなる。薫は感謝の気持ちをおくびにも出さず、

「その情報、確かなのか？」

「昔警視庁の記者クラブにいた、うちの先輩から直接聞いた話だから、間違いないと思う。でも、あんまり詳しい事情はわからないみたいだったな」

「そっか、ありがとな」

薫は照れ隠しに煙草をひと息大きく吸った。

三

東京逓信病院の病室では、一命をとりとめた右京がまだ眠りから覚めていなかった。

ずっとそばに付いていたたまきが、うつらうつらしかけたとき、病室のドアがノックされた。

　飛び起きてドアを開けると、スーツ姿の表情の硬い男が、花束を持って立っていた。

「失礼します」

　たまきと目が合うなり深々とお辞儀をする。そのきびきびとした動作を目の当たりにして、相手は叩き上げの警官か自衛隊員だろう、とたまきは推測した。男を病室に招じ入れる。

「ご容体は？」

「はい、手術は無事に終わりました」

「そうですか。それはよかった」

　男の押し殺した声には思いやりがこもっていた。酸素マスクを装着してベッドに横たわっている右京に目を落とし、男が訊く。

「まだ、目はお覚ましにならないんですか？」

「ええ、痛み止めのモルヒネが効いているようです。なにか夢でも見ているのか、ときどき声はもらします」

「そうですか」男はたまきに向き直り、「これを」と、花束を渡した。

「どうも、すみません。こちらへどうぞ」

たまきが椅子を勧めたが、男は断った。

「自分はすぐに失礼いたしますから、お構いなく」

「警察の方ですか？」

「ええ、まあ、杉下さんの古い友人です。無事なお顔が拝見できて、ほっとしました。それでは、これで」

そう言ってそそくさと帰ろうとする男にたまきが名前を尋ねた。男はちょっと言いよどんだあと、鈴木と答えた。


右京はそのとき十五年前の悪夢を思い出していた。

夢の中ではいまよりもずいぶん若い小野田がひとりでしゃべっている。

——特殊急襲部隊、いわゆるSAT《サット》の中でも特に優秀な五人を集めた。知ってのとおり、SATの隊員は警視庁の中では名なしの権兵衛、あらゆるリストから名前が抹消されている。今回ここでも同様、彼らは名なしの権兵衛だ。この緊急対策特命係は表向き、私とおまえだけのチームということになっている。杉下、おまえには作戦参謀を任せる。頼むぞ。

だしぬけに場面が変わる。右京は電話で武装グループの代表者と人質の解放について交渉をしていた。そこへ小野田が現われた。

——状況が変わった。明日アメリカから国務長官が来日する。それまでに決着をつけろということだ。国の体面というのがあるからな。ぎりぎりの期限が明朝三時。できなければ強行突入する。だから、作戦を変更しろ。できるだけ犠牲の少ない突入作戦を早急に立ててくれ。命令だ。これは指揮官の命令だ。やれっ！

右京は小野田を翻意させたいのに、なぜかことばが出ない。「できません！」と力いっぱい拒否しているのに、声が出ない。

そして、また場面が転換した。右京は「緊急対策特命係」と書かれたプレートを壁から引きはがし、思いきり膝にぶつけてへし折った。「緊急対策」と「特命係」の間に亀裂が入り、プレートはきれいにふたつに分かれた。

同じ頃、都下のとある豪邸の一室で、杉下右京と同じように悪夢を見ているひとりの老人がいた。北条晴臣《ほうじょうはるおみ》。元外務省の高官で、現在でも政界に大きな影響力を持つ傑物であった。北条は最近しょっちゅう悪夢にうなされていた。

銃声。悲鳴。怒号。なにかの割れる音。誰かの泣き叫ぶ声。耳を押さえてもそれらの音をすべて遮断することはできない。

火薬の臭い。床に散らばった料理やワインの匂い。そして、血の臭い。目をつぶっても、さまざまな臭気が鼻腔を襲ってくる。

死体。死体。死体。死体。死体。死体……いったい何人が犠牲になったのだ。そして……。

北条は飛び起きた。背中にびっしょりと寝汗をかいている。ベッドから下りた北条は、ふすまを開け、大声を出した。

「蘭子、蘭子！」

名前を呼ばれた女性がすぐに駆けつけた。まだ顔立ちに幼さの残る若い女性だった。

「寝間着の替えを持ってきてくれ。それから、タオルもな」

「はい」

蘭子は明るい声で返事をし、北条の望みをかなえるために奥へ下がった。しばらくすると、頼まれた品を持って戻ってきた。

「ありがとう」

北条は蘭子からタオルを受け取り、顔の脂汗をぬぐう。湿った寝間着をはぎとると、たるんだ腹の肉が汗で光っていた。

「背中を拭いてくれ」

タオルを手渡すと、蘭子はかいがいしく北条の背中の汗を拭き取った。その手が突然止まる。北条が蘭子の空いたほうの手を強く握って引き寄せたのである。

「しっかりやってるか？」

「え？」

「勉強だよ、ちゃんと単位は取ってるか？」

「はい、なんとか」

甘えるような声で蘭子が答えると、北条は握った手の甲に唇を押し当てた。蘭子の瞳がなまめかしく光った。


翌日、亀山薫は警察庁の長官官房を訪ね、小野田警視監に面会を求めた。拒否されるかと覚悟していたが、意外にも簡単に承諾され、薫は小野田の部屋に通された。室内では強面のSPが二名、がっちりと官房室長を警護していた。薫はドア口でボディチェックを受けた。

「あ、その人は必要ありませんよ」

小野田がSPに声をかけたが、すでにその間に身体は衣服の上からひととおり検《あらた》められていた。

「例外なしという命令を受けておりますので」SPのひとりが言い、薫に対して頭を下げる。「ご協力ありがとうございました」

「あなた方もお仕事ですからね」小野田は笑い、「申し訳ないけど、ふたりだけにしてもらえませんか」

「それでは、我々はドアの外におりますので、なにかありましたらお呼びください」

SPを人払いした小野田は、リラックスした口調で薫に話しかけた。

「立ち話もなんですから、お座りください」

「それではおことばに甘えて、失礼します」

小野田とは対照的に、薫はいつになく緊張していた。

「突然、ご連絡を差し上げてすみませんでした」

「私になにか訊きたいことがあるとか？」

「はい。特命係のことなんですが……廃止されることになりました。実は、その経緯をご存じないかと思いまして、お邪魔しました」

肩に力の入った薫を、小野田は感情を殺した目で見ていた。

「どうして、私のところへ？」

「昨日、右京さん、いや、杉下警部が言っていたことが気になりまして」

「ふだんのしゃべり方で構いませんよ。くつろいだほうが話しやすいでしょう」

「ありがとうございます」薫はほっとして、「杉下警部、いや、右京さんは特命係廃止の背景に、なにか大きな力が働いているようにほのめかしていました。その右京さんは、昨日官房長とご一緒でした。右京さんは、なにか心当たりがあって、官房長に会いに行ったんじゃないでしょうか？　ご存じありませんか、特命係が廃止される理由を」

「知ってますよ。私がつぶしました」

　そのひと言はなんの前触れも気負いもなく放り投げられたので、薫は一瞬聞き逃しそうになった。頭で意味を理解して、ようやく驚きの感情が芽生えた。

「ええっ、どうしてですか？」

「杉下を警察庁に呼び戻すためです。もっと言えば、私の手元に置くため。よろしいですか？　他に質問があれば、どうぞ」

　薫が毒気に当てられた表情になる。

「なんだ、なんか、もっと大きな、大きな陰謀みたいなのがあるのかと思って……なんだ、そんな理由か……」

　必死に自分を納得させることばを探したが、薫はそれを見つけることができなかった。突然立ち上がり、語気を荒立てる。

「そんな理由ですか！」

　薫の声が外まで漏れ、即座にSPが室内のようすをうかがうためにドアを開けた。

「なんでもありませんよ。出て行ってちょうだい」

　小野田はSPを廊下に遠ざけ、薫と向かい合った。

「ときに、亀山さん、どこへ異動《うつ》れと内示を受けましたか？」

「運転免許試験場です」

「それ、あなたのご希望?」

「まさか!」

「ちゃんと言っといたんだけどな。異動先はあなたの希望に沿うように配慮してくれって。もう一度よく言いますよ」

小野田は立ち上がり、机の電話に手を伸ばそうとした。

「そんなことをしてもらいに来たんじゃありません!」

啖呵が口から先に飛び出した。下心がそのあとを追う。

「いや、してもらえば、そりゃ、嬉しいですけど……」

「しますよ。お安いご用です」

小野田が受話器を上げるのを見て、ようやく熟慮が追いついた。

「あ、いや、結構です」薫は受話器を奪い取り、「なんか、そういうのダメなんスよね、俺。生理的に受けつけないっていうか……もちろん、やせ我慢です。いつもチャンス逃して後悔します。だけど……ダメなんです!」

「なんかわかる気がするな」小野田がぼそっと言った。「あなたと杉下がうまくいってる理由が」

「うまくいってなんか……」

ことばを飲み込んだ薫に、小野田が額に入れて飾ってあった写真を渡した。

「緊急対策特命係です」

小野田と右京をはさむようにして五人のＳＡＴ隊員が写っている、不思議な写真であった。小野田が過去を語りはじめた。

「今回と同じように無理やり杉下を引っ張ってきたんですけどね。うまくいかなかった。十五年前の籠城事件をご記憶ですか？　外務省の大物大使の自宅が、武装グループに襲われた事件です。ホームパーティの最中に乱入されて、北条という大使とその側近、それからご家族が人質になりました。犯人の要求は十億円」

「あ、覚えてますよ。その事件なら」

「その事件を収拾するために緊急対策特命係を作ったんです。私が指揮官で、杉下が作戦参謀。『騒ぎ立てたら即刻人質を殺す』犯人側からそういう通告が外務省に入ったものですから、連絡を受けた警察は容易に手が出せなかった。物々しく屋敷を取り囲むという通常の対応が不可能だったもので、秘密裏に警視庁内に特別チームを作って、犯人側との対応に当たったわけです。だから、事件が発覚したのは、解決したあとだったでしょ」

薫が記憶をまさぐった。

「確か強行突入して、かなり犠牲者が出た……」

小野田の脳裏に事件の忌まわしい思い出がよみがえる。犯人たちは全員銃で武装していた。SAT隊員の突入と同時に銃撃戦がはじまり、普段は閑静な住宅地が戦場のような喧騒に包まれた。銃声が鳴りやんだとき、屋敷の中には死体の山が築かれていた。

「八人です。犯人四人全員とうちの隊員が三人、それから大使の部下の書記官がひとり。チームの中で現在も生き残っているのは、私と杉下を含めて四人ですよ」

小野田が額入りの写真に目をやった。

「当時、かなりマスコミに叩かれましたよね」

「直後は大騒ぎでした。警察庁長官と警視総監の間で話し合いが持たれましたよ。警視総監は、犯人の要求をのまずに解決したのだから失敗とは言いきれない、と強気でしたが、警察庁長官は、人質がひとり亡くなったことを重く受け止めていました。結局、警視庁のトップの何人かの首がすげかえられ、私は警察庁に呼び戻されました。しばらく閑職について、ほとぼりをさますように、とね」

薫が声もなく、小野田の回想に聞き入っていると、警察庁の幹部が最後に自分の感想を語った。

「作戦が失敗だったというのは、あまりにヒステリックな見解ですよ」

「右京さんが作戦を立てたんですか?」

信じられない気持ちで薫が詰問した。

「参謀ですから」小野田は一旦うなずいて、「しかし、その作戦を私が却下した。杉下は粘り強く犯人と交渉して、十一人いた人質を三人まで減らそうとしていた。いずれ突入のときを迎えるとしても、人質が少なければ少ないほど、リスクは減りますからね。実際、人質は六人まで減った。しかし、その時点で私が杉下の作戦を打ち切ったんですよ。その結果はさっき言ったとおり」

小野田の顔になんとも言いようのない複雑な感情が宿った。

「杉下右京は人材の墓場、そんなふうに呼ばれているのを聞いたことがあるでしょ？」

ためらいつつも薫がうなずくと、小野田が重たい口調で語る。

「いまでは違う意味で解釈されているみたいだけど、もともとはあの作戦で三人の部下が殉職したことから、そう言われるようになったんですよ。もちろん杉下の責任じゃない。だが、杉下は甘んじて非難を受け入れた。そして、詰め腹を切らされて、生活安全部の片隅に追いやられても、それを受け入れ、飼い殺しになった。そういうわけですよ」

意外な形で知った現在の特命係の誕生秘話に、薫はいっさいコメントのことばが思い浮かばなかった。

四

右京はまたしても夢を見ていた。

緊急対策特命係のプレートを壁から力ずくではがして、まっぷたつにへし折る夢を。

べりっという不快な音がして、右京は目を覚ました。

「右京さん、目が覚めたのね」

ベッドの横に座っていたたまきが声を上げる。

「ここは……病院ですか？」

右京の第一声はふだんの彼からは想像もつかない、凡庸な質問だった。

「そうですよ。手術が終わって、いままでずっと眠っていたの。ときどきうなされていましたよ」

「夢を見ていました。古い思い出です」

右京がつらそうに言った。身体の調子がすぐれないのか、夢の内容が嫌だったのかわからず、たまきは曖昧にうなずいた。

「そう」

「捕まりましたか？　ぼくを撃った犯人」

「たぶん、まだだと思いますけど。こんなときぐらい、そんなこと忘れちゃえばいいのに」

右京は表情を変えず、首をゆっくりと元の妻のほうへ向けた。その目が花びんに活けられた花をとらえた。

「花ですね……」

「ああ、あれね。鈴木さんって方がお見舞いにみえて」

「鈴木さん？」

「ええ、古いお友達っておっしゃっていましたよ」

右京は鈴木という名の旧友を思い出すことができなかった。まだ頭がちゃんと働いていないのだろうか。必死に記憶を探っていると、薫がひょっこり病室を訪れた。

「あ、右京さん、目が覚めたんですね。よかった」

「亀山くん、ちょうどいいところに来てくれました」右京がいきなり薫に頼みごとをする。「救急車を呼んでくれた人間を調べてもらえませんか？」

「藪から棒にどうしたんですか」薫が困った人だ、という顔になった。「そんなもん調べてどうするんですか？」

「ぼくは救急車を呼べませんでした。しかし、こうしてここに運び込まれた。誰かが呼んでくれたはずです」

「小野田官房長じゃないんですか？」

「ぼくは調べてほしいんです。きみの想像を聞いているんじゃありません」

薫は、ますます困った人だと思いながら、

「事件のことなんか気にしないで、ゆっくり休養したらどうですか。警視庁あげて捜査していますし」

「その心遣いだけ、ありがたくいただいておきます」

「被害者でしょ、右京さん。とばっちりで大けがしたんですよ。ほっとけばいいじゃないですか。何度ひどい目に遭わされりゃ気が済むんですか？」

薫の声に義憤の響きを感じ取った右京は、

「ひょっとしてきみは官房長のことを言っているんですか？」

「そうですよ。前にもひどい目に遭わされたんでしょ？　今回の狙撃は間違いなく官房長がらみの事件です。官房長が自分で解決しますよ！」薫はしゃべりながら、自分が興奮していくのを自覚した。「あなたはただの被害者なんですから、被害者らしくじっとしていればいいんですよ！」

右京が寂しそうな顔になる。

「犯人がぼくの知り合いだとしたらどうですか？」

「え？」

「これ以上、罪を重ねさせたくない。そういう気持ちで調査をお願いしているのだとしたら、きみはやってくれますか？」

「知り合いって、誰なんですか、犯人は？」

「鈴木と名乗った人物です。偽名です。だから本当は誰か知りたくて、救急車を呼んだ人物を調べてほしいんです」

たまきの表情が変わった。邪悪なものでも見るように花びんの花を凝視した。薫の興奮も一気にさめた。

「その鈴木という偽名の人物が救急車を呼んだんですか?」

「わざわざ花束を持って見舞いに来てくれたぐらいです。おそらく、救急車だって呼んでくれているでしょう」


薫は災害情報救急センターに行き、右京が撃たれたときの、通報内容について問い合わせた。救急の入電記録を調べてもらうと、二件の通報が入っていたことがわかった。

「二件?」

「午後一時十三分と、同じく一時二十一分です。どちらも場所は霞が関で、男性が腹部から出血という内容です」

薫は不審に思いながらも、二件の電話番号を手帳に控えた。

控えた番号に電話をかけてみた薫はさらに不審な気持ちになった。どちらの番号も、呼び出し音が鳴ったかと思うと、すぐさま切れてしまったのだ。警察庁の近くまで来ていた薫は、他に妙案もないので小野田に会って疑問をぶつけてみようと考えた。

官房室長室では、小野田が古い知り合いの男性の訪問を受けていた。石嶺小五郎、緊急対策特命係のSAT隊員のうち、生き残ったふたりの片方だった。

ボディチェックを受けた石嶺が応接用のソファに腰かけたとき、携帯電話が鳴った。石嶺はディスプレイをすばやく一瞥すると、終話ボタンを押した。

「出たらいいのに」

小野田が寛容に言ったが、石嶺は断った。

「いえ、知らない人間からです。間違い電話のようですから」

「あ、そう。今日はどうしたの、急に？」

官房室長が切り出すと、今度は自分の携帯が着信音を響かせた。小野田は取り出した携帯の画面を見ると、石嶺と同様に着信を拒否した。

「お出になれば、よろしいのに」

石嶺が言うと、小野田はかぶりを振った。

「こっちも間違い電話みたい。で、どうしたの？」

石嶺がはきはきと答えた。

「警察を辞めることになったので、そのご挨拶に」

「いま、どこにいるの？」

「本郷署の警務部にいます」

「どうして辞めちゃうの?」

「辞めざるを得なくなりましたので。いや、いまからなりますので」

石嶺はそう言うと、おもむろに立ち上がり、股間に隠してあった小型拳銃を取り出した。小野田をにらみつけたまま、銃口を向ける。

「ちゃんとここも調べないといけませんよ」

「そうだよね。でもちょっと調べづらいよね。……そっか、きみだったのか」

感情を荒立てることなく、小野田が言った。

「申し訳ありません」

「十五年ぶりに突然訪ねてくるから、なんか妙だなとは思ってたんだ。そういう趣向だったのか」

そのときノック音がして、SPのひとりが顔をのぞかせた。

「失礼します。官房室長、亀山さんが……なにやってるんだ、おまえ!」

小野田に拳銃を突きつけている石嶺に気づいたSPが、ドア口で凍りついた。なにが起こったのかとSPの肩越しに室内をのぞき込んだ薫も絶句した。

「騒がないでください。すぐに済みます」

石嶺はそう言って、小野田の横へ移動した。銃口は官房室長の側頭部に向いている。

「亀山さん、なにか私に用事?」

薫の姿を認めた小野田が、悠長に質問した。

「あ、いえ……もう、済みました」

「あっそう」小野田は無表情に応じると、石嶺のほうを向いた。「ひとつ訊いてもいい？」

「なんなりと」

「これは私への恨み？」

「はい。あなたのおかげで、あたら惜しい三つの命を失いました」

「危険は覚悟のうえじゃなかったのかな？」

「犬死にするための覚悟ではありません」

石嶺の構えた拳銃は微動だにしない。銃口は冷徹に官房室長の頭を狙っていた。

「あなたがあのときつまらない理由で無理な強行突入を命令しなければ、三人もの命を失うことはなかったはずです」

「そうだったかもしれないね。人の命よりも国の体面を優先させた結果だからね」

「どうか、お覚悟を」

石嶺の右手の人差し指に力が入る。

「ちょっと待て」思わず薫が室内に踏み込んだ。「いまさら殺してなんになるっていうんだよ！」

「撃ちなさいよ」相変わらず表情を変えずに小野田が言った。「きみに撃ち殺されるなら本望だ。この世にね、ぼくを殺していい人間は三人いる。きみと、もうひとりの生き残った隊員、それから杉下右京。笑うかもしれないけど、本気でそう思ってるんだ。いいよ、いつでも」

石嶺が引き金を強く引いた。官房室長室に銃声が轟き、同時にガラスの割れる大きな音がした。官房室長の背後の額装された警察章に穴が開いた。

「腕が鈍ってしまった」

石嶺がつぶやいたのを合図に薫とふたりのSPがなだれ込み、身柄を拘束した。

手錠をかけられた石嶺は、薫に連れられて右京の病室を訪れていた。取り押さえられた石嶺が、最後の願いとして右京への謝罪を希望し、小野田が許可したのだった。

「石嶺さんでしたか」

深々とお辞儀をする元SAT隊員に、右京が質問した。

「ひとつだけわからないことがあります。どうして十五年も経ったいま頃？」

「去年、母が他界しました」かつてのチームの仲間を見ながら石嶺が告白した。「母には悲しい思いをさせるわけにはいきませんでしたので」

「なるほど、そういう理由でしたか」

ぐったりしたようすで、右京が納得した。

「そろそろ、行きましょうか」

薫が石嶺をうながしたとき、右京が発言した。

「石嶺さん、十五年前の事件のときにあなたが救出した人質の方々が、相次いで変死を遂げているそうなんです。あなたが人質だった方々を殺す道理はない。つまり、十五年前の事件に関連して、まったく別のなにかが起こっている」

石嶺の顔に戸惑いの色が浮かんだ。薫も怪訝な表情になる。

「ぼくはその真相を解明しなければなりません。亀山くん、きみも手伝ってください」

「俺が……ですか？」

「他に誰がいるんですか？」

右京は迷わずにそう言った。

五

数日後、銃創もふさがり、仕事に復帰できるようになった杉下右京は、官房室長室にいた。このとき右京は小野田公顕と賭けをしていた。

ノックの音がした。どうやら、賭けの対象がやってきたようだった。

「おはようございます。亀山薫、ただいま参上しました！」

まじめくさったしぐさで敬礼したのは、スーツを着込んだ右京の相棒だった。

「ほら、言ったとおりだろ。今日の昼飯はおまえ持ちだ」小野田は勝ち誇ったように右京に言うと、薫の前にやってきた。「私は絶対、背広だと思ってた」

右京がなじるような目を薫に向けた。

「ぼくはいつもの恰好だと思っていました。いささかがっかりです」

「ああ、これですか」薫がスーツを指差し、釈明する。「一応、礼儀と言いますか……あの、昼飯賭けてたんですか？」

「わかってないなあ、おまえは」小野田は右京に対して、「権威とはそういうものなんだよ。誰もがみんな無意識のうちに、権威を敬い、恐れる。その感情を責めたら酷だよ。誰かさんのように、いつでもどこでも誰にでも自分を貫くなんて、そうそうできるもんじゃない」

「まあ、そんな議論をしていてもしかたがありません。さっそく取りかかりましょう」

右京が言い、三人はホワイトボードの前に移動した。十五年前の籠城事件の詳細を知らない薫に、事情を説明するためだった。ホワイトボードには、事件関係者の写真がマグネットで留めてあった。

上の段には当日のホームパーティの出席者で、最後まで人質として残された六人の写真があり、名前と当時の肩書きが書かれている。

北条晴臣　外務省・条約局長
木村紳一郎　外務省・条約局条約課長
山本俊彦　外務省・大臣官房秘書官
田口猛　外務省・北米局員
柳田幹夫　外務省・中近東アフリカ局員
鈴原慶介　公邸料理人

「この中のひとりが、突入の際に犠牲になったんですよね？」

「ええ、柳田幹夫氏が亡くなりました。不幸にも流れ弾に当たって」

薫の質問に答えながら、右京は柳田の写真をホワイトボードから外した。

「残る五名は無事救出されたけれど、うち三人がこの一年間に変死している」

小野田が爪を切りながら問題を提起すると、右京がその詳細を説明した。

「木村紳一郎氏は山歩きに向かう途中、吊り橋から転落。山本俊彦氏は夜釣りの最中に堤防から転落。そして、田口猛氏はジョギングの最中に神社の石段から転落。みんな落ちました」

木村、山本、田口の三人の写真もボードから取り除かれた。

小野田は親指の爪にてこずっていた。

「所轄署の捜査資料では、どれも事故死として処理されている」

薫はその捜査資料をめくり、感想を述べた。

「どれもこれも事件性があるかないか、特定できない状況ですね。十五年前の関係者が、相次いで事故死か。偶然なんですかね？」

「それがわからないから、これから調べるんですよ」

右京が決然と言い放った。


北条晴臣は都下の某所に広大な敷地を有しており、そこに純和風の木造二階建ての邸宅を建てていた。以前は渋谷区の松濤《しょうとう》の洋館に住んでいたのだが、十五年前の忌まわしい事件のあと、より郊外に新居を設けたのだ。洋館のほうは現在売却に出しているが、縁起の悪さと価格の高さが災いして、買い手はついていない状態だった。他に奥多摩にも別荘を持っており、保有する不動産の総評価額だけでも十億は軽く超えていた。

外務省に入省してからの北条のキャリアは輝かしいものだった。各国大使を歴任したあと条約局長に就任し、例の事件後は最終的に外務官僚のトップである事務次官にまでのぼりつめたのである。最後に駐米大使を務め、現在は引退している。とはいえ、いまでも中央官庁と強いパイプでつながり、厳然たる影響力を持っていた。

このため、北条への事情聴取は小野田公顕がじきじきに行なうことになった。小野田は北条の本宅である和風の屋敷を訪れた。

応接間からは美しく整えられた日本庭園が見渡せる。小野田が庭木に見とれていると、和服を身につけた家主が悠然と現われた。

齢七十を超え、頭部にはその年齢なりの衰退が認められるが、肌つやはよく、目にも力がこもっている。北条晴臣は、小野田を見つけると、戦友にでも出会ったかのように大げさに喜んだ。

「いやいやいや、お久しぶり。元気だったかね」

「どうもご無沙汰しております」

小野田がいつになく緊張した面持ちで礼をした。ソファにどっかと腰を下ろした北条は、来客にも椅子を勧め、「きみ、いまどこにおるんだ?」と訊いた。

「警察庁長官官房におります」

「役職は?」

「官房室長です」

「おお、それはまたすごい出世じゃないか。で、その官房室長殿が突然ぼくになんの用だ?」

わがことのように喜んだかと思うと、質問に転じたときには目が笑っていない。

「実はちょっとお耳に入れておきたいことが、ありまして」

小野田は、この一年の間に相次いだ、木村、山本、田口の変死について改めて説明した。怖い目をしてそれをじっと聞いていた北条が、小野田に見解を求めた。

「きみは殺人だと思うのかね？」

「単なる偶然として片づけるのはどうかと思います」

北条が立ち上がった。そして落ち着かないようすで部屋を歩き回った。

「もちろん三人のことは知っていたよ。葬式に呼ばれたからな。あまりに続くので、気にはなっていたんだ」

「そうですか。どなたかにご相談なさいましたか？」

「それぞれが事故死だっていうじゃないか。なにを誰に相談していいか、わからんだろうが」

北条が肩をすくめてみせた。芝居がかったポーズだな、と小野田は思う。

「この一年くらいの間に、閣下の身の周りでなにか変わったことはありませんでしたか？」

老人は首を横に振りながら、「ナッシング」と答えた。

小野田、右京、薫は、再び官房室長室のホワイトボードの前に集まっていた。三人だけの捜査会議である。

午後、右京と薫は田口猛の変死現場の実地検分に行っていたが、所轄署の作成した捜査資料に付け加えることは、なにも発見できなかった。依然、事故とも殺人とも断定できない状態だった。

ふたりから報告を聞いた小野田が、北条との会見のもようを語った。

「誰かに狙われているとか、そういうたぐいの気配を感じたことはないそうだ」

「だけど、あの三人が殺されたんだとしたら、残る北条氏、鈴原氏のふたりにも危険が迫っていると考えられますよね？」

確認するかのような薫の発言を、小野田が受けた。

「ぼくの考えすぎでなければね」

薫はボードに残った写真を見て、

「この鈴原慶介っていう人は、公邸料理人か……他のメンバーと少し毛色が違いますね」

「北条晴臣が大使として各国を赴任中、いつもついて回った料理人だよ。いまは代官山でレストランを経営してるオーナーシェフ。なんでも一日ふた組しか客を取らないんだって。ランチでひと組、ディナーでひと組、都合ふた組。だから料金は、目ん玉が飛び出るほどらしい」

「へえーっ」

薫は感心するのが関の山だった。

六

翌朝、マンションでは薫がめずらしく衣装選びで悩んでいた。スーツで通すべきか、自分らしいラフな恰好に戻すべきか。さんざん迷った挙句、フライトジャケットを選んだ。

それを見ていた美和子がからかう。

「薫ちゃんさ、ちょっとはしゃいでない？　警察庁勤務になったからって、有頂天になってんじゃないの？」

「そんなことないよ」

「右京さんだって、たぶんお情けで引っ張ってくれたんだと思うよ。特命係が廃止になって、運転免許試験場じゃ、気の毒に思ったんじゃないのかしら？」

「そんなことないよ」

薫が同じことばを繰り返した。

「おっ、じゃあ、役に立つから引っ張ってくれたの？」

「当たり前だろ。ぜひ来てくれって言われたんだぞ！」

美和子が顔をしかめた。

「そんなの真に受けて……ホント、薫ちゃんってお人好しなんだから！　将来のこと、考えるときだよ。この事件限りなんだよ、警察庁は！」

そのひと言で、薫の浮かれ気分が吹き飛んだ。


「今日はいつものスタイルですね」

薫の運転する車の助手席に座った右京が言った。

「いけませんか？」

「いいえ、きみの自由ですから。でも昨日のスーツ姿もお似合いでしたよ。これは皮肉でもなんでもありません」

「やっぱり、スーツのほうがよかったですかね？」

そんな他愛ない会話を交わしているうちに、目的地に到着した。鈴原慶介が経営するという高級レストランである。

一回につきひと組しか客を取らないだけあって、決して大きなレストランではない。どちらかというと個人の住宅っぽいたたずまいである。看板も小さく控えめに出ているだけで、常連客の隠れ家のような店であった。

右京がさっそくチャイムを鳴らしたが、いくら待っても鈴原は出てこなかった。奥でランチの仕込みでもしているのかもしれない、と考えたふたりは、裏口のほうへ回った。そちらは鍵が開いていた。

　オーナーの名前を呼びながら、中へ入っても誰も応答しない。ふたりは厨房に足を踏み入れた。

「買い物かなんかですかね？」

「そうかもしれませんね」

「どうします？」

「待ちましょう。せっかく話をしに来たんですから」

　ふたりは待ちはじめたが、鈴原はなかなか帰ってこなかった。じれた薫が、神妙な顔をして上司に訊いた。

「右京さん、俺、役立ってますかね？」

　右京は部下の目を見て即答した。

「もちろん、役立ってますよ。きみの運転はなかなか快適です」

　右京流の冗談だろうと思ったが、顔を見る限り、本気そうだった。なんとなくばつの悪くなった薫は、厨房の中を歩き回った。

「鈴原さん、遅いっすね」取り繕うように薫が言う。「案外、冷蔵庫の中に隠れていたりしてね。へへへ」

冗談めかして業務用冷蔵庫の扉を開けた薫の作り笑いが、ただちに凍りついた。鈴原慶介の死体が冷蔵庫に押し込んであったのである。手足を縄で縛られたうえに、猿轡《さるぐつわ》がかまされている。

「お見事です。思い出したように出るきみのヤマ勘は神憑りに近い。大いに役立ちますよ」

右京がまじめな声で評価した。

所轄署による現場保全が完了し、鑑識員たちが入ってくる。少し遅れて、捜査一課の刑事たちがやってきた。伊丹憲一と三浦信輔も現場の厨房へ入ってきた。

薫と目が合うなり、伊丹が嫌味ったらしく言った。

「これはこれは、警察庁の亀山さま。長官官房付きの大先生が、どうしてこんなところに顔出してるんだよ?」

「それはだなあ……」

咳払いなどして、薫が高飛車に答えようとすると、背後から右京が先に口を出した。

「我々は第一発見者ですから」

薫が調子に乗る。

「そういうことだよ、ばかもん!」

大勢の捜査員たちでごった返す中、右京は厨房のシンク横に置いてあったワイングラスが気になっていた。底のほうにわずかにワインが残っているのだ。思うところあって、ごみ置き場に移動する。空いたワインのボトルがまとめて箱に寝かせてあった。一番上に置いてあるボトルを拾い上げた右京は、そのラベルを客席のメニューと照合した。

「右京さん、なにやってるんですか？」

薫は相棒の不思議な行動が気になったようだった。

「見てください。このワインの値段」

右京が指差す最上段の金額を読み上げ、薫は仰天した。

「一本、三万七千五百円もするんですか！」

「三十七万五千円です」右京は訂正し、「この店で最も高いワインのようですね」

「たっけえー」

薫がきわめて庶民的な感想を叫ぶのを無視して、右京が自分の発見について語った。

「厨房はきれいに片づいていました。食器類も洗って流しの脇に置いてありました。残っていたのは二脚のワイングラスだけ。おそらく、あと片づけを終えて店を閉めたあとに、誰か訪ねてきたのでしょう」

「その来訪者と、このワインを飲んだってことですか？」

「それは鑑識の結果を待たなければわかりません。いずれにしろ、洗うつもりで流しの横においたのでしょうが、その前に鈴原氏は殺されてしまったのでしょう」

鑑識結果はその日のうちに米沢守からもたらされた。シンク脇のワイングラスに残っていたのは、想像どおり一番高価なワインであった。そしてグラスからは鈴原ともうひとり分の指紋が検出されたのである。


その夜、右京と薫は北条邸を急襲した。門の前は制服警官が二名で警護を行なっていた。鈴原殺害の一件が北条に累を及ぼすことのないよう、手が打たれたのだろう。警護の警察官に身分証をかざしていると、門からひとりの若い女性が、自転車を押して出てきた。すかさず薫が駆け寄る。

「すみません。北条さんのお宅の方ですか?」

「は、はい」

「我々、警視……警察庁の者で、亀山と申します」

「杉下です」

ふたりが名乗ると、女性も礼を返しながら名前を告げた。

「ご丁寧にどうもすみません。わたしは川端蘭子と申します」

「えっと、ここのお手伝いさんかなにか……?」

薫がぶしつけな質問をすると、蘭子は困ったような顔で答える。

「あ、いえ、ちょっと違うんですけど」

「北条さん、ご在宅ですかね？　ぜひお目にかかりたいんですが」

「そうですか。それではそう伝えます」一旦門の中へ戻ろうとした蘭子がためらうように戻ってきて、忠告した。「北条さん、はダメです」

「はい？」

「ご本人の前では、閣下と呼んでください。そうしないとお返事なさいません」

蘭子が取り次いでくれたおかげで、ふたりはまもなく応接間に招き入れられた。ふかふかのソファに座って主を待つ間、薫はとても緊張していた。さすがの右京も少し緊張しているのか、表情が硬い。

そこへ不機嫌そうな顔をして、北条晴臣が現われた。民間の警備員をふたり引き連れている。右京と薫はソファから立ち上がった。

「突然お邪魔して、申し訳ありません」

気をつけの姿勢で右京が言うと、北条はひと言、「座れ」と命じた。

「申し遅れましたが、杉下と申します」

上司が名刺を渡すのを見て、薫も続こうとすると、北条は顔をしかめて右京の名刺を眺めている。

「あ、失礼しました。そちらではなく、こちらが私の名刺でした」

右京が北条の手から慌てて先ほどの名刺を取り返す。そこに「京風小料理　花の里　宮部たまき」と書かれていたのを薫は見逃さなかった。

「で、ご用件は?」

ふてくされた態度で北条が問う。

「鈴原さんが亡くなったことはご存じと思いますが……」

「殺されたんだろ。で、犯人はどうなっとるんだ? まだ捕まってはおらんのだろう?」

北条の質問に直接答える代わりに、右京は別の質問をした。

「犯人について、なにかお心当たりはありませんか?」

「ない!」

元外務省高官は即座にかぶりを振った。

「そうですか。閣下は鈴原さんのお店にはよくいらっしゃっていたんですよね?」

「まあ、贔屓《ひいき》にしとったからねえ」

「昨夜は行かれませんでしたか?」

「行ってない」

そう答えながら、蔑むような視線を右京に向ける。右京はひるまず、質問を続けた。

「最近お出かけになられたのは、いつ頃ですか?」

「だから、ここしばらくは行ってないんだよ！」

北条の口調には面会を切り上げたいという意思がありありと感じられた。

「そうですか」右京はうなずき、「しばらくというのはどれくらいですか？」

「しつこいな。半月くらい前だよ」北条が語気を荒げた。「あんときの鈴原のようすに変わったことはなかった。いいかな、これで」

刑事の返事を待たずに、北条は立ち上がった。


「閉店後の来訪者は閣下だったと考えているんですか？」

北条が護衛を引き連れて退室したあと、北条邸を出てから薫が右京に訊いた。

「鈴原氏は店で一番のワインを抜いています。北条氏からずいぶん面倒をみてもらったようですからね」

「ですけど、きっぱり否定していましたよね」

「ですから、指紋を取ったのですよ。ワイングラスの指紋と照合しようと思って」

「そうだと思いました」

薫がウインクした。

そして、右京の読みは当たった。ワイングラスの指紋は、たまきの名刺についた北条晴臣のものとぴったり一致したのだった。

七

次の朝、指紋の件について事情聴取を行なうために、小野田が北条邸を訪れた。

北条は、鈴原が殺された夜、レストランを訪れたことを潔く認めた。そして、午後十一時頃引き上げたときには、鈴原はぴんぴんしていたと証言した。

「ちなみに、どうして昨日はお認めにならなかったんですか？」

小野田が訊くと、北条は口をとがらせて言った。

「あの杉下って奴の尋問口調が癇《かん》に障ったんだよ。あんな無礼な奴に本当のことなんて話してやるもんか！」

なるほど、と小野田はひとりで納得した。

右京と薫はとある女子大の門の前で人を待っていた。女子大生たちのいぶかるような視線に辟易していると、ようやく川端蘭子が出てきた。

「あれ、刑事さん？」

「お茶でもどう？」

薫がナンパするようなせりふで誘うと、蘭子はＯＫした。近くの喫茶店で話を訊くことになった。

「去年の夏からあのお屋敷でお世話になっています」

学費や生活費の面倒は北条晴臣がみてくれている、と蘭子は言った。

「代わりに閣下のお世話をしてるわけですか？　身の周りの世話とか……？」

薫が質問すると、蘭子がよどみなく答えた。

「奥さまを亡くしていらっしゃいますし、お子さまたちもみんな海外で暮らしておられて、閣下、いまあのお屋敷におひとりですからね。家政婦さんはいるんですけど、住み込みではないので、まあ、わたしができるお世話はなるべく。でも、それくらいではお返しできないほど、閣下にはお世話になっています。身寄りのないわたしに対して、衣食住のいっさいがっさいを面倒みてもらって、こうして学校にも通わせてもらって」

「けど、それってなんか、すごいですよね。血縁関係とかないわけでしょ？　そういう人をそこまで面倒みるというのもねえ？」

薫のことばに含まれた下世話な想像に気づき、蘭子の目が憂いを帯びた。

「ときどき言う人いますよ。実は閣下の愛人なんじゃないかって」

「そんなことないですよねえ？」

「どう思いますか？」

薫がかまをかけると、蘭子は挑戦的ににらみ返した。右京が別の話題を振る。

「失礼ですが、ご両親はいつ頃？」

「父はわたしが小さい頃に亡くなりました。母は亡くなって……もう五年になりますね」

「事故かなにかですか?」

「ええ、父は事故でした。母は病気です」蘭子は怪訝そうな眼差しをくれて、「わたしの身の上話を聞きにみえたのですか?」

「そういうわけでもないのですが、あなたを見ていると、余計なことまでお訊きしたくなります」右京が生真面目に答える。「大邸宅のひとり暮らしの老人に養われている美女、それだけでもずいぶんミステリアスですから」

面と向かって言われ、蘭子が困ったような顔になる。右京がようやく本題に入った。

「今日うかがったのは他でもありません。閣下のことをお尋ねしたいと思いまして」

このことばを待っていたように、蘭子が童顔を近づけた。

「実はわたしも閣下のことで、ひとつご相談があるんです」

「どんなことですか?」と、薫。

「一年くらい前、去年のちょうどクリスマスシーズンだったと思います。怪しげな手紙が閣下に届いたみたいなんです。それをご覧になってから、閣下のごようすがおかしくなりました」

「おかしく? 例えば?」

「お休み中に頻繁にうなされるようになりました」

「その手紙の差出人はわかりますか？」と、右京。

「確か……柳田幹夫って書いてありました」

その名前を聞いて、右京の目が輝いた。

「十五年前に亡くなった柳田氏と同姓同名という偶然はないでしょう。やはりあの事件を、もう一度詳しく検証してみる必要がありそうです」


検証を開始することに決めたふたりは、東京拘置所を訪れた。石嶺小五郎から話を聞くためである。

官房室長の暗殺に失敗した犯人は、憑き物が落ちたようなさっぱりとした顔をしていた。右京が柳田のことについて質問すると、石嶺は力強くうなずいた。

「もちろん、よく覚えています。忘れられるはずがありません」

「柳田さんが亡くなったときの状況は覚えてますか？」

「流れ弾に当たったんですよね？」

右京と薫が連携しつつ尋問する。

「それがなにか、この間お話しになっていた三人の変死と関係があるのですか？」

「おそらく。実は料理人の鈴原さんも亡くなりました」右京がガラス越しに鈴原殺害の新聞記事を掲げて見せた。「これで当時人質だった六人のうちの五人が不測の死に見舞われてしまいました」

「いったいなにが起きているのでしょうか？」

石嶺は眉間にしわを寄せて、十五年前の事件を回想した。

「あの夜、私と萩原のふたりは、先に厨房から突入した三人に少し遅れて、大広間に入りました。すでに銃撃戦になっていました。私と萩原も加勢して、犯人側の三人を撃ち殺しましたが、仲間ふたりも撃たれてしまいました。人質六人は犯人のひとりと一緒に二階にいました。そして、上がっていったうちの工藤とその犯人が撃ち合いになったものと思われます。大広間での銃撃戦が終わった直後、二階から二発の銃声が聞こえてきました」

「二発の銃声ですか？」

「はい。私と萩原は慌てて上に行きました。すると、廊下に三人が倒れていました。犯人と工藤と柳田さんです。私は萩原に工藤を任せ、人質の皆さんを階下へ誘導しました。以上が、あの夜、私が体験した一部始終です」

「ありがとうございました。参考になりました」

ふたりが礼を述べて帰ろうとすると、石嶺が右京を呼び止めた。

「杉下さん、お傷の具合はいかがでしょうか？」

「もう大丈夫です。心配しないでください」

申し訳なさそうにお辞儀をする石嶺を見て、かつて同じチームにいたこのふたりは、いまや加害者と被害者の立場なのだ、と薫は複雑な思いになった。

面会室を出た廊下で、いかにも警官らしい体格のよい男性と出会った。

「萩原くん」

懐かしそうに右京が声をかけると、男も嬉しそうに答えた。

「杉下さんじゃありませんか！」

「こんなところできみに会えるとは思いませんでした」

「いや、こちらこそ」萩原は声のトーンを落として、「けがの具合は？」

「きみもご存じでしたか」

「驚きました」

「ご覧のとおり、もうすっかり平気です」話題を変えるように右京は横にいるふたりを引き合わせた。「亀山くんです。いまぼくと一緒に仕事をしています。こちらは、萩原くん。当時石嶺さんと一緒に北条邸に突入した隊員です」

薫に会釈したあと、萩原が右京に向き直る。

「まさか石嶺さんがあんなことをしでかすなんて、驚きました」

「そうだ、ちょうどよかった」右京が思いついたように言う。「きみにもあの当時のことを聞かせてもらいたいんですよ」

「ああそうですか。では五時過ぎでいかがでしょう。富士見署でお待ちしています」

約束の時間に右京と薫は富士見署を訪れた。元SAT隊員の萩原壮太は、現在ここの署長だったのである。

「二発の銃声ですか？」

萩原が聞き返した。右京は先ほど石嶺から仕入れた話を萩原に確認しているのだった。

「大広間の銃撃戦が止んだ直後に、上からしたと聞きました」

「そうでした。思い出しました」萩原が目を細めて記憶を取り戻そうとする。「その銃声を聞いてから、石嶺さんと一緒に二階へ上がりました」

「廊下に三人死んでいたんですね？」

「そうです。我々隊員は危険を覚悟のうえでしたし、犯人もいわば自業自得の結果です。しかし、柳田さんはそうじゃない。あんなところで命を落とすなんて、さぞかし無念だったろうと思います」

萩原はそう言いながら、机の上にあった薬袋から何種類かの錠剤を取り出した。そして、客の目の前にもかかわらず、それを飲み下した。

「どこか、体の具合でも？」

なんにでも興味を示す右京が質問した。

「これですか……抗がん剤です。肺がんなんですよ」

萩原は自嘲するように煙草を取り出し、「いいですか?」と許しを求めた。火をつけると、うまそうに煙を吸い込む。

「もうあまり長くないようです。医者を脅しましてね……白状させました。こうして署長にまでなったんですけどね。ま、人生なんてそんなものかもしれませんね。どこかで帳尻が合うようにできている」

萩原がしみじみと言った。


その夜、北条晴臣は箪笥の引き出しから、一通の封書を取り出し、震えていた。

「閣下、なにかご用はありませんか」

通りすがりに顔をのぞかせたらしい、蘭子が声をかける。北条は慌てて手紙を隠すと、なに食わぬ顔で蘭子の背後に回った。そっと肩に手を乗せ、若い女の身体を自分のほうに引き寄せた。

「蘭子、正月はどっか海外に行こう」

「嬉しい」

蘭子は顔を横に向け、媚を含んだ目で老人を見やった。

「ベルギーはどうかな。きれいなところだぞ」

そう言いながら、北条は蘭子に顔を近づけ、髪の匂いを嗅いだ。北条が蘭子の手を握ると、蘭子はそっと握り返した。

〈花の里〉では、右京と薫が酒を酌み交わしていた。

「柳田幹夫さんからの手紙、なにが書いてあったんでしょうね？　右京さんは気になりませんか？」

酒の勢いで、右京の口が少しだけ軽くなっている。

「それも気になりますが、ぼくは蘭子さんのことも気になります」

「え、彼女がですか？」

「どうして彼女は差出人の名前を明確に記憶していたのでしょう？　北条氏に届く郵便物は日に数十とあるでしょう。しかも例の手紙が送られてきたのは一年近く前だそうです。おかしいと思いませんか？」

「その手紙を読んだ閣下のようすがおかしかったから、あとでそっと確認したんじゃないですか？」

「だとしたら、そのときなぜ中身まで確認しなかったんでしょう？　差出人も気になるでしょうが、なにより内容が気になるはずだと思いませんか？」

八

右京が久しぶりに警視庁に姿を現わした。住人がいなくなって閑散とした特命係の小部屋では、角田《かくた》六郎がつまらなそうに新聞を広げていた。

「お暇ですか？」

「うわ、びっくりした」角田がオーバーアクション気味に驚いた。「どうしたの、突然？」

「ちょっと調べたいことがあって、やってきました。ここの机、少しの間お借りしてよいでしょうか？」

「ああ、もちろん」角田は右京の腹を指差し、「で、もういいの？」

「おかげさまで」

右京は以前の自分の定位置に着席すると、借りてきたファイルを開いた。角田が興味津々に訊く。

「なんの資料？」

「十五年前の籠城事件の資料です」そう言ってぱらぱらめくりはじめた。やがて飽きた角田が退室したとき、右京は一枚の図版をじっと見つめた。

事件当夜の北条邸の二階の見取り図で、三人の遺体がどこに倒れていたかが描き込まれている。一階からの階段と人質が集められた部屋は、幅一・五メートルの狭い廊下で結ばれていた。三人はその廊下に倒れていた。部屋に近いほうから、人質の柳田、工藤隊員、犯人の順に倒れていたようだ。

そこへ薫が駆け込んできた。

「大発見です！」

「どうしました？」

「亡くなった柳田さんには奥さんと子どもがいました」息を切らしながら薫が報告する。「その子どもはひとり娘で、なくなった当時は七つ。しかもその子の名前が……」

「蘭子ですね」

冷静に右京が言う。

「あれ、なんで知ってるんですか？」

「大発見と大騒ぎをして、それだけ前置きをされれば、誰にだって察しがつきますよ」

「なるほど。お母さんの旧姓もきっとお察しがつくと思いますが、川端です」

「もう一度、川端蘭子さんにお話を訊く必要がありそうですね」

川端蘭子を北条邸近くの公園に呼び出した右京は単刀直入に質問した。

「閣下に届いた脅迫状にはなんと書かれていたんですか？　いや、なんとお書きになったかと訊くべきでしょうか？」

　蘭子の頬が強張る。薫がダメ押しした。

「蘭子さん、あなたの正体、もうわかっちゃってるんだから。お父さんは柳田さん、だよね？」

　蘭子はひとつため息を吐くと、

「『よくも俺を殺したな。この恨みは必ず晴らしてやる』……書いたのは、それだけです」

　右京はその告白をよく吟味して、

「それはつまり、閣下が柳田さんを殺した、そういう意味ですか」

「はい」

「なにか証拠でもあるの？」と、薫。

「いいえ。ないから、それを確かめたくて、わたし閣下に近づいたんです。閣下が支援しているボランティア団体に潜り込んで、一生懸命閣下に気に入られるようにして……」

「その甲斐あって、閣下のお屋敷に住み込むことになったわけですね」

「はい。でも、閣下のそばにいても、そんな簡単に確かめられないし、だから、手紙を出したんです。なんか反応があるんじゃないかと思って」

「思惑どおり、反応があったようですね」

「……ええ」

背後で人が動いたような気がしたが、薫が振り向いたときには、誰もいなかった。そこで、目を伏せた蘭子に問う。

「なんで、黙ってたの？」

蘭子の感情が爆発した。

「言えませんよ！　だって、手紙を出してからですよ。木村さん、山本さん、田口さんが次々と事故で……こんな偶然ってないでしょ？　手紙のせいだと思うじゃないですか。そしたら、なんか……わたしがみんなを殺したような気分になって。わたしはただ確かめたかっただけなのに！」

「確かめたかっただけなんですか？」

右京が揚げ足を取るような質問をした。

「知りたいじゃないですか、真実を。そういう疑いがあるなら、真相を知りたいに決まってるでしょう！」

右京が左手の人差し指を立てた。

「ひとつ、肝心な質問をします。あなたはどうして、その疑いをお持ちになったのですか？　閣下が柳田さんを、いや、お父さまを殺したという疑いを」

「母の遺品の中から出てきたんです」蘭子は必死に感情を殺していた。「手紙です。父は北条晴臣に撃ち殺されたと書いてありました。差出人の名前はありませんでした」

「もういい」

三人の死角からかすれた声がした。いつの間にか北条晴臣が近くに迫っていた。いまのは護衛に言ったせりふだったようだ。先ほどの人の気配は、自分たちを尾行していた護衛が北条に知らせに行ったのだ、と薫は悟った。

「恩を仇で返すっていうのはまさにこのことだな」北条が三人に詰め寄ってくる。「蘭子、なんとか言ったらどうだ！」

老人の瞳には怒りの炎が燃えたぎっていたが、蘭子も負けてはいなかった。くすぶり続けていた疑念が噴き出す。

「父を殺したんですか？　あなたが父を撃ち殺したんですか？」

「なにをくだらんことを言っとるんだ。俺を誰だと思ってるんだ！」

「つまり」右京が割って入った。「そういう事実はないとおっしゃるんですね？」

「この女はね、ここがちょっとおかしいんだ」北条が右手でこめかみの辺りを指差した。

「あんまり相手にしないほうがいいよ」

「はっきりとでたらめだ、とおっしゃるのですね？」

薫が怒りを表に出さないように注意しながら、訊いた。

「なんだ、きみは。この女の戯言《ざれごと》を信じるつもりか?」

　右京が部下を守るように、

「まだなにも、信じるに足る証拠はありません。閣下が柳田さんを殺したのか否かは判断がつきかねる状況です」

「まだそんなことを言ってるのか、貴様は!」

　北条が怒鳴ったが、右京は動じなかった。

「十五年前の状況をお話しいただけませんか。現場でその瞬間を目撃されたのは、もう、閣下しかおられません」

　北条は右京をねめつけると、

「だから流れ弾だよ。柳田は流れ弾に当たって死んだんだよ!」

「それくらいのことは俺たちもわかっています。もっと詳しい話を聞かせてください」

「だったら、『閣下、聞かせてください、お願いします』と、心をこめて言え。言えよ!」

　この老人によくこれだけの怒りのパワーが秘められていたものだ、と薫は感心した。そして、相手はただのわがままな老人だと思い込むことで、気持ちを静めた。

「閣下、聞かせてください、お願いします」

　薫が深々と腰を折った。

「いいだろう」

意外と物わかりよく、北条が折れた。

「あの夜はね、九時ジャストに突入があった。我々はその突入を事前に知っとった。警察の差し入れた食料の中に、メモがひそませてあったからだ。そして、メモどおり、突入があった。二階に上がってきた隊員と、我々を見張っていた犯人との撃ち合いがあった。隊員と犯人は相撃ちになったようだった。銃撃が収まったので、柳田が出て行こうとした。ところが犯人にはまだ息があったようだ。やみくもに撃った犯人の弾の一発が、柳田に当たったたんだよ」

涙をこらえて話を聞いていた蘭子が問い質す。

「本当ですか、それ？」

「本当だよ！」

おもむろに右京が口を開いた。

「しかし、閣下のいまのお話が本当だとすると、ひとつ疑問がわきます。三人が倒れ込んでいた位置、特に犯人と隊員が倒れていた位置です。現場は、部屋の出入り口のところに柳田さん、それから隊員、そして犯人という順になっていました。つまり、犯人が最も階段に近いところに倒れています」

元高級官僚が不安そうな顔になる。

「だから、どうした？」

「隊員は階段を上がってきたんです。だとするならば、隊員のほうが階段に近い場所に倒れているのが普通だと思いませんか？　あるいは、ふたりは位置関係を入れ替えながら撃ち合ったのでしょうか？　むろん、その可能性もあります。しかし、廊下の幅は一・五メートル。位置関係を入れ替える際には、お互いの体が接するほどの狭さです。あり得そうにありません」

北条はそらとぼける作戦に出た。

「まあ、十五年も前の話だからね。しかも、混乱のさなかだ。多少、俺の記憶違いがあるかもしれないね。だが、これだけは確かだよ。柳田は流れ弾に当たって死んだ！」

疑惑に満ちた目でにらむ蘭子に近寄りながら、北条が言った。

「俺はね、おまえの親父に目をかけてやったんだよ。かわいがってやったんだ。あいつね、俺の股の下をくぐれと言ったら、喜んでくぐる奴だったんだから」

一旦静めた薫の怒りが再び沸騰した。

「よせよ！」

「おまえ、いま『よせよ』と言ったか？　誰に向かって言ってるのか、わかってるのか！」

「あんただよ。閣下だかなんだか知らないが、亡くなった人を侮辱して気持ちいいのかよ？」

北条が薫の胸に指を突きつけた。

「おまえ、確か亀山だったたな。よし、よーく覚えておこう」続いて北条は右京のほうを向き、「それから、おまえは杉下。どうもおまえは癇に障る。二度と俺の前に顔を見せるなよ」

右京が慇懃無礼に返す。

「確かに、私はよく人を怒らせてしまうようです」

北条は鼻を鳴らし、蘭子を糾弾した。

「蘭子、おまえは荷物をまとめてとっとと出て行け！　そしてこのつまらない事件は終わり。全部終わりだ。いい加減にしてくれ。命を狙われてるのは俺なんだからな。冗談じゃないよ」

言うだけ言うと、北条はふたりの護衛とともに去っていった。その背中を見ながら、蘭子が歯を食いしばった。

「これで終わりなんて、納得できない」

「もちろんぼくも納得できませんよ」右京が努めて冷静に言う。「お母さんに届いた手紙、まだお持ちですか？　できたら拝見したいのですが」

荷物をまとめに北条邸に戻った蘭子を自室で待ち受けていたのは、隅々まで物色された跡であった。隠していた手紙はなくなっていた。

蘭子は居間でくつろいでいた北条に詰め寄った。

「手紙を返してください」

蘭子が頼んでも、北条は素知らぬ顔だった。安楽椅子に腰かけ、のんびりと童謡などを口ずさんでいる。蘭子の我慢も限界に達した。感情に任せて声を荒げる。

「返しなさいよ！」

「燃やしたよ」北条がにやりと笑う。「おまえが俺に寄越したくだらん手紙と一緒にな。目障りだ、はやくどっかへ行け、犬っころめ」

「犬……？」

「そうだ。おまえは俺に飼われていた犬だろうが。ご主人様に咬みつくばか犬だったがな」

侮辱に満ちたことばを浴びせられて、蘭子の心に瞬間的に殺意が芽生えた。北条に襲いかかり、そのまま手を首に回して締め上げる。

「な、なにをする！　誰か！」

護衛がすぐに駆けつけた。女子大生ひとりの力などたかが知れている。易々と蘭子を北条から引き離したところへ、騒ぎを聞きつけた右京がやってきた。

「どうなさいました？」

北条が憤怒の形相で蘭子を指差す。

「言っただろう、この女はいかれてるんだ。はやく逮捕しろ。傷害罪、いや、殺人未遂で逮捕しろ！」

言い募る北条を右京が制した。

「わかりました。川端さん、あなたを傷害の現行犯で逮捕します」

右京は悄然とする蘭子の身柄を引き受けると、車に乗せた。

「蘭子さんが傷害罪なら、あいつは窃盗でしょう。部屋から手紙を盗み出したんですから」

蘭子を護送する途中も、薫は怒りが収まらなかった。

「しかし、それを立証するのは難しいですね。それよりも困ったことは、蘭子さんが今夜から泊まるところがないということですね」

「だって」薫が憮然とした顔で後部座席に目をやり、「右京さんが逮捕しちゃったじゃないですか。留置場へ連れて行くんでしょ？」

「逮捕？　覚えてませんねえ」右京はいけしゃあしゃあとしらばっくれて、「ところで、蘭子さん、その手紙に書かれていた内容について教えてください。手書きでしたか？」

蘭子は肩身の狭い思いをしながら、

「手書きでした。わたしの印象では、父が死んでしまったことを母にわびるような丁寧な文面で、要約すると、北条が父を殺したのはおそらく間違いない、という内容でした」

「おそらく、ということばが使われていたんですか？」

右京は細かい部分にこだわった。

「はい」

右京はそれで納得すると、〈花の里〉へ向かい、蘭子を宮部たまきに預けたのだった。

九

そのあと、小野田の部屋で三人だけの捜査会議が開かれた。

「こういうストーリーはどうかな」ひととおり報告を受けた小野田が語った。「閣下が十五年前に柳田さんを殺したとするでしょ？　その事実を知っているのは、自分を含めて、人質だった五人。ところが、ある日突然、柳田さんから脅しの手紙がきた。当然閣下は焦るよね。しかし、柳田さんから来るわけはない。閣下の疑いは、事実を知っている四人に向けられる。実際には最も自分に従順な鈴原氏を除いた三人かな。そして、その三人を次々に殺害する」

評価を問うようにふたりの顔を見た。右京は黙考しており、薫はさかんにうなずいている。小野田は続けた。

「まあ、閣下のことだから、自分では手を下さず、腹心の鈴原氏に殺しを命じた。しかし、うまく事故で処理できたと思っていたところへ、我々が来たもんだから、慌てた閣下は実行犯の鈴原氏の口を封じた。前の三件と、鈴原氏の一件とが手口が違うのも、これで一応説明つくでしょう。どう？」

小野田は右京に意見を求めた。

「非常に興味深いストーリーです」

「しかし証拠がありませんね」薫が言った。「北条が白状してくれればいいけど、そんなタマじゃないし。でも、これが十五年前の殺しだとしたら、時効が迫ってるんじゃないですか？」

「いや、閣下は海外に赴任していたから、まだ時効のことは考えなくていい。あ、でも、やっぱり急いだほうがいいかな。閣下のお歳がお歳だから、いつぽっくり逝くとも限らないからね」

「いずれにしても、急ぎましょう」

右京が決意を込めて言った。

捜査会議を終えて、官房室長室を出たところで、薫がまたしても北条を非難した。

「くそお、あのジジイ、いいかげんな証言しやがって。犯人に息が残っていて、死に際に二発ぶっ放した、なんて都合よすぎますよね」

右京が急に立ち止まる。

「案外、息は残っていたのかもしれません。犯人にではなく、工藤くんにです」

「え？　工藤さんって、隊員の方ですよね」

「ええ。もし工藤くんに息があったとしたら、そこでなにが行なわれたかを当然、目撃している。そして、あのとき、工藤くんからその話を聞くチャンスがあったのは……萩原くんですね。そのとき石嶺くんは人質を誘導して一階に下り、萩原くんがひとりであの場に残った。萩原くんならば話が聞けた。いや、萩原くんしか聞けませんよ！」

右京の頭の中で、ストーリーが再構成されていた。右京との付き合いが長くなってきた薫にもだいたいのことは理解できた。しかし、疑問も残っている。

「でも、もし萩原さんが工藤さんから話を聞いたとするでしょう。北条が柳田さんを殺したという目撃談を、です。でも、そうだったとしたら、黙ってはいないんじゃないですか。この前、俺らが話を聞きに言ったときに、疑惑を話してくれればいいわけで」

右京の目が獲物を見つけた鷲のように輝いた。

「あえて黙っていたとすれば、どうです？　話せない理由があったとしたら。こうしてはいられないかもしれません」

だしぬけに右京が走りはじめた。ようやく考えが整理できた薫も急いであとを追った。

とある懇談会会場から出てきた北条晴臣をひとりの制服警官が出迎えた。

「実は鈴原さん殺害の容疑者が捕まりまして、詳しい事情をご説明したいのですが、少々お時間をちょうだいいただけませんか。小野田官房長も待っておりますので。私がご案内いたします」

警官が早口でそう説明すると、北条はすぐに承諾した。警護の人間を下がらせ、単身で警官の車に乗り込んだ。

「実は私、閣下とは以前一度お目にかかっているんですよ」

警官は運転しながら、北条に話しかけた。

「こりゃ、どうも失敬したね。名前はなんと言うんだね?」

「萩原と申します」

「萩原、萩原……どうも耄碌《もうろく》していけないいな。どこで会ったのかな?」

「この顔に見覚えないですか?」

萩原が、路肩に車を停め、後部座席を振り返る。さて、と顔を近づけてきた元外務省高官の鳩尾《みぞおち》を萩原は力いっぱい突いた。

別の車の中では右京が焦っていた。北条にも萩原にも、いくら電話しても連絡が取れなかったからだ。

「これって、かなりヤバい状態じゃないっすか?」

ハンドルを握った薫が弱った顔になる。

「我々の想像どおりだとすると、確かにまずいですね」

「右京さん、どこへ行きましょう?」

このとき、右京が閃いた。

「渋谷区の松濤方面に行ってください!」

萩原壮太は気絶させた北条を、かつての住居に連れ込んだ。十五年前に惨劇が起こり、買い手がつかずにそのまま残されていた洋館である。

そこの大広間に転がされたとき、北条はようやく目を覚ました。手足を縛られ、猿轡をかまされている。身動きが取れず、声も出せない外務省の大物OBを、残忍な笑みを浮かべた萩原が見おろしていた。

「お目覚めですか、閣下」

北条はなんとか抵抗しようともがくが、まったく自由が利かなかった。哀れな姿の老人に、萩原が語りかける。

「世話になった人間の顔と名前くらい覚えておきなさいよ。こっちは命がけで、あなたをお救い申し上げたんですからね」

北条がなにかを探り当てた表情になった。萩原の独白が続く。

「思い出しましたか？　私はね、あなたが柳田さんを殺したことを知っていたんですよ。いや、柳田さんだけじゃない。私の仲間の工藤を殺したことも。あなたたち人質が全員避難したあと、まだ工藤には息があった。そして、真相を聞いたんですよ。死んだ犯人の拳銃を奪って、あなたが柳田さんと工藤を撃ったことを」

北条の目が見開かれる。萩原はサディストの喜びを知った。

「証拠があるのか、とおっしゃりたいんでしょうか。ありませんよ、証拠なんて。しかし、とどのつまりは、工藤を信じるか、あなたを信じるかでしょ。俺は工藤を信じるよ。そして、奴の仇を討つ！」

萩原のことば遣いが変わった。北条の見開かれた目に恐怖が浮かぶ。

「俺の命がなくなる前に！」

萩原がホルスターから拳銃を抜いた。それをゆっくりと北条に向ける。

そこへ、右京と薫が駆け込んできた。

「そこまでにしましょう、萩原くん！」

右京が声を張り上げた。萩原は、楽しみを中断された恨みのこもった眼差しを、かつての作戦参謀へ注いだ。右京はひるまず告発する。

「きみが鈴原氏を殺したんですね？　縛り方が一緒です」

「相変わらず、鋭い」恨みがましい視線はそのままに、萩原がしゃべる。「木村さん、山本さん、田口さんの三人を殺したのは、鈴原です。白状させました。こいつに命じられて、殺したらしい」

萩原が拳銃で北条の頭をこづいた。そして、上半身を抱え起こし、猿轡を外した。

「助けてくれ、撃つな！」

自由になった口で、北条がわめく。萩原は拳銃を北条の頭に当てた。

「言い残したいことがあるか？　あるよな？」

「頼む、頼むから、撃つな！」

「なぜ、柳田さんを殺さねばならなかったのか、おふたりに説明して差し上げなさいよ」

「言えよ！」

一転して北条が黙り込むと、萩原は天井に向けて威嚇射撃を行なった。

泣きながら北条が自白しはじめた。

「あいつが俺を裏切ったんだよ。うちの外務省に、告発文書を送りやがった」

「どんな内容だ！」

「公金を……公金横領の事実を告発した文書だよ」

「国の金で私腹を肥やし、したい放題をしていた。木村、山本、田口、鈴原もその恩恵にあずかっていたんだな？　だからあんたの殺しを黙認した。そうだな？」

「そう……そうだ……」

「しかし、あんたらは柳田さんの告発文書で、なんら咎めを受けなかったじゃないか」

「うちはそういうことに大らかなんだよ。幹部もそういう文書を、見て見ぬふりをする習慣がついているんだ」北条が顔を濡らしたまま開き直った。「昔からそういうところなんだよ、外務省は」

「あんたはなんの罰も受けなかったのに、柳田さんには罰を与えたのか？」

「当たり前じゃないか。あいつはご主人様の手を咬んだばか犬だったんだから」

　このひと言は薫の心の導火線に火をつけた。

「あんた、それでも人間かよ！」

「俺はな……選ばれた人間なんだ。特命全権大使って知ってるか？　天皇陛下から、国の代表と認められた人間なんだ。すべての特権を与えられた選民なんだよ！　おまえなんかが気安く口を利ける相手じゃないんだ。ばか野郎め！」

　この期に及んでもなお、北条は薫を見下していた。自分を誇示すれば、いまの窮状を逃れる見通しがつくはずだと信じているかのように、興奮して言い募った。

「愚かな人間が、この世にはいるものですねえ。おまけに哀れだ。ああ、おわかりにならないといけませんので、はっきり申し上げましょう。あなたのことですよ」

右京の口調は穏やかだった。しかし、北条に向けられた目には刃《やいば》のような鋭さがあった。

萩原が構えていた拳銃をおろした。

「お聞きになったとおりです。これが真相です。私の置き土産です」

そう言うと、清々しい顔になって拳銃を自分の頭に向けた。萩原の意図を一瞬早く察知した薫が萩原に飛びついたため、銃弾は逸れて、壁のどこかに当たった。右京が拳銃を奪う。

「きみが死んでどうする！」

「どうせ死ぬんですから」

悟りきったような顔で萩原が言うと、右京は怒鳴りつけた。

「それまでは生きなさい！　精いっぱい、生きなさい！」

「あなた、変わりませんね」萩原が身体を起こした。「どんな命も、みな同じ重みだと思ってらっしゃる。それが極悪人の命だろうと、誰もが認める善人の命だろうと、命は命。しかし、本当にそうでしょうかね？　命に差はありませんか？」

自分の発言を嚙みしめるように、涙声で右京が答えた。

「ないと……ぼくは信じています。萩原くん、殺人未遂の現行犯で、きみを逮捕します」

十

取調室で萩原はすべてを自供した。

十五年前にも、疑惑を上層部に伝えたこと。富士見署でのポストを用意する代わりに、疑惑については忘れろと命じられたこと。出世と引き換えに、疑惑を封じ込めたこと。心の重荷を分散させたくなって、蘭子の母親に手紙を書いたこと。そして、がんが今回の犯行を決意させたこと。

右京が最後に質問した。

「あなたは確かに今夜、北条氏を殺すつもりでしたか？　あるいは、真相を知るために脅しただけとも言える。そのあたりが、まだ判然としません」

「もちろん殺そうと思っていましたよ」萩原は迷わずにそう言ったあと、少しばかり躊躇した。「でもね、杉下さん、あなたの前で人殺しはできない」

「ありがとう」

右京が萩原の目を見て、つぶやいた。

翌日、官房室長室で薫が小野田に詰め寄っていた。

「取り引きって、どういうことですか？」

「だからね、閣下の名誉を守って差し上げる代わりに、洗いざらい白状してもらうの」

いつものように本心をとらえにくい口調で、小野田が説明している。「柳田さんからの告発文書を握りつぶした幹部連中、すべての名前をね。その中にはいま、相当偉くなっている奴もいるはずですよ」

「その見返りに北条を起訴しない。十五年前のこともいっさい公表しない。そういう取り引きですか？」

「そう、そういうこと」

「冗談じゃないっすよ。あいつは人殺しですよ」

「そんなこと閣下は白状していないでしょ」

「しましたよ、はっきりと、俺らの前で」

小野田が椅子から立ち上がった。そして薫の横へと移動してくる。

「だからそれは、萩原に拳銃を突きつけられて言わされたことでしょ？『無理やりありもしないことを言わされた』閣下がそう言ったら、どうします？起訴したって、公判は維持できない。いや、いまのままじゃ、起訴もできませんね。検察だって二の足を踏んでる。それとも、他に証拠ある？」

そう言われると、薫はぐうの音も出なかった。右京もゆっくりと顔を横に振った。小野田が説得口調で続けた。

「でもね、閣下もただで済むとは思っていない。なにしろ人を殺したわけだから。だから、こっちの提案をのむ用意があると言っている」

「それがあなたのやり方ですか？」

終始無言だった右京が小野田に突っかかった。小野田はそれを受け流した。

「だって、老い先短い年寄りをひとり刑務所に送るより、伏魔殿に風穴開けるほうがいいでしょ？　のうのうと生き延びている奴がたくさんいるんだから。こういう取り引きだってあっていい」

「いや、ぼくは目的が手段を正当化するとは思えませんね」

「時と場合によるよ。それに一応、閣下だって償いはするんだ。完全なリタイア、これが条件。表舞台から下りてもらう。もう、息の根が止まったも同然でしょ。守って差し上げるのは名誉だけ」

これでどうだ、と迫る小野田に、右京が反論する。

「それは詭弁です。平等であるべき法の下で、人は自分の犯した罪を償わなければならない。証拠は必ず見つけますよ」

「もう必要ないよ」

「いいえ、必ず」

「変わらないな、おまえは」

小野田が呆れた表情になる。右京はその目を見返した。

「それはこちらのせりふです」

小野田は薫のほうを向き、忠告した。

「きみの彼女、新聞記者だったよね。でも、余計なことはしないでね。へたしたら、名誉毀損で大逆襲を食うよ」そしてふたりに背を向けた。「じゃあ、ふたりともご苦労でした。このチームはこれで解散」

「事件はまだ終わってませんよ」

右京が楯突くと、小野田が苦りきった顔になった。

「杉下、人間には限界ってものがある。おまえにだって、それがあるはずだ」

そのことばを受け止めた右京は、自分の心の中をのぞいてから言った。

「もしも限界があるとすれば、それはあきらめた瞬間でしょう」

右京が踵を返して、官房室長室から立ち去った。薫もそれに続いた。

「右京さん、俺ら、手はじめにどこへ向かいましょうか？」

薫が背中に問いかけると、右京が振り返った。

「きみはどっちがいいと思いますか？」

「あっちかな？」

薫が適当な方角を指差した。

「どうしてですか？」

「いや、なんとなく」

「結構」右京が相棒に笑いかけた。「きみの神憑り的なヤマ勘を信じて、行ってみましょうか」

警察庁を出たふたりは、同じ方角へ向かって、足を踏み出した。

「相棒」との思いがけない二度の出合い

碇　卯人

私はほとんどテレビドラマを観ない。なので、「相棒」という刑事ドラマが静かなブームを巻き起こしていることも知らなかった。知ったのは二〇〇五年の七月、京都で友人のミステリー作家と語らっているときだった。

「××さん（私の表のペンネームが入る）、この前の『△△△』（私がその年の五月に出したばかりだった作品名が入る）の最後のトリック、前例があるの知っていますか？」

だしぬけに友人が言った。

「嘘でしょ？　だって、あんなヘンテコなトリック、思いついても書かないでしょう、普通」

「それが、あったんですよ。『相棒』っていうドラマ、知りません？　水谷豊が出ていて、よくできたドラマなんですが、そのなかに」

ショックだった。ミステリーの世界では、他人が先に使用したトリックを使うのはご法度である。そのため、先行する主だったミステリー作品には目を通しておかねばならない。私もミステリー作家の端くれである以上、毎年かなりの数のミステリーを読破している自負はある。しかし、まさかテレビドラマに足元をすくわれようとは予想だにしていなかった。

これが記念すべき、「相棒」との一度目の出合いである。友人に聞くと、その「相棒」はミステリーとしての骨格もしっかりしており、作家仲間の間では話題になっているというではないか。とりあえず、私は「相棒」というタイトルだけを頭の片隅にメモし、わが家のある南の島へと、帰路についたのだった。

私はとある南の島に住んでいる。西暦二〇〇〇年にその島に移住し、野鳥や昆虫の観察を続けながら、気が向くとミステリー小説を書いている。中央のミステリー文壇から遠く離れているために、業界内の噂には疎い。「相棒」を知らなかった背景には、そんな事情も少しは関係している。自由気ままな創作生活を送っているためか、私のミステリーは突飛と称されることが多い。なかでも前述の『△△』は（自分で言うのもなんだが）非常にけったいなミステリーである。よもやテレビドラマで同じトリックが使われていようとも知らず安穏としていた理由として、そんな気の緩みも挙げられる。

ともかく、私は一度「相棒」なるドラマを観てみねばと思った。ところが折悪しく、そのときはシーズン3が終わり、放映していない時期だった。そうこうするうちに生き物の生態調査やミステリー執筆に追われるようになり、「相棒」のことは頭から消え去りそうになっていた。

思い出したのはシーズン4のある回のときである。なにげなく新聞の番組欄を流し読みしていて、たまたま「相棒」の文字を見つけたのだ。その夜は幸い夜間の野鳥調査も飲み会も入っていなかったので、テレビの前に座って、ビールを飲みながら、あまり期待しないで観てみた。

おもしろい！

正直、そう思った。登場人物の名前もお互いの関係も知らずにはじめて観たのに、すぐにそれらが把握できるのだ。キャラクター造形が優れている証拠である。加えて、ミステリーとしての完成度が高い。謎解きミステリーというジャンルは、その性質上どうしても説明口調になりがちである。時間の短い連続テレビドラマには不向きなジャンルといえるだろう。にもかかわらず「相棒」は、視聴者を飽きさせることなく、また必要以上に端折ることなく、謎解きの醍醐味を楽しませてくれたのだ。

一回観ただけで気に入ってしまい、以来、私は「相棒」の放映が待ち遠しくなってしまった。もっとも夜間調査や飲み会も多いので、毎回必ず観ていたわけではない。なにしろビデオすら故障していたため、録画などという手間のかかるまねはしなかったのである。

二度目の出合いは二〇〇七年の五月のことだった。そのとき私は屋久島で（これは私の住んでいる島ではない）野鳥の調査を行なっていた。「相棒」のシーズン5も終わっていたので、一週間以上にわたる屋久島遠征では、毎夜酒宴を繰り広げていたのである。

そのとき私の携帯電話が鳴った。ディスプレイを見ると、知り合いの編集者からだった。私は南の島に移住する前にさる出版社に勤めていたのだが、当時ともに編集をやっていた仲間からの電話だったのだ。

彼とは久しく会っていなかったし、そのとき一緒に仕事をしていたわけでもなかったので、いったいなにごとだろうかと思いながら電話に出た。出合いは突然訪れた。電話口で、彼はこう囁いたのである。

「××さん（私の本名が入る。実は私は本名と表のペンネームが同じ姓なのだ）、『相棒』のノベライズ、興味ありません？」

興味はある。しかし、自信はない。なにしろ、ノベライズというのはどうやればよいのか、考えたこともなかったのだから。

とりあえず、一度会って話をしようということになった。ちょうど屋久島の調査の後、上京するつもりでいた私は、さっそく彼に会い、詳しい話を聞いた。

スケジュールは決して余裕があるわけではない。自分には荷が重いかもしれない。脚本家の方の不興を買ってしまうおそれもある。不安要素はたくさんあった。それでも、過去の未見の「相棒」を小説化するという仕事は十分に魅力的に映った。拙作『△△△』と同じという例のトリックが、テレビドラマの中でどのように使われているのか、検証してみることだってできるのだ。悩んだのは二分ほど、不安六割&期待四割くらいの心持ちで、私はその話を引き受けたのである。

現在は心底、引き受けてよかったと思っている。オリジナルの脚本を読むたびに、このドラマの一話一話が、いかに細部まで練り上げられているかがよくわかる。また、脚本と完成した映像を見比べて違いを発見したときなどは、現場の演出がどう加わったのかと思いを馳せ、ひとりでにやにやと楽しむこともできてしまう。ノベライズ作家の特権といえるだろう。ビデオは相変わらず故障したままだけれど、DVD再生機を買ったので、例のトリックもぶじに検証できたし（このトリックはシーズン2の前半に出てきますので、次巻をお楽しみに）！

ということで、「相棒」との二度の出合いをサポートしてくれた京都在住のミステリー作家の法月綸太郎さんと、朝日文庫編集長の大槻慎二さんに心より感謝いたします。

相棒 season 1

STAFF

プロデューサー：松本基弘（テレビ朝日）
　　　　　　　　香月純一、須藤泰司、西平敦郎（東映）
脚本：輿水泰弘、櫻井武晴、砂本量
監督：和泉聖治、麻生学、大井利夫、吉野晴亮
音楽：池頼広

CAST

杉下右京……………………………水谷豊
亀山薫……………………………寺脇康文
奥寺美和子………………………鈴木砂羽
宮部たまき………………………高樹沙耶
小野田公顕………………………岸部一徳
伊丹憲一…………………………川原和久
三浦信輔…………………………大谷亮介
角田六郎……………………………山西惇
米沢守……………………………六角精児
内村完爾…………………………片桐竜次
中園照生……………………………小野了

制作：テレビ朝日・東映

第１話　初回放送日：2002年10月９日

警視総監室にダイナマイト男が乱入！
刑事が人質に!?　犯罪の影に女あり…

STAFF

脚本：輿水泰弘　　監督：和泉聖治

GUEST CAST

岩崎麗子 ……………純名りさ　篠塚敬一………………中村育二
三木英輔 ……………矢島健一　田端甲子男…………泉谷しげる

第２話　初回放送日：2002年10月16日

教授夫人とその愛人

STAFF

脚本：輿水泰弘　　監督：麻生学

GUEST CAST

神林寿一朗 ……………山本圭　神林淳子………………洞口依子

第３話　初回放送日：2002年10月23日

秘密の元アイドル妻

STAFF

脚本：櫻井武晴　　監督：和泉聖治

GUEST CAST

橘亭青楽 ……………小宮孝泰　倉本美奈子……………大西結花

第４話　初回放送日：2002年10月30日

下着泥棒と生きていた死体

STAFF

脚本：櫻井武晴　　監督：麻生学

GUEST CAST

佐古秀樹 ………………山崎一　織田國男………………井田國彦

第5話　　初回放送日：2002年11月6日

目撃者

STAFF

脚本：輿水泰弘　監督：和泉聖治

GUEST CAST

前原恭子 ………………美保純　手塚守…………………染谷将太

第6話　　初回放送日：2002年11月13日

死んだ詐欺師と女美術館長の指紋

STAFF

脚本：砂本量　監督：和泉聖治

GUEST CAST

菊本アヤ ……………根岸季衣　土田雅夫………………モロ師岡

第7話　　初回放送日：2002年11月20日

殺しのカクテル

STAFF

脚本：櫻井武晴　監督：大井利夫

GUEST CAST

三好倫太郎 …………蟹江敬三　アキコ・マンセル……草村礼子

第8話　　初回放送日：2002年11月27日

仮面の告白

STAFF

脚本：輿水泰弘　監督：大井利夫

GUEST CAST

武藤かおり …………松下由樹　黒岩繁………………長谷川朝晴

第９話　　初回放送日：2002年12月４日

人間消失

STAFF

脚本：砂本量　　監督：吉野晴亮

GUEST CAST

桐野リサ ……………山本未來　森島つよし……………篠井英介

第10話　　初回放送日：2002年12月11日

最後の灯り

STAFF

脚本：櫻井武晴　　監督：大井利夫

GUEST CAST

猪野大 ………………山谷初男　須磨玲子…………………銀粉蝶

第11話　　初回放送日：2002年12月18日

右京撃たれる　特命係15年目の真実

STAFF

脚本：輿水泰弘　　監督：和泉聖治

GUEST CAST

石嶺小五郎 …………森本レオ

第12話　　初回放送日：2002年12月25日

午後９時30分の復讐　特命係、最後の事件

STAFF

脚本：輿水泰弘　　監督：和泉聖治

GUEST CAST

川端蘭子 ……………池脇千鶴　北条晴臣………………長門裕之

石嶺小五郎 …………森本レオ　萩原壮太………………内藤剛志

相棒《あいぼう》 season 1

朝日文庫

2008年1月30日　第1刷発行

脚　本　輿《こし》水《みず》泰《やす》弘《ひろ》　櫻《さくら》井《い》武《たけ》晴《はる》　砂《すな》本《もと》　量《はかる》
ノベライズ　碇《いかり》　卯《う》人《ひと》

発行者　矢部万紀子
発行所　朝日新聞社
〒104-8011　東京都中央区築地5-3-2
電話　03 (3545) 0131（代表）
編集＝書籍編集部　販売＝出版販売部
振替　00190-0-155414
印刷製本　大日本印刷株式会社

ISBN978-4-02-264428-2